たなかあきみつ全詩集

未知谷

反対!!
国家秘密法制定阻止!
全面禁止

さわじり

目次

たなかあきみつ全詩集

根室

初期詩篇

（『早稲田詩人』『異神』より、一九六八〜一九八〇年）

街のねむり

平衡のきれめには
標的がある
ぼくとの遠さを
たえず平衡はくびれた風景の中におく
そこにびっしり飢餓がしみだす
冷えきったぼくの額の裏へ
ひろがる
夥しい肉声のしみ
ひんまがった時計のリズム
まだ傷つかぬ眼を見開くと
性急にそれらが燃えだす
黒いろうびきの声をあげながら
すぐさまぼくは
液体のように
その表情をつぎつぎに棄ててゆく
夜明けのきざはしのふちに
ひとかたまりのうそさむさが
はりつき無意味に剝がれる
声高な彩りのくりかえし
そのさまざまの襞へ
傾きつつ
鳥もちのように舌がべとつく
ひとりぼくは
白い皮膚の男になり
しだいに沈んでゆく暗い街で
眼のにがい底から
わななく焔をはなつ

（『早稲田詩人』一九六八年十一月）

マイナスアルファ

音なく背面から割れてくる
この汚れた皿の活力をとらえよ
いっきに血が酩酊して宙を充たすとしても
砂呑みこんでるコップにおいて

すりへってゆくのは内壁ばかり
牙関緊急へと進撃すべく私は
ぴいんと耳傾けるのだそれとも
しわくちゃの時刻表に真空もどき
しゅうねく顔のない不安を彫込んでゆく
食卓へ通じる
下り階段を性急に駆けあがろうとして
泡立つ光に老家主は昏倒して果て
野菜屑を漁っていた野良犬どもがいっせいに
吐きもどす日曜日の午後
どす黒く輝く屋根のうえで
成算のない関係の平衡がぼろぼろ剝げおち
鳥たちは血を吐いて失速するのだ
あくまでも胃袋を裏返しつづけながら
私は食物のフォルムを解いてゆく
アリバイなんかいらないよ
血の稀薄な空間をおもむろに裂いて
読経の列がうねり
響き合わぬ声もつ私は
しだいに暗くなってゆく壁沿いに
さらに爪を伸ばす

（『異神』3号、一九七〇年二月）

奇妙な静けさのなかで

血を失って昏れる胃の空あたり
烈しく咳きこむ鎌鼬に怯え振りむきざま
わたしは溢れでる砂を噛んでいる
スープに泛かぶ蠅の位置から
零時を踏みはずして冷える食事
虚脱の水を性急に咬む野菜
とめどなくゆらめく
この細胞ヒュッテには
静脈瘤のように暗い想念がみだれ棲み
ひとつひとつ
単純に括れて仮眠
何も胃壁に告げられぬ
半ば血を流した鳩の悲鳴を
嗄れた声で追いつづけるわたしは

身構える明後日をえぐりたとえば
じりじり拡がる野火に素顔をさらす
ただそれだけかい！
からっぽの胃を銀河のように通過して
らら　溢れでるよ
砂まじりの下痢

（『異神』　4号、一九七〇年五月）

暗転

四季の悲鳴がはらわたとなって流れこむ
底なしの泥空に生える吹雪の密約に
皮膚くぐる骰《さい》のざわめきを架けよ
うねるマゼラン海峡に夢吊しおえた女
そよぐ虚に命綱垂らすあなたは
にがい霧に蒼ざめる肩から
はるかな幼年の食卓をめぐり
めぐりはじめたばかりの歳月の
鎌鼬が吠えかかる回転扉を押しながら
もうひとつの酔いどれ肩に愛を焚いた
花づくしに暮れなずむ岬にて
血走る喪服をしきりに咬むでいる
冷めゆく食事に父煮こむ女は
あの地下室に流れる銀河系へ涯しなく
吹きあれる不信の髪を垂らし
絡みつく火急にほろぶ神の国
逢魔が時に燃えだす霧を吐いた
醒めきったまま踏みこむ路上
耳をそぎおとした位置があり
無数のからすの翼となって
針金にいたる藁塚を燃やした位置があり
そのどちらでもない男の胃袋には
はり裂ける意志の絵具があふれるいま
あなたはひたすら
道化師の薄笑いを愛うすき舌で割り
割りきれぬ血を狩ってかがやく

（『異神』　6号、一九七〇年十二月）

満水

満水となった
日ごとの熱に夢
浚われて生ぬるい日曜日
かたくないのちの扉を閉ざして
郵便局は頼信紙の闇を呑んでいる
悲鳴のブイばかり泳ぎつく岸辺
洗われてゆく断言が
暁の死線まで燃えひろがる
この歳月の地下室でわたしは
日ごとの米をとがねばならない
憎悪の群がる血縁のリングへ
決して愁訴のタオルを投げ入れるな
乱れた舌でほろぶ酒
蟻のようにたゆみなく
流刑の意志を運びつぐ食道の
そよぐ磁極からうねる波となって
旱魃にあえぐ胃袋にわたしの
履歴の鉄粉はしめやかに火吹《ひぶ》いている

かって
黒づくめの海峡に近く
ひがんばなを腕いっぱい抱え
裸足でよぎり去った女
追いすがる無数ののろし
吹き消すように全身で
あなたが唄いはじめるとき
冷めてゆく喝采
ねじ切れてゆく希望のなかから
わたしは一日の労働に出かける

（『異神』7号、一九七一年四月）

夏至線

水いらずの蝶番に
首ごと繋がれた
さかしらな仮称たちの
笑いさざめく酒壜の円環
やせた肩がいくつも

夜ごと逆にめぐり狂う
錆びた時計の針に屠られ
発火する白紙へたちまち帰還する
めらめらと鋳ぬかれて
虚の過剰にはばたく
あの盲いた紙飛行機となって
やわらかすぎる心臓を刺すとき
荒れた波がたえまなく洗っている
そよぐ幻の海峡へ
引き裂かれた両耳をたたえた
どの酒盃からも確実に
切れ墜ちていく
逃亡の夏至線
醒めた狂気を生きる
変身の道よ
この水の怒りを通過する
闇に棲む聖家族とともに
いくたびか地球儀は自転し
全体的にノックする血に
染めぬかれて劇しく
くびれる

（『異神　VOL8』一九七一年八月）

朝やけに

朝やけに
無数の夢の刃を呑んで
破砕する波の中心へ
音なく背面から割れてくる
この汚れた皿の活力をとらえよ
いっきに血が沸騰して
支配の虚を充たすとしても
流れ止まぬ砂
呑みこんでいるコップにおいて
すりへってゆくのは内壁ばかり
朝やけに
牙関緊急へと投げ出された
一通の絵葉書のもたらす単純
インクの染みを死守する時刻表

あるときは
しうねく複数形の
カオのない不安を彫《え》りこむ
あの日曜日の食卓へ通じ
あるときは
際限のない労働を踏みしだいて
路上を疾駆する馬車の
きらめく車輪を撃つ
アリバイなんかいらないよ
いっせいに
頭髪が浮きたつ朝やけに
あくまでも胃袋を裏返しながら
私は食物のフォルムを解いてゆく

（『異神　VOL9』一九七一年十二月）

消点

刺す波
うち寄せる
この岸辺　歯痛のように
ひしめく声の暗　電話器へ
流れつく　貨幣の影
骨をのむ胃袋に
波うつ　午前四時へ
刻まれた　石段を
いくつも
踏みはずす
あついコーヒーをくれ
それとも　野菜スープを
冬の足裏で聴いた
波　またひとつ
逃げる　木造船の
船尾　夜行列車の
最後部から
投げ捨てられる
駅たち埠頭たち
消されて　またひとつ
波　刷りあがった
声のインク

足音がいくつも
絡んで切れる　この破線で
送話器も
受話器も
血をながす時代に
そよぐ　数字の
象《かた》どる労働に
心臓を吊るすな

（『異神　VOL10』一九七二年四月）

舫

つとに張りめぐらされた
空気の柵をいくつも
かいくぐってくる
あまたの桑の実
敷藁の呼吸へはるかに
投身する食事の終り
その方途もつかぬ
皿の汚れた白さがある
この暗い空を
最後の泥にいたるまで
おもむろに求積しあう
引き裂かれた刻《とき》
またふたたび
二人は向かいあう
ここにいま置かれる
野菜の新鮮な打撲
傷いっぱいの息を問い
その結び目のなかに刻まれる
パン種
とげ
熱
これら仮借ない
殷賑のメビウスを
覚めたまま食器たちが
ばらばらと越境しはじめる
逃げ水のように乾いて
しかも不穏な夏

（『異神　VOL11』一九七二年九月）

anguish angular

日暮れても
塩に
狂れる
その家は盗汗のように
きみにまといつく

暮色に
塗り潰されて
いまもその索引は
あくまでも木造であることで
あやうく生き延びる
軋む部屋に
攻囲された
日々の息

たゆたう
息の
翼がおもい
差し込む西日が
しきりに血を啄む
日々のカレンダーのなかに
碾臼の刻が充填される
わたしが言葉と
出会う境域で

anguish angular
骨ばむ膠
その韻の結び目のなかから
伐採されていく
きみが視ているものは
もはやきみが視ていたものではない
膠を煮るように
きみの顔を通過した
よその夏

（『異神　VOL13』一九七三年九月）

砕石坑

削られた
その対の窓は
そよぐ海にいまも
対向しているか

細心さを
落し戸に
蚕座する
昼さがり
凪ぐことがすでに
裏切りとなる
すでに薙がれた敗血を
査証がついばむ

（『異神　VOL15』一九七四年八月）

暗闘

日ごとの
恐水へ
否応もなく連座する
叙情のレプラ
醒めていく狼藉が
斉唱のなかの蒼痣に
分封される

過飽和の息のバルコンに
駆けあがる唱和しないもの
朝の歯ブラシに
係留された
時化への
血腥いキックオフ

鞣された
それぞれの悲鳴とともに
殷賑のメビウスが繙かれる

その訛りの窪みから
速やかな不穏に
焚きこめる
塩の過剰

（『異神　VOL16』一九七四年十二月）

そのときあなたは

そのときあなたは
〈海《メール》〉と〈苦い《アメール》〉が
するどく翼をひらく瞬間
そのものだった
ドアは否応なく錆びる
錆びていくことで
歳月の背骨を腐蝕する
空気のなかの痣
燃えやすいこの空気と
危うく釣り合っている
ひとつの出会いがある

発熱とはなに
速度とはなにか
〈海《メール》〉と〈苦い《アメール》〉
この韻の渚で否応なく
鳴っている
翼——血

（『異神 VOL19』一九七六年六月）

運河へ

彼は
洗顔する
不穏な消息を洗いだす
石鹸水を寄りそわせる
底ごもる血を
錆のなかへ泳がせる
鰭を
きみの吃音に
差しつける

カミソリの煌めきが
跳ねる水と
反目を重ねる
包囲は
繃帯の縫い目から
たちどころに歪む

（『異神　VOL21』一九七七年二月）

メアンドル

逸れあいながら
たがいに雪線を咬みあう
わたしたちの痣の橇のポリフォニーが
ふたたび圧延し
編みなおす
その火傷
ともに碾きだされ
たがいの肩胛骨の下に
埋設されていた

雪道の急カーヴを
たがいに
ウィスキーのなかの火の痣とともに
転移させる

（『異神　VOL21』一九七七年二月）

鎖のなかの昼さがり

〈覚醒は太陽に最も近い傷口だ〉ルネ・シャール

汚れた血で
海は荒れる

すばやくパルスに
塗り潰される傷口に
釣り合っている
紅潮した耳のやわらかさ

あるひとつの生誕が
貯炭しはじめる

血腥い不定冠詞の系譜とともに
息づくアルピニストたちの種子
海《メール》、苦い《アメール》
しきりに連れだって駆けあがる

（『異神 VOL22』一九七七年七月）

挽き割られた……

挽き割られた
ブイが吊られる夏
あついノックが
爪のように芽ぶく
差しつけられた
叫びはあくまでも
苔を拒みつづける
瘭疽めく不定冠詞のもとに
打電された
未完はみずみずしい
飛散するしきいからしきいへ
卵が置かれる

（『異神　VOL23』一九七八年一月）

ひかりの種子

――あれがツグミ?――と
ぼくはたずねる
その鳥はもはやいない
　　ユーリー・オレーシャ

痣のように
反芻しながら
ひかりのなかを
ひかりの鍵盤とともに
まだらになって
鳥は旋回する
そびえたつ標高そのものを

性急に啄んだまま
空のたわみに
群青の翼を
打ちつける
その磁気まじりの出奔は
腓がえりのように
複数のまなざしに
射すくめられる
剝がれる
鳥籠の鉄錆
剝がれながら
接岸する
流氷への
その早すぎる転移
まあたらしい鍵束が
ナロードの顳顬のあたりで
勢いづき
ばらばらに
血球のオクターヴを

はねかかる滝のしぶきのように
ちぎっていった
ほら　聞こえるだろう?
泣き腫らした風に
封印された
おまえの耳にも
ひかりと灰が
かわるがわる
その名をささやきかわす指紋たちが……
じぐざぐの飛型に
ざらつく翼
蔓のように這う
時代の盗汗《ねあせ》
夜ごと
ハーケンよりもするどく
不眠の氷がきらめき
うすい唇から
おもむろに櫂が切りだされる

（『異神 VOL29』一九八〇年十一月）

第一詩集『燐をおびてとびはねる』（一九八三年、書肆子午線）

きみはネヴァ河生れ

置き去りに
された
対をなさない
毛皮外套
その縫い目が血で緊《し》まる
訓致されぬ腫瘍を
おもむろに甘受する
きみはネヴァ河生れ
蔓ばむ袋小路から
遠ざかる靴音へ
みひらかれた
家々の窓は
石壁をつたう
彫ふかい湿気と鳴りかわす
だれのものでもない
腐蝕の煮こごりに

誘きだされた
それぞれの心臓へ
匿名の有刺鉄線が錆びかかる
くっきりとドアに浮きだす
踵のいびつな靴音
やがてセピア色へ
繙かれていくノック
乱れた音譜が食卓のスープに沈む
語れ　このしじまと
きらり　匕首のきらめき
じっと留まる夜ごと
キリル字母で焼き上げられる
つめたい記憶を
きみに差しつけるのだ夜は
まず包囲へ
尖っていることで
すでに燐をおびている
そんな息たちのサーモワールのなかに
体温と連だって
きみは

踏みこむ
街路のすみずみに
たがいの息を貯えながら
机のなかへ滴る
秘匿の闇
まあたらしい痣の紺青と
鳴りかわし
鰭足類へと急ぐ鼓動で
その出自《オリジン》をさらす
きみはネヴァ河生れ
祝宴のざわめきもろとも
洗われている
未踏
ピアニストの指が
おさえきらぬ
不穏のオクターヴはまぶしい
瞳孔すら発熱する
調書で埋まる
最初の咬み傷から
やがて出土する
おもい雪を
通行税に

日付変更線にて

電話　漂流するもの
ごしき鶸から桿状菌まで
デシベルをかみ
しずかに狂う
距離のふたしかさ
〈測量技師〉にひそむ
奇数のわたしとあなたが
たがいに鳴りだしては
即座にひびわれる
瘭疽　漂石
飛沫を
司る音階へ
しだいに翻えっていく歳月の錫
その球面インデックスを

泳ぎきることは
声を象どる風蝕への
鏡の背面からのいち撃
ダカラ　トテモニガイ　舌

ミソサザイ

暗い
水たまりの縁《へり》まで
かわいていく
膝蓋骨にいたるまで
刈りこまれる
飛翔の華やぐ楕円
他人という
この匿名の水銀が
囲みきれない
吃音
唖ならば
いつも滑らかさを求める

銀箔ならば
頭皮の下でこそ
ひときわ輝こうとする
こうした背理が
分類とアポクリフをしたがえ
やがて鳥類図譜に
鞣される
ひたすら色彩に
はばたきごと
刺しつらぬかれた
とりどりのさえずりも

暮れなずむブイよ

ベラ・アフマドゥーリナに

暮れなずむブイよ
装いをこらさぬ
きみの肺の習俗こそ
泳ぎに長けた鰭への

棘のそよぎ
ぐらりとゆれる
その陽だまりで
ひかりの隊商たちが
電話の不眠の草いきれを
おしみなく滴らす
悪感のように
きみは歯ブラシをつかんで
唇に冷気を
鰭のきらめきを
弾ませてみる
暮れなずむブイよ
渇きさえ保護色
煮こごりをそがれた
フライパンに油がしかれ
新鮮な肉が入れられる
牧人につちかわれた
その敏捷さは
大気のしたたかな分別を
鍵盤のように

突きくずす
華氏の血のファルセットまで
跳びはね飛びちる
あざだらけの痛みの種子
息の螺旋はきしむ
とはいえ
保温は
呼吸にきんもつ
発熱はさらに思わせぶり
にわかに勲しへ膠づく
けもののなまりが
背骨を鈴鳴りに
はしる

生え揃わぬ歯にも、梨が鳴るのは

生え揃わぬ歯にも
梨が鳴るのは
そのみずみずしさが

殺菌されずにその音叉を
勇んで振わせるからだ
毛皮外套を投げ棄てるように
雪どけ水のはつらつさで
梨は弾むとしても
時代の振りあげた蹄が
いわば磁器の熱のどよめきを
こなごなにしてしまうほどには
それは眩くはない
まんじりともしない夜が来て
夜に綿のように燻される
眩くなくともいいと呟くのはわたしだが
時代のペダルは確かに踏まれつづけ
梨の時代は
電話の声のようにしか
伝承されない
このひりつく乾燥を
いっきに潤すには
水かき　編籠　地衣
とは、かつて屠られた

音符たちの連弾による出土品
吃音を鰓のように
さしつける
蹄の韻さえも
のべつ飛来させる
わたしの舌はもっと裂けてもいい
秒と格子とあらゆるデータが
その腐蝕の妍をきそう
この文盲のときに

ホルスト・ヤンセンに

つるつるしたもの
金属性の軋み
この軋みのなかの油のような残土
発疹する時代の耳もとで
ゆがめられる
鍵盤　アマリリスから
海藻へ荒れさわぐ

ヤンセンの腐蝕の舌
不揃いの氷を嚙んだまま
割れた鏡のなかから
きれぎれに
石斧の狼藉を口ずさむ
比喩と脚註が　このように
つるつるするのは
魚扠で突かれた
魚たちの
こころ尽しの贈物
恋人たちにさえ
鞣されぬ
深夜の疾走は
ひかりをいつも未完に
あらゆる吃音に
はねかける
あの調律されぬ喉へ
流しこまれる　こぶしは
セピア色
火酒《シナプス》から舗道へ
ばらばらに嗄れだす
対の靴底
ヒゲヲソリ
彼が洗顔する
水は
涙にあらず
なまぬるい

朝に、Haydn

たとえばナイフや
陶磁のパン皿
発熱する食卓に
あくまでも暖色を塗れ
夢のつづれに
ぼくらは遊泳禁止だった
だから　朝にHaydn
ひかりはぴくぴく
かがり火のように

ぼくらの顔面を染めにくる
咀嚼へまだらに
踵の伝承が挽かれる
酸味をおびた
この碾臼から　ひと声
鳥のように
Haydn は晴れようとする
蕁草や稲妻
犬サフラン
隣接した朝の浴槽で
しきりに水面が割れる

牙関緊急

——あれがツグミ？——と
ぼくはたずねる
その鳥はもはやいない
　ユーリー・オレーシャ

唇で
沸きたっていた
あらゆるユートピアは
いまや　その白すぎる歯の根元へ
滑りおちる　桁おくりに
敷きつめられるひかり
なまあたたかい
荼毘からの
灰　ゆらめく盲導犬の唾液
緑青がおもむろに縁どっていく
あの複式簿記
昼さがりの
レクイエムの河床から
ひかりはハーケンをのんで
じぐざぐの涙も
その男の泣き腫した背中も
さらっていく
ひろげた
羽いっぱいに
祈りを走らせることで

不在はいっそう尖っていくが
両耳をかわるがわる
灰とひかりで
ふさぐことは
鮫肌のように
不在そのものを
ぎらぎら輝かせるだろう
その男が紡ぎあげる
金切声のしずくは
レクイエムを携えて
あの金属性の闇よりも
はるかにみずみずしく
しなっていく

果実への対位法

ざらざらとして
生あたたかい
砂粒のような発疹であれ
肩胛骨のあたりで
折りかさなる影をその息ごと
ふるわせる犀の血であれ
いずれも
刻みこみはねかかっていく
ひかりへの
種痘株のような時間の
痣の賜物
舌を
tic tic 嚙み
この舌に亀裂を走らせる
災いなるかな
動詞アイゼン
いざ、獅子ばむ吃音
おまえの肩を置き去りに
縦ゆれごと
駆けぬけようとする
逆光線
皮革の抽象には
草と乳酸菌をたっぷり

あびせかけよ
橈の座へ
いずれ視界の斜坑へ
ひざしを鷲づかみに
降りていく
夏至からの消息
冷えびえとした
星座に　蚕座する燐
この新鮮な楕円に
刃を入れる

境界

どの境界にも
鱗のような
いびつな輝きがある
歯擦と破裂と
それぞれの銀板のささやき
メスメリスムという

暗い晶洞
歯にくいこむリンゴの果肉と
定位置からはまだ
ずれようとはしない蕊
こうして夜が
朝へと動く境目で
大気の水かきが
光源のうすい膜を
開きはじめる
家々はまず
屋根と窓から
ひざしの咬みあと　散りじりに
遁走する星座の塵を
みずみずしく呼吸する
雌伏に魅入られた
夏のひたい
束の間の風のこめかみに
刻みこまれる
雪割草
歯擦と破裂と

鳥どりのさえずり
これらの楕円こそ
素描のなかのやぶにらみの輝き
雲のサラダを頰ばりながら
水かきがひざしをきる
その角度で
まなざしは
対いあう
いまや　アスピリン忌

ポートレート

顔は語る
語るのは
しみだったり
肌あれだったり
ときにはアクセントの鮮やかな
しわだったりするが
表情はそのいずれもが
いびつになることで
むしろ豊かになる
粥、と語れ
酸っぱい、とささやけ
刻まれる
表情　それぞれの音
髪の生え際から顎まで
磁器の高鳴り
把手のつぶやき
のけぞりゆらぎ
金雀枝《エニシダ》に染まる歯を見せて
さあ　頰にかかる
粒子のあらい
試錬　愛恋《アイレン》

音よ、封じられることなく

声という
発熱のマテリア

既視の刃の両面を
駆けおりる
騒音の鋏《ノイズ・シザーズ》よりも
いっそう鋭利な
心理という
酒樽
この空洞こそ
鸚鵡の黄色のはばたきに
磁気をはしらせる
耳へ、いざ
ひりひり剝がれよ
安置されぬ
例証へ
変貌する
雨あがりの路上の車輪
とびはねる大気を
時間鋏《タイムシザーズ》が
蕩尽していく
ヘリウム、あるいは
酸味をおびて

半死へ蒼ざめる
惑星への
ヴィラ・ロボスの滴り

割れた鏡は、鈴鳴りに鳴る

ざらざらとして
生あたたかい
発疹するひかりの耳もとへ
刻みこみはねかかっていく
時間のあざ　剝がれようと
靴音たちはきれぎれに
体温をおびきだす

消された灯火が
ひしめく　わだちへ
どんより溶けだした
将軍の眼
囲いこみ磨きぬかれた

鉛のぶあつい煮こごりで
焦点は瞬時に焙られる

電話はまだらになった
晴れようと呼びかわす顔
誇りを怒りのように刻んだ皺
草いきれをぐいと滑らせる舌
これらを刷りこむ声々が
伝えあう距離を
封印された

バルト海の岸辺から
なおも届く
塩をたっぷりきかせた体温の
しなやかな名刺が　老いることはない
その張りつめた鰭ごと
なおも届く
殺菌されない祈りが

格子　檻

禿げはじめたトーチカで
将軍の唇は荒れる
荒れよ、縞唇
おしころした笑いを
縞馬のように縫いとっていく
着古した制服

もどかしくはない
彫ふかい記憶は
蔓も苔も　匕首のように
洗いおとすだろう

ラドム
カトヴィチェ
ピャスト

浜頓別天北線

第二詩集『**声の痣**』（一九九〇年、七月堂）

声の痣

歯牙には
さむい

熾天使のビュランと
うまず寄り添って
削りだされてきたのではない
あらかじめ荒くれ時間を
まだらに炎症させようと
空っぽの胃に
投函された
ザーウミの虹の骰子
台所の蛇口から流れだした
水がとまらない

鉈どころか
逃げ水を
しきりについばむ

貨幣という
匿名の象皮
その流動性の瘤を
《稲妻》列車が切り裂いていく
あの昼さがりは
焦げくさい

ダ　イシキユウ
ミツバ　チノオトズ　レヲマツ
水びたしの美術館へ
搬入されまいと
やみくもに増水してくる
病熱
寸断されかけては
縫いあわされる指紋の環
演出家はその細心さを
耳鳴りで縁どられる
おい、巡礼の杖は
どこだ
声の痣は

やおら地軸を巻いて
耳たぶはぐるぐる回る
どの夢よりも
しなやかな睡り
乾草や
文字の唇
コヨイコソ

渦マイテ
瀕死のささやきが
ほら、噴火湾を
のべつ鰭ばむ記憶の坑道を
ぐるぐる時間鋏へ
滴りはじめる

フレーブニコフは
ついに
薄荷がきらい

メタリック

天気図にむせぶ
砂あらしの病巣は
無人駅の水たまりへ
ウィンチをのんでくびれる
そう、あの吃音の
刃ぶれの
漆黒すらも
ざらめの舌へ
何重にも滑りこむ錆
晩夏の砂粒が
いそいそと
懸垂にいそしむほどの
べた凪だから
くちべたのパレットは
背面からヴェーベルン弦に裂ける
よもや真昼に
蜥蜴と線路はろうばい売り

唾は底なしに
いぶされる

音符の剝げかけた
あのトランクの隙間から
ぽつんと伐りだされてきた
少年の黒鍵の手
雨乞いの腕
舟唄は行方不明
だとしても
猿のように振りむくな
肉桂をかじる歯の
暗闇のきしり
扇風機はひとしきり
赤道を擬似的に通過し
その傍らで
やがて鳥黐へと
歯擦的にずんずん
搗きあげられていく
光線のゆらぎ

根室アルペジオ

肋骨に浮きたつ
直滑降の危うさを
釘一本で踏みとどまる
柱時計のソコヒの文字盤から
いまも聴きとれる
いびつな鼓動
曇天のぶあつい破片よ
ぐしゃっと鞣されないからこそ
時代の首すじは
氷点で血をながす

半開きの唇から
寒気団の鼻梁までのジグザグ
夜行列車は無人の市場へ
ハシブトガラスをはねあげる
まずはウガイの仕方を覚え

忘れずに爪を研いでおけ
錆が侵蝕していく静謐さは
むしろ獰猛だ
返礼はいらない！
等高線の皺ばむ助走
新たな屈伸の幾何学には

雪をちりばめる
薄闇のクレッシェンドが
ゼロを桁おくりに分泌する
娼婦のまなざしは
流線型に流れだしたら
もう止まらない
凍って
つるつるの坂道を
痣だらけに駆けおりると
倉庫は
魚のひしめく廃屋だった
アンモナイトの渦から

やみくもに退くことはない
窓ごとに
ここでは
体温がゆれて結氷し
歯ブラシにしろ
にがい空洞にしろ
みちてきた経血は
狼藉をさらに滴らす

休日ともなれば

もりだくさんのメニューであれ
不意のドアの開閉とはなんら関係なく
あらゆるスポーツは筋だらけ
だれの歯でもかみ切れない

いきなりスロー・スローで
熊の死の舞踏が始まっていた
いさおし・矢印の連続注入には

もっぱら酔いどれピルエットで鏡面を退きながら
鹿たちは早くも角突きあい
ひとまず綱渡りの加速を
銀のフォークのあいつぐ選別を
ぎらぎらリピートしようとしていた

ここでの計時は
当然ながら跳躍まぶし
ムッとするような濃度の
死角をおびきだすネズミ計時
手鉤《フック》まがいの休日ともなれば
幻の牛舎へ草いきれへ
いそいそと駆けおりていく
老いたる歓声の舞姫よ

羊水

すべての街路がダーク・イエロウへ
落日を採血してくにつれ
鳩尾は鋏のように鳴りとよむ
すべてにおいて
豹変するのが嫌いな
鳥目の男がたんねんに追う
ハカリの上での羽繕い
無雑作ゆえに
正確にちぎられた
こぶし大の心臓が
ぴくぴく自在に変形する
焼きあがるまでは
ロバーバルの鮮血を一滴もこぼすな
というのが
誇りたかいパン職人たちの
灼熱ギルドの掟
そのきつい結び目は
塩の味をたえず引き締める

おもむろに「紗《シャ》をかけた」
アマリリスの記憶に
何日か前
注ぎ足された水が
しだいに豹皮をまとう

鳴るみ

蹄が鳴り
追われる踵が蹄のように鳴り
蹄が鳴っては踵をはじき

やみくもに時刻表から消されても
波うちやまない草いきれ！
こつぜんと滑走路を削られた
あの飛行場の人柱のまだらなうめきへ
それぞれの坂道の傾斜を
花弁レーダーには調律されない

血のにおう暁の泥炭層へ
ルウェランの漁撈のぞよめきまでも

それぞれの熱を毛穴を
とうてい均されまい背中まで
時代のマチェールをざらつかせながら

病犬が一匹のたうちまわる
彫りぶかいチャートが
コップ一杯のフィルムに鳴る夜は
だれも入念にヒゲを剃ることはない

雪よふれ
雪よもっとふれ
検疫に馴らされない雪には
白い無数の時間鋏

吹雪のギプスを
突きやぶる
シューマンの破片

廃船ゆえに整いすぎた酩酊を
晴眼は底なしに蚕食する

砕石場　——ある写真論

削り
削られる
ガレ場の膝と膝
ビリー・ホリディーの喉から
ほら削りにくる
熱風のたび重なる使嗾
沈黙すなわち
なまあたたかい
工事中の耳また耳

（剝がれた時間は）
（喉から手がでるほど）
（剝がれた時間は）

（痛いですか）
（痛いですか）

川面のやや反りぎみのドア
アスピリン直下の天窓
風邪の脱臼した蛇口
これら食物に似た空隙を
あえて剝離させつつ
ざらざらと生き急ぐもの
ネズミたちはレンズから大挙して
時計の筋ばった獲物を
かじっていた

（剝がれた時間は）
（喉から手がでるほど）
（剝がれた時間は）

（痛いですか）
（痛いですか）

印画紙の白に
訓致されない白として
砕石場へひたすら急ぐ光線
しきりに削り
削られる
吃音対吃音の群れ
いずれもその踝から
発疹するアンモナイトまで
黒い背鰭を縫いつける

油舌

しきりにノイズが
大気に粒だちあらがうとしても
炎天下のあらゆるイエロウが
しかと切りさばかれていかなければ
けものの息をぐるぐる巻き舌に
逃げ水は飛び跳ねるだろう

料理人の刃さばきの
腹式呼吸とのつばぜりあいにまで
滴らす、滴らす
油舌がかった光線は
緑素材にたっぷり
跨ぎこせ、食器どもが角突く料理ピアノを
タイム・セージ・サフランの鍵盤上で
にわかピアニストの犬歯が
あたふたと胃袋へちぎりおとす
おお青空
このキッチン舞踏を
くくる括弧のなかの鉤裂きを
それぞれスクラッチしつつ
熱風は瞬時にして
豹皮をまとう

（……アクセルをふかせては　クレモニーニよ
あの部屋を　背中いちめんの水滴に
クレモニーニよ　アクセルをふかせては
たわわに泳ぎ　もっと記憶を

もっと切りこんで……）

ひかりはあくまでも鮫肌だから
青すぎる炎天は
ヒゲとともにバスタブへ
まだらに剃りおとされてしまう

光線をわしづかみに
魚市場では
ジュラルミンのトラックが
うかれ経済の風穴から
ここ一番、パーレン
あくびをかみころせば
たちまち魚の血だまりとなる
たっぷり脂ののったあの空へ
ジャンクの群れが
鈴なりの廃車の警笛が
遊泳禁止ゾーンさながら
じりじり盛りあがる
打楽器の皮下へ、さあ

ワイパーは要らないさ
何重にも張りわたされるまで
爆よ
マチェールの格子
舞えよ
ぎらぎら豹皮

雪からの引用

踵のひくい
靴音を
これがじつは鋏の嬰へ
あれこそ大気ときそう窓ガラスの変ロと
ひとしきり猟師の臼歯でなめし
その噴火口から
錐もみ状に試される
狼へのとどめのいっぱつ
くびすを接して粒だつ靴音から
とめどなくアドレナリンを滴らせるには

密猟へひとまずくびれよ
脂ののった
たとえば数字は不要
コウモリ傘なんていらない
ときには台所がなまあたたかいのは
その蛇口から
未熟なままの遺稿が
まだらに蹴りあげるから
気色ばんでときには
体温は橇の習俗と首っぴき
shuffle か boil か
とどめに血球にのるかそるか
刃ぶれのタンゴが鳴りだしたら
はまあかざ・感電注意
いまやベルメール
あらゆる錆びるものよ狼藉へ
ぼてぼてするな
靴音をあらいざらい
路面の余白に剃りおとしても
野犬はさらに闇を
ぎらっとはじく

ウナ・キトク

靴音がざわめいて
ひときわ脂肪をたぎらせる
ここは駅だったはず
靴音から要はかいなをいびつに漕げよ
ウガイを
胃袋へずれる
ウナ・キトク市場へずらされる
あの背広は黒びかりがして
瘭疽へ爪さきだっては
つるっと疲労をすべりおちる
時間鋏はそれぞれの靴音に
奇数のイエロウを
滴らす、今日の遺失物はなにか
渋面に張りめぐらされた路線網は
どうしてもこうもぐいぐい怒張してくるのか

と、確認しあうためだけに
吠えかかることもない
今宵こそは鱈
その新鮮な患部を
ぴくぴく鉈ワリにして
骨も身もセリおとされるまでは
血の仮縫い
猿まねに臆せず
まるごと先端恐怖や時化やうるしと
ぐつぐつ煮たてることが
銀河系への骰の返礼
まずはタキやホキどもも
ワムたちがごくりとのどを鳴らす
積荷はもちろん
かすかに欝血した空洞
と、うそぶく未明の風が
唇を半開きにさせる

whir, whirl

突堤にしろ、あるいは埠頭にしろ、それが固有の名前や番号を失ってしまっても、ただちにたとえばスターリン空間におけるようなインクの地下へのおびただしい発光へと転移するわけではなく、まずは横なぐりの風にたじろぎ、その風速のぎらぎら繙く回文に吊された酸化しやすい鉤に、眼球は肉屋のうすくらがりの懸垂状のどよめきとほとんど判別できないほどの、周到な殺意を読みとるだろう。

そこに

ごく変哲もない靴音が鳴ったとき、豹皮をしなわせて疾走してきたというよりは、踵を連続的にかるく上下動してきたにすぎないような鳴りようだったから、はぐれ波の瞬時に皺ばむぞよめき、ちぢれた獣毛のぶあつい胴間声は心臓をわざとはずして……、それでも撃

鉄の息づきのずれに指をかけるレンズの心臓
をいくぶんかは掠めたのだった。

　　　　　　　　テトラポッドの群れは
しきりにぶざまな洗面をくりかえし、靴音は
といえばあくまでも直射日光ぎらいだから、
虎視眈々つぎに介入するのは象皮病荷役の水
たまりどころか、二万ボルトの高圧電流のか
よう漆黒の架線をまたぐ跨線橋にちがいない
のだが、さあ俯角なん度の賭け金がその踵に
かけられることになるのか、林立する銀の格
子をあばよとしたり顔でぐぐっていく電流が
血のざわめきとやがて拮抗する黄昏に。

光と闇

I

だれがだれをはきだす
舌がかりにとりあえず
スケーティングだ柑橘
の種はころがれ舌は腫
れあがれ偽膜《ピップ》さピュレ
状に咲かせて造影され
るのはだれがだれでも
ない吐息コロセコロセ

II

検眼表はまくれあがる
心臓はブイのあざだから
やたら杭やスプーンが投げ入れられる
幸いなるかな火気をおびたら
声帯はまだらに跳びはねる
もちろんデンマーク体操はろくでなし
逆光は質屋の闇の湿舌から
やおら爪をとりたてる

恐水病

水に触れると
感光フィルムは
盗汗のように溶けだす
半死へ消えかけた廃船のイエロウは
ひときわ水際立って
流木と
さしかわす
ついばみつくす
造船所の錆びついたレールも
水に溶けようもないこの
曇天の昼さがりには
密栓投機の思惑買いは結局はしらず
乗客をすんなり運び棄てていった
クビレ抽象ゆえに
この乗合バスのタイヤが
ふぞろいにひしゃげる

爪から血がにじむトゥーシューズは
もちろん片足でいい
踵がなくとも
舞踏手スメルジャコフは
おもいきりクラック、クラック
便器は横転して
砂にいっきに咬まれるがいい
浴槽は海峡印なのに
空っぽ
たがいに禿げれば
阿吽の呼吸
爆ぜれば大気と
ちょうちょう発止
ほこりっぽい空洞には
まぶしすぎる風の吹きようだけど
どうだ、そのはしゃぎようは
性急に靴音だけを
脱ぎ棄てていっては
水に触れる

吃音

吃音を
かさにかかって唾と
まだらに弾く
鳥葬には、まず
粒だつ闇の印画紙がふさわしい

皿に浮かぶ
脂、うっすらと渦を巻いて
ピチカートを切りつづける声
その瘡蓋を剝ぎとっては
てんでに不渡り廃館となっていく映画館の
濁った闇
果皮を弾く水
砂粒へ蹴おとされる
音の鱗片
というべきもの
ゲッシ濃度を増す人いきれ

その暗躍の爪先から発吃せよ、光線
舌鋒で跳びはねる
火ぶくれの圏点は
ときには靴底に連座する

吃音から
速度をのみほし
ぞんぶんに眼帯を巻きとろうとする
あれはアマリリス
心臓破りのぶあついシャウトまで
やにわに駆けあがる
歌手の喉のポリープは野ざらし
ざらつく予後においても
全天候的に
漂白されることはない
吃音のなかで
盛りあがる
舌と
光線のつばぜりあい
ひときわ跳ねあがる豹ノイズ

水分をほぼ終日
吸い尽くしたコインは
吃音の濡れた光沢を発する
芳香族ぎらいの舌に
したたる野犬の巻き舌
労働のミシン目を
たっぷり熱湯へ折り曲げれば
緩慢に凍えるばかり

ゆるい傾斜ではあっても
印画紙上を
寒暖を問わず
てんてんと排卵していく吃音は、とうてい
なだらかではない

腐蝕　——ホルスト・ヤンセン頌

破水する
つるつるしたものの
鼻梁性のきしみ
炎天下では
油断はもちろん禁物
なのに
この油膜状の吃音
発疹する時代の耳もとへ
あいついで召喚される
舞踏病のちぢれ
ちぎれたボタン
酔いどれの雌伏
鍵盤アマリリスから
要は海藻へ荒れさわぐ
ヤンセンの腐蝕の舌
偽傷もいとわず
渦をまいて
したたれ、したたれ
反故をふぞろいに注ぎ足せば
先端的に焦げだす水
午睡につき
稲妻片を銜えたまま

跛行する熱の鋏よ
ハンブルク、この港湾に
碇泊する
わだちの不逞を
しきりに尖らせては
靴音まじりの狼藉を口ずさむ
比喩と脚註がこんなにも
つるつるするのは
色鉛筆の魚扠で突かれた
魚たちの
花弁かつ
とどめの遊泳痕
生がわきの時間では
とうていなめされない
疾走ディアローグだから
あいつぐ瘡蓋やぶりの光線を
吃音にプラス
吃光へと絞りこめ
鉄、キッチュ
ノ代ワリニ

私は金《キン》ヲ差シダシタ
としても
鳥の死骸
千の砂粒へはもうひと突き
ちぎれたままドローイングは
氾濫に余念がない
ツルコケモモのだんだら
おお、その皆既まで
塗り残される
道化師の喉へと
なんとも調律ぎらい
流しこまれるこぶしは
キリモミイエロウ
揮発性をおびた競売時計を唇に
ふたたび路上へ
大気もろとも嗅れだす
いびつな対の靴底
ヒゲヲソリ
彼が洗顔する
水は

破綻にあらず
なまぬるい

鳥類図譜

有翼の
ややもすると感電しがちな幾何学を
はばたきの褪色すら
応急的には
思いもよらず
さらに歯牙による羽の抜糸も
みるみる貼り足される
最新版鳥類図譜
ここでは
耳を光源とする
鳥どりのさえずりの
いっさいの削除は無用
その採譜にあたっては
わたしもタップを自在に踏み鳴らそう

巻きつく大気の針金なんか
爪先からほどいてみせる
瞬時の滑走までの
ハドロン・トラックスふうの
汗の流れようで
声すなわち
熱のふちを
常食とする縞唇こそ
市松模様のたび重なる光食性を
さすがに忘れない
包帯ぎらいのその病勢は
晴天の空隙のページを追って
つのるばかり

剝ぐ

海藻にしろ
ヌレネズミにしろ
漆黒のゆらぎを

剝いではてんでに鞣しあう
これら
瘤時間の流星たち
これら痣だらけの屈伸をゆすりながら
うすく結氷しはじめている光線
液体のままでは
このまま座り込んでいては
光の穿孔すら
息苦しいばかり
砕氷用のどのトランクも
その材質を問わず
できるかぎり重そうに運ばれる
たび重なる検疫に際して
数字になりきれない
わたしは砂塵
わたしは砂まじりの靴音
ぐるぐる配管しつづけること
それが不可欠だとして
踝までの闇の湿布を
かじる《ママ》にくる

擬似的カフカの
真昼でも尖っている顎

光の唇では
捉えきれないもの
何度もその唇で
炎上してみせるもの
不寝番ノ唇カラ採血シテ
トコトン豹走スル
アイツノ踵ヲ刈リコメ

唾棄されないのに
しきりに引っかいている
光のここ唇では
よもや悪天の錆と
川面との
均されない
にわかに服喪中のゆらぎ

形状をいとわず

縞唇に
係留される
どのトランクの記憶も
シャツのたとえば肋骨あたりに転位した
何重もの体温から
こぼれおちようとして
むしろ耳のかたちへ
その矢印を剝ぐ

フィロノフの腕

終始眠らずにいる
そのこめかみから
木端が新たに削りだされるまえに
木製の机で焦げている
航海日誌の刻一刻のゆらぎを
三日三晩であれ

刃という
離ればなれでは
とうてい眠りこけないきらめき、そのうっそうとして
怯まない針葉樹林帯の飢えを
鑿と、いずれ突きかかり
フォーミュラを後日伐りだすまえに
色彩の純ざわめき
そのふきこぼれる胞子たちを
刃こぼれなしに光線の唇で
まずは決済するために
フィロノフの腕の傍らに
釘づけになっている
非植生の縁までの
木々の呼吸を
ときには張り棒として
終始そのこめかみまで
打ち寄せるあれは
悍馬の蹄を貫流する血

第三詩集『ピッツィカーレ』(二〇〇九年、ふらんす堂)

闇の線

（1）

魚の背びれをやおら背負い
風はふぞろいの吃音までの闇の線を幾通りにも駆けおりた
夜来のテンポ・ルバートにあぶみなし
口腔の値踏みなし
橋上の無番地や保冷倉庫の屋根にひくく垂れこめる雲も
　束の間の休息
あるいは気まぐれに刻まれた路面のシュプーレンの転移
　だとすれば
フライパンの盤面でのたうつジュウジュウとて
夏至という語の肉汁航行を全面的に支える
といってても何らふしぎではない
雪からの性急な引用でゆがみ
さらにふくらむ波の影よ鶏卵よ
ちぎれた影が耳朶となり
海鳴りまであと一歩の爪先でふいに眼底を削りだした
遊泳禁止のままその後も鏡片の群遊はつづく

（2）

やや小降りになったとはいえ
小止みなく降りつづく雨
河口は風の狼藉を水面に係留しようとして
まずは発汗や包帯のシャッフルに余念がない
朝方から水流はふだんにもまして膠のようにはずみ
その勢いで膠の気勢よりもするどく濁点を打った
あたりに黒く点在する廃屋
静止と起動とりどりの浮遊物体
もっとこちらへ
ぐるぐる反転してもっとこちらへ
岸辺にいたるそれが木の椅子なら油断は禁物
雨中のダンスならなおのこと
いずれ夏がきて
河床や石はみずから白内障をまっ白に引き裂くだろうが

その呼吸は触覚でしか測れない
艀の群れが風の鞍部でゆれ
ゆれるたびに闇の線が浮上する

（3）

ふるい、雨
どんな記憶をふるいにかけるにしろ
さほど挫けず雨は網をうつ
デシベルの樽に鈴なりのたがをかける雨
暗視野を裂くそのピアノは衣裳トランクの底のよう
着なれぬストレートジャケットの黄ばみがぴょんぴょん
闇の線を渡りつめる
ピアノは今にも破裂しそうだが
ペダリングのくるぶしにひそむ各種アンモナイトは
生乾きの回転木馬をなおも上下に反復中
水たまりをかたどる風の接線上で
ぐるぐる発光する汗の粒は孔雀の羽根だった
歯ブラシ一本残された路上で
夜来の雨はふたたびはねる

その片脚は痛みを矢印に着地をはかり
毛深いもう一本はもっぱら横滑り

（4）

雨乞いエクスプレスだ
急ぎすぎれば雨は錆びだし
錆びて際限もなく金属性の草いきれへ近づく
雨中のデンプシーのあらい息
セピア色の息を吐くボクサーから草いきれに巻きつく一
　陣の風
ほどける無風の爪
急ぐんじゃないぞあえて何もかも
晩夏の死斑もその比喩も
蠅や羽音の死角で未完のまま
無風という未完のレンズは
明暗いずれも茶褐色の浸潤へ逃走中の果皮のくぼみと
密着的にひとしい
調律師の夢想にひとしきり介入して
晩夏の耳をそいでいく

ヨゼフィーネの声帯の黒い線
渇水期であれ光の縞を工事中の
ブリキのたわみバウンドする音は
刃こぼれそれとも破断線

『白日』* に釘づけ

海辺や窓辺で鞣された光の襞や皺
もがれた片腕はあくまでも白色であり
流木のような光線の煮こごりではない

そこには三角巾も投石器もないのに
もがれている腕の白い記憶
女が男がおもむろに献上する無音の触感

だっただっただった光の環状列石だった
歩行も歩速もそれ相応の石になる
あるいは挽き臼のように
水平に回転しつづける観覧車だった

歩幅というその函には男のつぶれた眼球が安置され
その函では女のラバーソウルが生き延びる
眼球からほとばしる血を起点として
壁の裂け目からしたたる水
自動ピアノもどきのコップの無音の嵐をしのいで

《あふれる水》という惨劇のカッコをはずせば
海辺の絞首台へいたる、
流木製の絞首台に吊された衣裳《ヒトガタ》（遺留品？）からしたた
る血
塩水か淡水か定かではない水の可燃性でそれは自然発火
する

海辺にうち寄せる波また波には
波それぞれの生の日付がある
海辺にうち寄せる波また波には
波それぞれの光の生傷がある

海辺（砕波、重力のぞよめき）であれ

窓辺（ニスの剝げた空っぽの椅子）であれ
あらゆる衣裳《ヒトガタ》へ風が対向してくることは
いずれクラッシュで重力が炎上すること
映像の幾何学はハッカの空気感染をきらい
ざわめきの不凍液へざらざら定位する

（フレームぎりぎり左上端にうしろ姿、横位置に砂丘が
　屯するもっとも
美しいショットはスティル写真に最接近する。この《対
　象への
密告》は《瞬間の研磨》にさらされる、目蓋が《瞬時
　に》眼球へ
吸着するような）

くるぶしまでの水量の溝（ここでも歩く）ではじまり
ふぞろいにかかとをあげる溝で閉じる鉛管（円環）構造
／（啞のラビリンス）
小走りもない／ひたすら歩く
風景の、撞着語法（オクシュモロン）の圏外へ、画面の
　外へ

果たして《啞の決壊》はあるか
波動は発吃者に吃音を
滑走者に滑走をひたすら喚起する

＊『白日』は二〇〇四年制作の三宅流監督の映画作品。

（ミリ単位で隆起する地形の傷口を……）

ミリ単位で隆起する地形の傷口を
これ以上こがさぬよう
やおら包帯を巻く
これが日射しでもアフェリイでも
暗視がぐるぐる可動性を消尽する寸前に
アキレスその他めがけて解体する建物の闇と
瞬時にその包帯は釣りあう
日溜まりに似たあらゆる物の渚で
イエロウが沸騰する撥水する

無風のうしろで生乾きの建物は
雨中を走り抜けたランナーズのすばやい引き渡しを求め
る
このネガでほつれかけたガーゼで
街路の仮死を仮縫いする《時間の火事》
地上波なのに海藻がつぎつぎ神経のようにゆれる
左手のナイフでしゃにむにむきはじめたリンゴの皮が
無風のうしろで早くも脱輪して垂れる
末端はアナコンダかそれとも剃り残されたひげか
生乾きの理髪店でカミソリがいきなり顎に接近する

吸殻のうしろで消えたタイヤ痕
よもや水無し堀川の川底ではあるまいに
ここ出町柳に点在する吸殻のうしろにアキレスその他
群れつどう白日にこれ以上こがさぬよう
二度三度ギプスを割るんだ盲野を
こなごなのブラックホールズをさらに掘削する
いまやオーソペディック・カラー
すなわち整形屏風のお出まし
あちこち路面をあたふたと削る

送電鉄塔がならぶ斜線をアジトとするかつてのトンボら
必ずしもそこは有刺鉄線に囲まれているわけでも
草が密生しているわけでもない
眼球がわりの網戸にいつしかはりついているカマキリの
ように
送電鉄塔をようする空中にうかんでいる
地中にうごめく耳のようでもありひとまず停止して
何棟か黒ずんだ豹柄の建物が快哉ならず
送電鉄塔に寄り添いつつおお
午前四時始発のセバーグの声帯の濃霧をしぼるふりしぼ
る

鹿の角——pour un trompe-l'oeil

発吃者はときには傲慢にみえるだろうが
その実ひきつれがいくども彼の喉を
唖が石化するほど締めつける。
地上へ墜落した死鳥の群れは豊穣な唖だから

石洗いの合言葉muto*は発語されない。

灰色の階梯であるネガにあいついで
生起する闇の微粒子で刻印されたまま
鳥をさえずりの倒影をかわるがわる見ることはできない。
吃音はかさにかかる。ますます脂はmuto
まんじりともしない皿で凍りついた。

声の指でピッツィカートをその音源をさいさんピッツィカーレ、
ひたすら張りつめ歪められる血管から瘡蓋を剝がしながら
いまやそれは破裂するだろう、鳴り響かずに。
andaそれとも使嗾の血腫は扁桃で黒ずむ。
闇は忘れられた映画館でにごる。

スクリーンの水面から岸辺へ
水晶のぎざぎざの砂粒へ
しわくちゃの膜にくるまれた音を運ぶ。
水のフィルムにはりつく音の鱗。

ゲッシ濃度がいや増す。
光線はゲッシ濃度に象嵌され、発吃するやanda

尖った舌で切開される。飛行音はとぎれる。
発声における発吃時に速度は回収される。口は解凍するまで《無音》を呈し
そして眼底まで一面の啞。眼帯はびくともしない。
そして道端の水たまりで煮こごる水、muto muto
移動させながら水たまりの恐れをおまえは剝ぐ
失語の恐れを。偶蹄である恐怖をおまえは植えつける。

発せられぬ叫びは心臓を爆破する。心臓は花咲くだろう、これこそアマリリス
瞬時に喉へ登りつめる。喉にはポリープさながら
andaその花は寄生する、赤紫色の花とて暗天に屈せず。
その赤紫色を漂白するにせよ
冷気の吸う息で貯光するどころではない。

吃音のさなか歯擦音や破裂音あいてに舌と光線は格闘する。

二発の雷鳴、二頭の豹は跳びはねる
スパスム蒸着であれ舌の始原と柔らかい口蓋の間で。
頬の裏にコインを隠せ、隠せばコインは吃音を増殖する
だろう。度はずれて
どきどきおまえは舌でコインに触れるだろう――艶消し
の灰色のそれに。

猟犬の革紐の吠え声は反復されれず、その匂いはようやく
記憶される。
プラスチックつなぎのしわざだ
匂いを音と連結する――写真のしわざ。
なんともそれは鹿の角――anda なまあたたかい殺気や
悪天とて、水位標識とて
だが声が浸透しないそこでは吃音は成育せず。

＊muto（唖／無音）ならびに anda（始動／使嗾）はいずれもイタリア語。アンドレイ・リョーフキンは中篇小説「灰白の書物」でいずれもロシア語に拡張して鍵語あるいは鍵概念とした。

絵葉書

水の滑走。凧の火傷は
眉間ではそこそこあかい。
死の海藻がからみつく
音と吃音、――その周囲にあふれだそうとして
炎症の油膜をまといそこにはまりこむ。
時間の地滑りは聴覚を麻痺させる。
リズムもままならぬけいれん舞踏で
妊娠中の男のどてっ腹からばらばらボタンがちぎれる。
その妊娠の軸はアマリリス、
jelly 状の酔いどれＪが
現ジェリイフィッシュを――理性の胎盤を食べつくす瞬
間までは。
これらのエレメンツはいずれも残存しないだろう。
そのときこそヤンセンは胎生する
自分のアルファベットを――鉄プラス腐蝕だっただった。
数次におよぶ縁組によっても舞踏によっても裂けたもの
は
脂ぎった初乳を注ぎ分ける。

注ぎ分けられる活字の滴りは流れず――
冷えきった大気を裂く。お元気ですか
彼のひたいの稲妻から舞踏靴《マリヤ》へ
鋏でじょきじょき切りさばかれるのは
手稿の断片。氷ですっぽりおおわれ
それらの断片は彩色された魚眼へ貫入するだろう
色鉛筆による刺傷は
それらの消尽されない運命のいっかんの終わり。
不全の瞬間はその生活世界に
はりついた（かつての軟弱な魚眼よ）。
それは金《キン》によってみずからに微光を照射したが
光は流出しやがて液状化して潰えた。
鳥は崩落して砂になり
その砂は体温の滴りと混合した。
砂の断片をすっぽりくるむ
赤いガラスの赤いデッサンよ。
唾には轟音の鉄の後味、
錆びだしたキッチュは唾を塗布される。
道化師の喉で、兎唇で
運命は新参の麻痺を翻弄する……

灯台から夜ごと永遠に
ハンブルクの港湾に吃音のさざ波……
彼はヒゲを剃り、剃られた水は霧笛
口にはこんなに甘美な水の裂け目。

写真家

歩く足は採石で削られる
くるぶしのギプスから膝蓋骨まで。
このはやりの治療法で
唖であるダレカレは治療する
おのれの発話を。

風と同じく正面に
サルガド発のシムーンと同じく
時間は――縦・横一メートル
等辺のヒョウソ性砂岩へ
キーンと陥没した、

痛いですか？　痛いですか？　痛い？
早くも褪色した川面のドア、アスピリン――
non――天窓は（地図上でも）
剝ぎとれ剝ぎとれ、ゆでたての
パルプ・フィクションを。

無音の口からネズミたちは
キイキイ軋ったりカチカチ囓ったり。
時間よ、時間はキイキイ囓られつづける
ベスラン時間の山盛りの吸殻にいたるまで。
痛いですか？

満水の白日の印画紙には写真家は
眼光でさいさん穿孔する。統合されない
かつて一閃したマグネシウムのひかがみ、それも
時間のどまんなかで。
どんな時間？　どんな？

（**眼球でガタンと……**）
すべてが羊歯類である
セルゲイ・ソロヴィヨフ

眼球でガタンと一時停止した
（ガタンと音がしたような気がした）、
氷点下の絹雲まではとうてい届かない観覧車
男はひょいと底なし観覧車みたいな帽子に手をやり
ひょいとヒサシを持ち上げようとする、
とはいえ帽子をかぶる習性はこれまでその男にはなかっ
たから
被帽感の極意にはほど遠い晩夏の
その背中では孔雀さえ留鳥に荷担するが
闇ニ浮カブ記憶ノ暗転コソ眼状紋、
空白はすりきれた死角では埋めきれない
なみたいていの量の砂では……／ペカールスキイの
砂また砂のこきざみな羽ばたき、止汗しらずのパーカッ
ション
大気の檻の外へ……／

ひらく上尾筒の
哄笑もどきのこの空模様では
道の散逸はひたすら蹴りだせ蹴りだせ、この
空模様ではすべてが羊歯類である——そう折柄の
石油タンクの火災から緊急避難も急カーヴのだらだら坂
　もうしろ姿の
父と子のつないだ手も、この空の運河の水面にうつるこ
　れらはすべて。
もちろん疑似餌なし、トラップなし

眼球に
うつる窓を窓枠を刺青する眼球を
うつす拡大する
レンズに風の端本がうかぶ……／旅行家の、彫金の
頭文字よ眼球の浜辺で靴をさっさとぬぎすて……／
空白は黄変した死角ではもう陥没しない

（もうとっくに広枝は……）
釘男《くぎお》ギュンター・ユッカー
（栃木県立美術館二〇〇四年のチラシ）

もうとっくに広枝は
なぎ
払われた
空間のその釘目をどんどん詰めるには
いまや枝ぶりも定かではない、

扁平ぎみの
木の頭蓋にモノカゲをよもや造影的に
植えるでもおお凪ウエルカムでもなく、こきざみに
灰白の影、書物の埃、切手だよかすかに色むらのと連呼
　するでもなく

釘をたてつづけにただ釘を
斜めに釘を空間の生え際に釘を
光へ傾く釘をなんぼんかただ釘を
恐水よりも鉄錆よりもすばやく乱打するや

地を這うようにますます

つのるメリッサぎらい、
空っぽの飢餓を密集的に打ちこむ
晴眼を密集ノ飢餓ノ行方ともども
釘男であれ釘画師であれユッカーは、／……

釘はあらかじめ錆を舞踏靴の爪先にとぎすますのに対し
たとえば捻子は河床の流水痕をその身にきざむ。／
発行済のツェツェ蝿の切手に代えて
釘だらけのカンヴァスを差しだす、
ピラルクーの鱗に代えて必死の釘刺し箱を

釘をたてつづけにどんどん釘を
斜めに釘をお前のめりＯＫだから釘を
重力散布には反れ反れ蟻酸もどき
地吹雪のようにびゅんびゅんるざんの釘を

《光の唇》

ダンサー

ヴァイオリンゆずりの闇に
ともすれば寄り添いがちな
耳ジャンクの未定にあって
頻りに金蓮花を鱗の花弁を
ごろまく磁気嵐のかかとは
給湯なしに剝がれよ砂塵と
大気の網目はジャンゴ連鎖
ひたすら睡《スィ》半ばにせりだす
炎天のファウナと首っぴき
でいよいよ巻きつく吃音布

理髪店

霧笛とも無煙炭ともやや林檎
じゃくった海図のしわとも無
縁でその唇に近づくカミソリ

よりもにぶくタンポポを束ね
この洗面は縞模様の椅子にて
蒸留酒っぽい鏡など見もせず
むしろどんどん脳ミソを加湿
しようよと彼女は紏髪病に唇
を重ねつつ泡だて釘をそれも
何本も夜来の皿にばらまいた

印画紙

かろうじてブリキの切れ端で
靴の縫合のほつれを刈りこみ
長年の炎症からようやく撤退
しはじめた唾の渚タップスに
て痣の各種こっぱとイラクサ
の舞踏とあれやこれもと宴を
連夜ロープめかしては発熱に
プラス海藻のそよぎをそそる
光はもちろん送迎デッキを断
って舌にかろうじて着地する

アラベスク

糖蜜ならともかくどうにも
ガレつのる花綏歩行だから
いつ途絶えてもふしぎでは
ないのだがマ行をしきりに
濁音化し思いもよらず家具
嫌いの鼻汁を雲の柩にまで
すすりあげよもや水と油の
同心円をふみはずそうもの
ならおお群青おお藍と唇を
半ばにダンスは時間を炙る

ゼノン狂

食卓のとりわけ（トマト料理
には欠かせない）バジルの瓶
からブレつづけた顔の前線に
すなわち二重スパイの朝の唇

に（早くも老いが忍びより）
酸味のきいたピクルスと煎り
卵二個だけの（雨あがりの）
情事の味もう早咲きは無用と
コードネームポワンともども
夥しく散乱する金冠ブリッジ

水蜜桃

すでに茶褐色の酸素マスクを
部分的に装着しはじめた桃を
射る湧水の水音が耳のつけね
でかすかに刃を研ぎ鋏がえり
の光線とその鋭角を競いあう
陶磁鉢の底まではそもそも驟
雨は移植されなかったにせよ
防水布と等しく吃音をはじく
桃の産毛は蛇口からの流線形
ごとメノウをまだらにゆする

生け捕り

曇天に浮足立つどころか浮石
に足許を掬われることもなく
闇に咲く薔薇《バラ》咳《ガイ》をまずは点眼
して冷水摩擦に勤しむにわか
眼球らの群れにVはヴァッリ
ークの眼鏡でありBすなわち
ボガズキョイの廃墟だと打電
しつづける指先で生け捕りに
される搾りたての馬蹄逆光地
カーテンの攣れそして砂の樽

ビジアコ

bisiacoという語は亡命者、流民を意味する
クラウディオ・マグリス

声という発熱のマテリア

既視の刃の両面を駆けおりる
ノイズの鋏よりも端本のかかとよりもするどく

殺風景であればこそ漂流するもの
錆びかけた釘だらけのデシベルを咬み
しずかにたわむ距離の不確かさ

夜来のジャミングも雨あがりの路上のレミングも
もっぱら奇数であることで
蔓も地衣も潜水夫もまだらに漂流する

逆光線をどんどんさかのぼる動詞の勢いがビジアコなら
急勾配を登りつめる健脚は稲妻のヒゲだろう
ここで焦点を焙る金属性の闇はだだっ広い

境界の、あるいは線

どの境界にも銀鱗のような発熱の線の輝きがある
歯擦と破裂とそれぞれの銀紙のノイズ

見なれた風景のうすぐらい口腔
ウ歯にくいこむ風蝕の果肉と
観察定点から依然としてずれようとしない時間の火傷の
　瘢痕
こうして夜が吃音の闇へうごく境目で
大気のひれが光線のごくうすの膜をじょきじょき開きは
　じめる
家々はひたすらアクアラングもどき
屋根と窓からひざしの裂傷を置きざりに
塵また塵に遁走した星々の発吃残土を
あえて呼吸するあえて
水たまりでのあらゆる雌伏に魅入られた夏のひたい
無風にほぼ匹敵する熱風のこめかみに
ぴくぴく殺菌されないケンを競う
たとえば背高泡立草のメタリックな花かざり
たとえば鮫肌のさんざめき
みえるこれらの楕円こそ
視線のたびかさなる錆だとしても
ひしゃげた雲をくりかえしそのしらがを頰ばりながら
大気のひれがまたもやひざしをひりひり先導する

イルキ橋をいっきに渡り
あくまでも消失点をねらう眼球で
《粥》と語れ
《酸っぱい》とささやけ

（**折柄のひざしの……**）

折柄のひざしの
やや光がちの船影で
《やや》ゼブラばかり先行する船会社のビル、
斜めに介入する風による肉離れ、いずれ脱臼寸前の風景
　だった。
誰何《スイカ》の同じページを風疹と風疸がともにひもとく殺風景
　にあっては
埃はこなごなの悲喜こもごも結び目を結んで
やおら曇天の眼鏡にも模造拳銃になる、
ルーメンというひと雨さえくれば最新の包帯ができる、

　背後に
消え去る夜来の水たまりへほつれる包帯のざあざあ破線
の
病状の定かではないガーゼの残影の
やおら脚を折りたたむ風の駱駝の歓待にざあざあけく
　れる／……
それは致命傷ではないが、どれも乱歩《ランダム・ウォーク》の
肉腫めくたしかに《擦過傷》、小声でどんどん
ビルの南面で版図をひろげる、声紋の土ぼこり……／
折柄のひざしの
不鮮明な後味ではあれ、フラッシュ・バックの針のアジ
　トだから
昼下がりのベンチで眠りこけるヤマアラシの針毛の盛り
　あがりまで
さあテイク・バック充分に投げろ投げろ痛恨の曲球を
風信にのぼるそれが鶏卵がかった灰色の防水シートに巻
　きとられる前に

防水シートの継ぎ目継ぎ目がいずれも漆黒の染みになる
　前に
ぽつぽつとセシウムの穿孔を無色の穴と打電したあの
フィルムを見終えたまならうらで、

眼帯なしに
ここ吹きさらしの光の唇でゆらゆら
履歴現象の船影がバウンドする

（もうとっくに広枝は……）変奏
釘男《くぎお》ギュンター・ユッカー
（栃木県立美術館二〇〇四年のチラシ）

とっくに木の鱗は
なぎ
払われた
浮遊空間のその針目をどんどん詰めるには
いまや枝ぶりも緑青も定かではない、

ともすれば扁平ぎみの木の頭蓋に
モノカゲまたモノカゲを
よもや造影的にぺらぺら
植えるでも海凪ウエルカムでもなく、
小声で影、埃、珊瑚の切手と連呼するでもなく

釘をたてつづけにただ釘を
光へ傾く釘をたとえばなんぼんか
恐水よりも錆朱よりもすばやく乱打するや、
地を這うように

つのる薄荷ぎらい
崖錐ぎらい、
変哲もない飢餓を密集的に撃ちこむ
（アンドレイ・タヴロフの唇から檄がとぶ
《音めがけて鏡豹を撃て》）
やおら晴眼を、密集する飢餓の行方ともども
釘男であれ釘画師であれユッカーは、／……
釘は視界の浜辺であらかじめ錆をとぎすますのに対し
いずれのネジも河床の流水痕をひたすらその身にきざむ。

／

発行済のツェツェ蝿の原色切手にかえて
釘だらけのカンヴァスを差しだす、
あくびをやみくもに欠いた釘刺し箱を

釘をたてつづけにただ釘を
ななめに釘を遊離空間だからもっぱら釘を
重力散布には反れ反れ釘耳わたり、
水母の羽振りをアカペラで攪拌しつつ
地を這うようにぐるぐる釘を

ヒョウソ駅

ここはめざす目的地ではない
給水駅ではないと思っても
たしかに奥羽本線の有人駅で、
この列車はまもなく発車するとの
駅の案内放送がとぎれとぎれに聞こえる……

プラットフォームにあわてて下りて
ふりむきざま下りた列車を見ると
車窓には地吹雪の粒また粒、
流星痕のような土まじりの窓だった
フォームは廃墟と改築が同時進行中で
夥しいかたちのかけらがやたら騒々しい、
めざす逆光フォームに行こうにも跨線橋が半壊で
もう渡れない、下り線にどうすれば出られるか
尋ねようにも駅員は見あたらずうろうろ、
フォーム中央までようやく辿りつくと
ニスのはげかけた椅子ばかりの採光のわるいレストラン
跡、
それでもやや東進すると水のないプールである
水がわりにうっすらと埃を張ったプールでは
老女が二、三人談笑しつつ遊泳中、
先ほどの場所に戻ってみれば
シンバルがばしゃばしゃ不揃いに鳴っている
横倒しのトランクにのって
まん丸顔の童子が鳴らしている
わたしが駅員の所在をその子に訊いても訊いても

その子は返事しようとしない
そのうちに下り線には別の列車が入線してきた
というよりやおら入線する気配があった、
所在不明の駅員がしきりに
〈レンガ……方面へお越しの方は……お急ぎ……〉と放
　送しているが
やはり語尾は聞きとれない

verde, troppoverde
（緑よ、過剰な緑よ）
コクマルガラスには雪盲の雪が最適だとしたら
パンの耳のカンバツ系暖色にはオリーヴの実がやおら停
　泊するだろう
無風がじりじりはらむどの灰色にも
暗緑のデシベルの歯牙が乱雑に放置されてあり

それははなれの光の生傷（砂利ばむ雷鳴……）
あるいは渇水であれ増水であれ水による傷だらけの河床
　だが
連戦のボクサーの切れまぶたにも似て
いったんは切れ長のキアロスクーロの暗渠のなかで
ケーソン病に陥没しないよう岩の輝く緑をふりしぼる
折からの無風のうしろに雑色という色はない

（耳のかたちに飛礫が……）
耳のかたちに
飛礫がちぎれた、ざらざら
この砂模様に塗り残された吃音の

無色の渦、そう、砂にはざあざあ飛礫があり
吃音よ砂のように飛ぶからには
やおら飛散するからには
濁流の矢印をまずは耳朶に

突き刺せば、ひびに釘づけ
モンドリアンの死線に釘づけ
歯ごたえのあるオーナメントができる、
この砂模様には歯ごたえがあると
光線によって踏み固められた凪の唇に、いますこし
全景の肉や骨のパノプチコンがおどるおどる、
いますこし濃霧のしずくを

耳のかたちに
飛礫がちぎれ飛ぶ、ざらざら
飛び跳ねる吃音。時間の鋏はどこか
刃こぼれはどこか
鋏と刃こぼれの連携はどこか
砂の記憶に関するかぎり、
砂の捻子に河床を巻きこむ

流水をきざめば、これは浜あかざ
ひざかり縞ざかりだった、ともあれ
ほつれ火の流紋ならもっと伏しなびくものを
いまやロスコの暗青を歯擦して

刃に耳を塵に凪を
空白から空き箱へ移動中の
オーナメントを銜え

鳥類図譜

わたしには応急的には
開示されなかった、鳥どりの羽根が
感電するも同然に鳴る
という比喩は。――もっと
鳥類図譜のページがつるつるになればなるほど
わたしは歯で抜糸したろうに、あいついで

大空から鳥どりの羽根を。

目下わたしは新訂図版いらず、
たとえばツグミの消息を尋ねるのは
わたしの聴覚が視覚になったから
鳥どりのさえずりが記譜と同じく視えるようになったから。

わたしはオレーシャの結び目をほどくだろう、
空気をつらぬく電線のように音符の進行を
自在のタップでわたしはうち鳴らす
鳥どりのさえずりのリズムを、

さえずりに耳傾けて
フォネーマが発語をめざすように
止汗しらずにそれと密着しては
自身の声と溶けあったまま、

なのに音符の進行は縞唇のように
太陽熱を舐めとらず、現行の

格子であれ空のかがよいを漉さず、

それは眼帯の不安を煽りたてるが
おずおずとそのページを紙背を繙くや
おまえは底なしの空を眼にするだろう、
むきだしのまなざしが沈むその空を。

（**やおら密栓になった……**）

鋏で裁断された燕

ナタリー・バルネイ

やおら密栓になった水道の
流れない水がつくりつづける水垢の黒い痕、
不整脈ではなく確かにそれが水流のヒレだった証拠に
蛇口のまうえまだらに錫箔の剥げた鏡が残っている
もっぱら羊歯の結び目をほどくために

その壁で夜来の稲妻のかかとは浮いたまま
剝がれる焦げ目は川のガーゼ

防火道路の路面に《鋏で裁断された燕》が
みずから羽括弧をそいで横たわる、
孔雀の脳みそはいまでもヴェルヌ直伝のうまさ?

晩夏の路上でそれを見つけたら
傘の柄であれ利き手であれ捕獲すること、
あるいはそれが貿易風の端本だろうと
洗濯ばさみの死角だろうと
歯槽の氷穴だろうと、

稲妻の爪先歩きは鏡耳《キョウジ》になぎはらわれるや
手負いのシーレの耳を斜めに貫通した
これも吃音まだら耳舞踏
腐生植物へのだらだら坂だから
鏡の贈り主理容師志願のダンサーの喉をころがれ、

ころがれころがれ、ころがる矢先の
息の空き箱はよもやフェルマータ、よもや飛び地がそこ
　になかろうと
禿げかけた鏡像にころがる矢先のガーゼは着地する

ぶじに闇の川筋を水中の闇に吊す
流れないからもちろんナハトグリュンだと、

もっとこの色鉛筆を静電気の尖端へ
視線は海藻の爪先へ画家の眼鏡のひびへ削りだし、
（寒い時期をむかえて身がしまり）ざわざわ
睫毛のピルエットへそれでも刺創へ
（断続的に十二キロ渋滞しています）

（しきりにノイズが……）
爆《バク》よ爆《バク》
ヴェリミール・フレーブニコフ

しきりにノイズが
大気に粒だちあらがうとしても
炎天下のあらゆるイエロウが
しかと睫毛で切りさばかれていかなければ
ダミアの暗くはずむ息をぐるぐる油舌に巻いて
逃げ水は洗髪へ飛び跳ねるだろう

にわか料理人の刃さばきは
魚か猫舌かにわか血だまりとの炎暑の確執にまで及び
ダークイエロウの光線を緑素材にもたっぷり
したたらせてはまた全天候トラックを駆けもどる
ロバーバルの鮮血がいきなり
それも左右のさらに豹皮をかぶせる

（……バスタブの蛇口で
アクセルをふかせてはクレモニーニよ
あの部屋の壁に血がにじむまでアクセルをふかせては
クレモニーニよ背中いちめんのプールで
たわわに泳ぎ何日か前に注ぎ足された水の記憶を
クレモニーニよもっと時間鋏に……）

すべての街路がダークイエロウめがけて
包帯ぎらいの落日をおもむろに採血していくにつれ
かつての遊泳禁止ゾーンはじりじり結び目をはじく
光線を鳩尾をにわかに嘔吐をわしづかみに
爆《バク》よマチェールの全格子

爆《バク》よジャンクの全豹皮

なにがなんのノイズを吐きだす
晩夏の舌がかりに火気をおびる
ノイズはぎらぎら火の爪をとりたてては
その爪痕を烏賊の骨を金環をどんどん炎天に咲かせる
パーレンここは逆光で撮影した最新駅だったはず映画館
　だったはず
のたうつメビウスの胃袋へ場末の地形のノイズがひたす
　ら流れこむ

（空地を遮光瓶に捕獲せよとささやく……）
空地を遮光瓶に捕獲せよとささやく晩夏の空
驟雨は空の舌の抜栓あるいは夜来の食器の底へ
かつての水と油の同心円を油断なく追いつめていく火あ
　るいは
空地と空隙の差異は何か湧水池はどうして無言で間投詞
　を

ギザギザに放置するのかあるいは打ちっ放しのコンクリートであれ
砂利であれ空地の鉤括弧であれ Janssen の草いきれと化せば
すりへったタイヤの破れ目をざらざらのぞく埃の眼光よもっと
光の飛散がすすむまえにもっと光を線の尾根に回収すれば
草地に草はふぞろいに密生する視えないからこそビュンビュン
電流は飛ぶ空地の対岸に時間として反目する水たまり
あるいはフライパンの油をとばして錆を召喚せよ
フライパンの下から強火でどんどん残水を錆の檻に追いこむ
脱臼覚悟でも肩は老いこむ檻からとうてい突きだせず
渦巻きよりも草いきれよりもすばやくアラベスクまで
夜来の窓ガラスに羽毛プラス羽ばたきの水滴のてんでいびつな着地
視覚的には揮発せずたえず動いている水滴の爪先に

ここは橋上のゼロ番地だと告げる風の蝶番あるいは
火急をよぶ錆の蝶番熟しすぎたゴーストの蝶番
チタレンコ*の画面では湿気と呼気と靴音がスクラッチ&ノイズもどきに
なんども交差した空気を削った歩行すると同時に静止した
湿気に接触する腕で運弓するチェリストの肘が靴音を削る削りだす
音の肉よここは採石場からほど遠い路面あるいは鉄のてすりの
折れかけた小階段河岸段丘の空地への発吃トラップ音の肉よ
挽かれてなんども挽かれてほどなく柑橘ターンする
たわむ肉桂たわむ検眼表たわむヴィールスここは
採石場からほど遠い路面ざらざら交差する風いきれ
刃を光源とする水たまりの水面あるいは移動するにつれ

て
ひきつる銀紙のじゃらじゃら影ひきつるエクストラドラ
　イひきつるアルトー皺
削られた空気は刃をとびはねていくどんどん灰ばみ鉄灰
　色に近づく
交差する瞬間にその画面は線影の蝶番になった錆びた風
　の蝶番になった
剝がれない革手袋の裏側になった吹雪の緩急じざいの追
　憶になった
廃車をようやく免れた車の走行音になったスクラッチ&
　ノイズになった

＊アレクセイ・チタレンコ　ロシアの写真家。一九六二年レニングラード（現サンクト・ペテルブルグ）の生まれ。代表作は連作「影の都市」（一九九二）、連作「サンクト・ペテルブルグの黒白魔術」（一九九六）である。

（折柄のひざしの……）2

折柄のひざしの
ややダークイエロウの船影で
ゼブラばかりやや先行する船会社のビル、
斜めにレンズに介入する風だった。
風疹と風痘がともにコンクリートをさいなむ殺風景にあ
　っては
埃はたが結びにロープをゆわえて
やおら曇天の眼鏡にも模造拳銃にもなる、
ルーメンという酸性雨さえくれば最新の包帯ができる、
　背後に
消え残る午前四時の水たまりへほつれる包帯のざあざあ
　破線の
病状のさだかではない病熱は
やおら脚を折りたたむ風の駱駝の歓待にざあざあああけく
　れる／

それは致命傷ではないが、無洗肉腫のどれも
アリバイくずしの《擦過傷》、小声でどんどん
ビルの南面で版図をひろげる、声紋のしゃがれたくびれ
……／

折柄のひざしの
不鮮明なくびれではあれ、これもフラッシュ・バックの
　刃先だから
昼下がりの動物園で眠りこけるヤマアラシの針毛の盛り
　あがりまで
さあテイク・バック充分に投げろ投げろ痛恨の曲球を、

風信にのぼるそれが灰色がかった防水シートに巻かれる
　前に
防水シートのあらゆる継ぎ目がいずれも漆黒の染みにな
　る前に
ぽつぽつとセシウムの穿孔を無色の穴と打電した
フィルムを見終えたまならで／……
複数の《記憶の穴》*のひとつ残らずいびつな群島も
群島に棲息するおびただしい色彩群も
ぎらぎら剝いではまた剝ぐ……／

殺風景という
眼帯なしに光が線を線が光をいそぎ撤収する、
ここ吹きさらしの光の唇でいきつもどりつ
履歴現象の船影がしきりにバウンドする

＊《記憶の穴》とは、菊池一郎写真集『memory holes 記憶の穴』（二〇〇二年ピエ・ブックス刊）のタイトルからの引用である。

スナップショットが8枚

スナップショットが8枚、眼前にあるからといって、むりやり黒の八重奏曲——octet noir と名づける必要はなかろう。詩誌『紙子』の創刊号から8号まで、その門扉にあたる表紙に登場した計8枚の、萩原健次郎のスナップショット。厖大なストック（想像するに）から差し

だされ、伐りだされたある種のチクルス。これらのスナップの射手に連作意識があったかどうか、この場合さほど重要ではない。詩行の行間にあたる、空白の《距離》がそう思わせるだけかもしれないが、あえてチクルスと呼びたい衝動に駆られる。

　写真は場所の記憶、そこにいたという記憶である。その写真を見る者にとっては不特定の場所、未定の場所であれ、撮る者にとってはどんな場所でも特定の場所であり、いわば風景の生誕である。いまここにある萩原健次郎の写真は厳密な意味でのポートレイトは一枚もなく、すべて風景写真である。撮ることによって、シャッターをきることによって撮る者の眼球は刺青される、特定の場所に、個々の殺風景に、いまここに即座に刺青される。その写真を見る者の眼球が今度は撮る者の視線ならびに射とめられた風景に刺青される。無風という風があるように、無色という苛烈な色が存在するように、フチなしの写真にもやはりフレームはある、残存する。ホワイト・ノイズの塵が転々と刃先で残響するように。

　眼球からの旅立ち、くりかえし眼球から旅立ち視線が走る。「なにか、似たもの／なにも、似ないもの」（詩集『求愛』八四頁）めがけて・たとえば錦鯉が遊泳する池の水面に漏洩した光の帯がにじみ（紙子3）、たとえば夜の運河に両岸の街灯が地衣類のように貼りつき（紙子2）、たとえば異国の港町の坂道の路面にコンクリートがざらざら迎角をもたげ（紙子4）、たとえば石造都市ブリュージュのレンガの壁面を世紀末の光が這いまわり（紙子8）、たとえば「なまものに／似た物」（詩集『求愛』九四頁）あるいは「ヌードのときの、」（詩集『求愛』四四頁）自称マヌカンが鏡あわせに腰をかけ（紙子6）、たとえば闇の内側の細長い窓の右端に結わえたままのカーテンが白条の重力をさらし（紙子5）、たとえばNYの書店のショーウィンドウのなかでリチャード・アヴェドンの自伝の木が屹立し（紙子7）、たとえば空気の静止した場所の前には未使用の椅子が整然と置き去りになっている（紙子1）。いずれも「ヌードのときの、」の最後の句点、宙づりのコンマに収斂する。

　8枚の、と言いつつ、ここに詩集『求愛』の表紙となった写真を付け加えたい。無時間《アタン》にいたる止汗しらずの雑草の、こきざみなパーカッションを、大気の檻の外へ……。

初出一覧

闇の線〔庭園別冊４・２００４〕
『白日』に釘づけ〔庭園別冊５・２００５〕
（ミリ単位で隆起する地形の傷口を……）〔庭園アンソロジー２００８〕
鹿の角――pour un trompe-l'œil〔庭園アンソロジー２００９〕
絵葉書〔GANYMEDE　別冊２００５〕
写真家〔GANYMEDE　別冊２００５〕
（眼球でガタンと……）〔GANYMEDE vol.37, 2006〕
（もうとっくに広枝は……）〔GANYMEDE vol.37, 2006〕
《光の唇》〔るしおる55・２００４〕
ビジアコ〔coto vol.10. 2005〕
境界の、あるいは線〔coto vol.10. 2005〕
（折柄のひざしの……）〔coto vol.12. 2006〕
（もうとっくに広枝は……）変奏〔coto vol.14. 2007〕
ヒョウソ駅〔coto vol.14. 2007〕
verde, troppoverde（緑よ、過剰な緑よ）〔coto vol.16. 2008〕
（耳のかたちに飛礫が……）〔紙子12・２００６〕
鳥類図譜〔紙子12・２００６〕
（やおら密栓になった……）〔紙子13・２００７〕
（しきりにノイズが……）〔紙子14・２００７〕
（空地を遮光瓶に捕獲せよとささやく……）〔紙子15・２００８〕
（折柄のひざしの……）２〔紙子16・２００８〕
スナップショットが８枚〔あんど７・２００６〕

＊なお、鹿の角――pour un trompe-l'œil、《光の唇》、verde, troppoverde（緑よ、過剰な緑よ）、（やおら密栓になった……）、（折柄のひざしの……）２、の五篇以外の収録詩篇は改稿あるいは改題した。

＊この詩集のタイトルは指で弦をはじく最大限の演奏行為ピッツィカートを生起させるイタリア語の動詞 pizzicare（ピッツィカーレ）による。

第四詩集『イナシュヴェ』（二〇一三年、書肆山田）

フィローノフの時空

終始眠らずにいる
その夢時間のこめかみから
木端が新たに削りだされるまえに
木製の机で一九三九年まで焦げている
航海日誌の刻一刻のゆらぎを
どの三日三晩であれ
刃という《生きとし生ける頭部》
赤と青のふつふつととびはねる裂傷であれ
とうてい眠りこけないきらめき、そのうっそうとして
怯まない針葉樹林の飢えを
鑿と、いずれ突きかかり
いくつかのフォーミュラを後日伐りだすまえに
色彩の森の純ざわめき
そのふきこぼれる胞子たちを
刃こぼれなしに光線のくちびるで
まずは徹底的に決済するために

フィローノフ*の腕の傍らに
釘づけになっている釘づけに
非植生の縁までの
木々の呼吸をときには金属的に
ときにはぐるぐる螺旋的に
終始その夢時間のこめかみまで
打ち寄せるあれは
悍馬の蹄を貫流する血
親愛なるアーラヤ*

［補註］
＊フィローノフ＝パーヴェル・フィローノフ（一八八二〜一九四一）。ロシア・アヴァンギャルドの画家で、《不可視の目撃者》。作品に『農民の家族』『春のフォーミュラ』『世界開花のフォーミュラ』『宇宙のフォーミュラ』『生きとし生ける頭部』ほか。
＊アーラヤ＝ロシア語の色彩形容詞アールイ（鮮紅色の）の女性形。

声の痣

歯牙には
とにかくさむい
熾天使のビュランと
うまず寄り添って
あらかじめ荒くれ時間を
もっぱら虹色に炎症させようと
もう満水の摺判文字らから
空っぽの胃袋に投函された
ザーウミ*の虹の骰子
台所の蛇口から流れだした
《ナイル河の蛇》*ダンスがとまらない

ギュスターヴ・モローまで逆光する鉈どころか
その逃げ水までも
しきりについばむなめす
とことん貨幣という
沓として匿名の象皮病
骰子の星空であるゆえにその流動性の瘤を
《稲妻》列車がジグザグに切り裂いていく
あの昼さがりの獲物は
隕石よりも焦げくさい

［補註］
＊ザーウミ＝《意味を超えた言語》で、ロシア立体未来主義の詩的言語。この造語の詳細については大石雅彦『ロシア・アヴァンギャルド遊泳』（水声社）を参照されたい。
＊《ナイル河の蛇》＝Wendy Buonaventura "Serpent of Nile"（Saqi Books, 1989 London）

マグダレーナ頌

手長猿のようにひょいと振りむけば
時間の舌端でさびる縄なう縄の羊歯類
ならびに摘みとられたばかりのオランダイチゴの
静穏よ不穏
シザル麻により時間鋏の鋭角を鋭意しのぐには
鮫をくりかえし呼びこむメビウスの包帯が
もっともふさわしいのだが

それは刃先の痕跡を斧では消去しない
ヒレが（鮫の撞木が）血のマテリアであるかぎり
《粥》《カミルレ》*ましてや裸眼の《ウムラウト》は
発達する寒気団の耳もとで屈伸する
吃音のレンズは灰青の川面をななめに呼吸した
湿原は森の供物かファレンティ*生まれの灰色がぎりぎり
　鉛色まで
刻々と変色していくとしたら
声帯のスラロームは外気と折り重なる未使用の椅子だろ
う
マグダレーナ・アバカノヴィッチ*《ポートレート×20》
　によれば
「最初のことは憶えていないが、四方から攻撃されて
母と私と姉は路上に身を伏せていた
みんな逃げ始めた、私たちも逃げた
突然、群集の中にひとり残されてしまった」
ぴんと首なし背筋を伸ばし
あるいは首なし背中をこころもち丸め
整髪鋏カシャカシャを
いまやおそしと待ちかまえる

これら動体視力のたび重なる検査は
夢遊のダンサーのとがった爪先の
緊急停止のようで
どうした血
ぎりぎりセーフではあれ
着地は未完の風景をはぎとれ

［補註］
＊《カミルレ》＝Kamille（ドイツ語、オランダ語）。北ヨーロッパ原産のキク科の一、二年草で、花を乾燥して、発汗・消炎剤に用いる。またの名は誤読でカミツレ。
＊ファレンティ＝ポーランドのワルシャワ郊外の小村。
＊マグダレーナ・アバカノヴィッチ＝ポーランドの彫刻家。一九三〇年生まれ。ファレンティが生地。

いとしき騎乗

《漂流する》という動詞が
すばやく稲妻に接近するまさにそのとき
やんやの喝采の置き去りはすでに

二枚刃に変換される今宵こそ
背もたれの褪色した耳をついばむ
木のタテガミを軋らせる
破線の渦よ渦潮よ
なんどもエラーをＲＲ指定だ
革ずれしたトランクのようにしでかしたんだ
音また音の象皮の上を潰走しながら！
喉のないゼブラ仕様のネクタイすら
なまあたたかい鏡片の群れだった
どの破片も悪天の空模様へ転位する
シルクのしなやかな闇から
このべろんと垂れた胃袋のようなネクタイは
いきなり傷口へ巻きとられる
率先してあふれる渇水期の貯水槽へ
背骨のＤＮＡリフトへどっと介入する
ようこそいとしき騎乗へ
夜空の空中架園の
灰《アッシュ》ならぬＨ《アッシュ》ヤンセン＊展へようこそ眼球諸君！

＊Ｈ・ヤンセン＝ホルスト・ヤンセン（一九二九～九五）。素描やグラフィックの現代美術家。アッシュ＝Ｈという文字のフランス語名。

時間鋏

眼球というキャベツがきちんと結球するには
雨あがりの光線のバネが不可欠だとはいえ
この強靭な光学とぎりぎり競うするどい聴覚
いきなり熊の死の舞踏がはじまった
勲しと矢印の連続注入に抗して
マジックミラーばやりの鏡面上を
アルヴォ・ペルト＊なら《鏡のなかの鏡》をここに召喚し
　ようものを
もっぱら酔いどれピルエットであとずさる
鹿肉どもは舌鋒をzippoとばかりに狂躁しあう
タイトロープ上でやおら加速中に
銀のフォークの絶えざるじゃらじゃら操作を
盲目的に反復しようとする
（真夏には蟻もムカデも

すいかの食べ残しめがけてやたら元気だが
概して蟻はのろくムカデは俊敏だ）
think よ気色ばむ sink
当然ここでは時間測定はジャンプで
被覆されるジャンプ
すなわち蒸しあがる空無におけるネズミ計時
ネズミの死点は
やたら鮮紅風《アールイ》をひこばえやデラシネよりも
ふさふさと戦がせる
鉤よ鉤よ逆V字バランスの連続体
おおヴェリコヴィッチ*

〔補註〕
*アルヴォ・ペルト＝一九三五年生まれ、エストニアの作曲家。ヴァイオリンとピアノの二重奏『鏡のなかの鏡』二曲およびチエロとピアノの二重奏『鏡のなかの鏡』一曲は彼の一九七八年の作品。
*ヴェリチコヴィッチ＝ヴラジミル・ヴェリチコヴィッチ。一九三五年セルビアのベオグラード生まれ。フランス在住の画家。『攻撃』『傷口』『鉤』をはじめとする彼の油彩やアクリル作品群はカタストロフィックである。

割れた鏡は、鈴なりに鳴る

ざらざらとして
生あたたかい
発疹するひかりの耳もとへ
刻みこみはねかかっていく
時間のあざ、剝がれようと
靴音たちはきれぎれに
体温をおびきだす

消された灯火が
ひしめくわだちへ
どんより溶けだした
将軍の眼
囲いこみ磨きぬかれた
鉛のぶあつい煮こごりで
焦点は瞬時に焙られる

電話はまだらになった
晴れようと呼びかわす顔々
誇りを怒りのように刻んだ皺
草いきれをぐいと滑らせる舌
これらを刷りこむ声々が
伝えあう距離を
封印された

バルト海の岸辺から
なおも届く
塩をたっぷりきかせた体温の
しなやかな名刺が、老いることはない
その張りつめた鰭ごと
なおも届く
殺菌されない祈りが

格子、檻
禿げはじめたトーチカで
将軍の唇は荒れる
荒れよ、縞唇

おしころした笑いを
縞馬のように縫いとっていく
着古した制服

もどかしくはない
彫りふかい記憶は
蔓も苔も、匕首のように
洗いおとすだろう

ラドム
カトヴィチェ
ピャスト*

［補註］
*ラドム、カトヴィチェ、ピャスト＝いずれも、一九八一年十二月にヤルゼルスキ将軍によって発令された戒厳令下のポーランドでストライキに突入した炭鉱で、《地底の闘い》が展開された。

写真失踪

偽傷のような偽の日付。それゆえ画面はややブレている。期せずして誤植へ幾分かブレるほうがギラッとした波の傷口にはふさわしい。波に限らず傷口は光を呼吸し、やがて光源と化す。そこへの跛行に滑らかさは禁物。雪降りやまず、幻肢も等高線の休息も束の間、ここは吃音の港、音が疼く闇のレンズだった。

つるつるの表面も瞬時にしてざらざらの内皮に転位しうる。どれほど静けさを内包しようとも風景は細部にいたれば痛いほど動的である。風のレンズが吸わぶる闇の線、点在する廃家で破水した時間。ダンサーはおもむろに着地する。着地じたい顆粒状であれば表面は腐蝕へひときわ弾む。どの線も梱包されない。

闇の線

鶏卵と喉笛を瞬時に変換するかのように
バサッと幾何学の外へ断ちおとされる風景
ノイズの地肌でしかないそこへ
それまで視線だった瘡蓋や錆の断裂が群れをなして漂着する
てんでに火気をおびた原景の破線はひたすら砂呼吸
声の痣はなめし皮からもウィスキイの獣毛からも
やおら発着を繰りかえし
風のレンズで発吃しては
その熱から波状的にブレつづける
お元気ですか
追伸にはまず吃音にいたる闇の線
追伸の追伸としてふいに浮上する波の縞唇
可燃性物質さながら跳びはねる
ダンサー・メビウスの耳もとで闇の線は無音を削る
かつての夜行列車が通過したばかりの
冬の駅がくるぶしのようにそこに点滅する
それとも冬の花屋の店頭で

造花ならぬ人造トンボがしきりに旋回する

発吃考

発吃者はときには傲慢にみえるだろうが
その実ひきつれがいくども彼の喉を
フォワグラのように唾が石化するほど締めつける。
地上へ墜落した死鳥の群れは唖だから
石洗いの言葉は発語されない。

まだらモノクロームのネガに
生起する闇の微粒子で刻印されたまま
鳥を見ることはできない。
吃音はかさにかかる。かくて脂肪は
まんじりともしない皿で凍りついた。

声でピッツィカート*をその音源からひりひりピオッポ。
ひたすら張りつめ歪められる血管から瘡蓋を剝がしなが
ら
いまやそれは破裂するだろう、鳴り響かずに
血腫は扁桃で黒ずむ。
闇は忘れられた映画館でどんどんにごるだろう。

水面から岸辺は
水晶のぎざぎざの砂粒へ
しわくちゃの膜にくるまれた音を運ぶ。
水のフィルムにはりつく音の鱗。
ゲッシ濃度がいや増す。
光線はゲッシ濃度に象嵌され、発吃するや

尖った舌で切開される。飛行音は途切れる。
発声における発吃時に速度は回収される。口は無音を呈
し
おまけに眼底まで一面の唖。眼帯はびくともしない。
しかも道端の水たまりで煮こごる氷。
移動させながら水たまりの恐れをおまえは剝ぐ。
一時的にせよ失語の恐れを。そんな恐怖をおまえは植え
つける。

かろうじて発せらせない叫びは心臓を爆破する。心臓は
　花咲くだろう、
これこそＨＪアマリリス、*瞬時に喉へ登りつめる。喉で
はポリープのように
花は生育する。赤紫色の花弁とて悪天に屈せず。
冷気の吸う息で貯光するどころではない、
その赤紫色を脱色するには。

吃音のなかで、歯擦音や破裂音あいてに舌と光線は格闘
する。
二発の雷鳴、二頭の吠える豹は荒れ狂う
スパスム蒸着であれ舌の始原と柔らかい口蓋の間で。
頰の裏にコインを隠せ、そうすればコインは吃音を増殖
　するだろう。度はずれて
不安になりながら、おまえは舌でコインに触れるだろう
　――艶消しの灰色のそれに。
猟犬の革紐の吠え声は反復されず、その匂いはようやく
　記憶される。
プラスチックつなぎのしわざだ
匂いと音を連結する――写真のしわざ。
なんともそれはアッケラカン――手の温もりや悪天とて、
吃音とて
だが声が浸透しないそこでは吃音は成育せず。

［補註］
＊鳥葬（のイメージ）をストーン・ウォッシュすればどうなるか――日本語のま行を濁音で発音できないものか――と考えてきた。もしそれらが実現すれば、脂肪は二重に沈着することになる。アレグロもラールゴもイタリア語ではそのまま日常語であるが、ピッツィカートは振りむきざま動詞ピッツィカーレ（抓る、弾く、掻く）に直結する。「ＨＪアマリリス」はホルスト・ヤンセンの代表的植物画アマリリス連作より。「包帯」「眼帯」「三角巾」「ギプス」は傷の生成・治療・予後の全過程にかかわる。

写真家

歩く足は砕石で削られる
くるぶしのギプスから膝蓋骨まで。

このはやりの治療法で
唖であるダレカレは治療する
おのれの発話を。

風と同じく真正面に
サルガド*発の黒いシムーンと同じく
時間は——縦・横一メートル
等辺のヒョウソ性砂岩へ
キーンと陥没した、

痛いですか? 痛いですか? 痛い?
早くも褪色した川面のドア、アスピリン=
non =天窓は(地図上でも)
はぎとれはぎとれ、ゆでたての
パルプ・フィクションを。それともある種のリテラシー
を。

無音の口からネズミ*たちは
キイキイ軋ったりカチカチ囓ったり。
時間よ、時間はキイキイ囓られつづける
ベスラン*時間の山盛りの吸殻にいたるまで。
痛いですか?

満水の白日の印画紙には写真家は
時限的眼光でさいさん穿孔する。統合されない
かつて一閃したマグネシウムのひかがみ*、それも
時間のどまんなかで。
どんな時間? どんな?

[補註]
*サルガド=ブラジルの写真家。鉱山労働の黒い汗。「シムーン」すなわち simoun は字義的にはサハラ、アラビア、ペルシアなどの砂漠で吹く熱風。
*ネズミ=あらゆる攻撃の動詞を体現する。前出の画家ヴェリチコヴィッチはたとえばネズミを描いてじつに攻撃的である。
*ベスラン=ロシア連邦北オセチヤの地名であるが、単なる地名とは言いがたい。残酷なテロルの現場であり、そこに残された夥しい量の吸殻をマグナムのカメラマンが撮影した。
*マグネシウムのひかがみ=マグネシウムの元素記号はMgで、そのひかがみは小文字のgである。現用のストロボでは鉱物性は廃棄されている。

（海藻にしろヌレネズミにしろ……）

海藻にしろヌレネズミにしろ
暗闇のゆらぎを剝いではてんでに鞣しあう
これら瘤時間の流星たち
これら陽炎の痣だらけの屈伸を反復しながら
うすく水面を切りさばいている光線

液体にこのまま
光線のまま座り込んでいては
whirという突堤にしろ
whirlという埠頭にしろ
波のひかがみに吊された回文に巻きとられる

そこに変哲もない靴音が鳴ったとき
靴擦れの豹皮をしなわせて疾走してきたというよりは
かかとをかるく上下動してきたにすぎない鳴りよう
だったからとある肉屋の懸垂状のどよめきと
ほとんど判別がつかないそこに

流木のごろんと寝ころぶ波打ち際に
突きだされるじつにカフカ的時間の
うすぐらい真昼でも尖鋭な顎
波打ち際をあいついで接写する波のフォネーマ
流木は鳴る、鳴るたびに色あせる

やおら陽炎に最接近する《無色》
流木の灰色とて徹底的に off
off white めがけてどんどんほどけ
流木の残水はたとえば釘になる off limits 耳の錆になる
海藻にしろヌレ

ネズミにしろそこに変哲もない靴音が鳴ったとき
象皮病荷役の渚を活写する風のレンズに
ゆらゆら浮遊する筋ばった時間の獲物
鉄錆は痛いですか、それとも痛いどころか黒ずむ水よ鶏
　卵よ
二万Vの高圧電流の被覆をかすめて風が鳴る？

失踪する風のハサミよ重力の髪を切りつづけろ
流水にこのまま
波また波にこのまま諾否をとわず
油照りを所望する肉屋の鉤に光線は
無風の唇をやおらひらく

休日ともなれば

もりだくさんのメニューであれ
回転ドアのぎこちない緩急とは関係なく
あらゆるスポーツは進化論の宙返りをきそう
だれの歯でもかきみれない宙返りを

マット上ではいきなりスロー・スローで
毛ばだつ熊たちの死の舞踏がはじまっていた
足さばきへのいさおし・矢印の連続注入は
地下道に脱ぎ捨てられていた片足の革靴に斜めにバウン
ドする

雪上の鹿たちははやくも角突きあい
ひとまず往還の綱渡りの加速を
銀のフォークを重量別にじゃらじゃら
しきりにリピートしようとしていた

ここでの計時は舌がかりに
当然ながら跳躍まぶし
キュッと引きしまる濃度の死角を
肩胛骨におびきだすヴェーベルン弦

手鉤まがいの休日ともなれば
セイタカアワダチソウがみだれ咲く路地へ曇天の石ころ
だらけの廃線へ
長距離ランナーズはいそいそとふぞろいに駆けおりてい
く
老いたる歓声のギプスよ舞姫よ
もりだくさんの練習メニューであれ
あらゆるマチエールの格子のきしみであれ
鉛色のメリーゴーランドの上下動であれ

ひたすら南下する寒気団の顎であれ

黒光りするカラスの照準の確度
つつきまくるくちばしの角度
獲物の散乱と折からの陽炎にはとんと無頓着でまたもや
黒光りするカラスはよもや雪を頬ばらないかプラスチッ
　クスープを

（色あせたメルカトル図法にむせぶ……）

色あせたメルカトル図法にむせぶ
未現象の砂あらしの病巣は
変哲もない無人駅の水たまりへ
色彩の食物連鎖をのんでくびれる

そう、あの吃音の砂も
あらしの刃ぶれの漆黒も
油舌のうらに何重にも滑りこむ
どよめくあれは時間鋏の尖端だった

晩夏の砂粒がやおら
懸垂にいそしむほどのべた凪だから
色あせたメルカトル図法にむせぶ砂あらしの
背面からヴェーベルン弦がはじける

夕闇に沈む砂のトランクの隙間から
淀んだ舟歌のかけらが飛散する
《見捨てられた街》[*]のしじまの粒子が
トランクの擦りきれた角から路上に這いだす

どんどん埃が浸蝕していく静けさは
等高線のいっきょに詰まる恐怖に似ている
タイヤ市場における砂塵のろうばい売りを背に
吃音の群れがつるつるのオルファ[*]の坂道をいそぐ

サルト・モルターレというイタリア語は
動体視力をつちかう砂の辞書によれば
死の跳躍すなわち宙返りを意味する
浮遊空間における砂のエンドレスの宙返りを

［補註］

＊《見捨てられた街》＝ベルギー象徴派のフェルナン・クノップフの描いた風景画。かつて閑散とした書店の紙海の浜辺に置き去りにされた美術書のページでこの風景画に偶然出会った。
＊オルファ＝カッターの折る刃。Olfa というブランド名になっている。

アイギを読みながら

――《ギレヤ版アイギ作品集全七巻》*の気圏にて

ガリーナ・アイギ*に
セルゲイ・クドリャーフツェフに
アレクサンドル・マカーロフ＝クロトコーフに

雪また雪ばむ紙の《高純度》の森
‥
風のぴくぴく脈動するクリスタルよ、ピッツィカーレ！
　ピッツィカーレ！
‥
《ロシア野》という無限に音楽的なマトリョーシカ群
‥
空中の動体をキャッチする視覚もどうぜんの《雪》なる
　動詞の全変化
‥
睡夢からちくいち届くヴェリミール*の《みちゅみちゅ《ダロージ》》
　の新鮮なエコー
‥
存在の声々の地形‥
グバイドゥーリナあるいはシリヴェーストロフ*の音楽と
　のシンビオーシス
‥
二黒点《コロン》群のあいつぐ彫金作業だ‥純白へのΓЮ《ゲーユー》*引っ掻き
　出動もどうぜんの

［補註］

＊二〇〇九年秋モスクワで刊行されたギレヤ版アイギ作品集成全七巻に関する書評詩として、二〇一〇年五月八日にロシア語で書き、即日モスクワへ送稿した。
＊ガリーナ・アイギ…＝ガリーナ・アイギは詩人ゲンナジイ・アイギの夫人。セルゲイ・クドリャーフツェフは炯眼の出版人。アレクサンドル・マカーロフ＝クロトコーフはアイギの詩友。

三人はゲンナジイ・アイギの死後、この作品集成の刊行に大いに尽力した。
＊ヴェリミール＝ヴェリミール・フレーブニコフ（一八八五〜一九二二）。ロシアの未来派《ブージェトリャーニン》詩人。
＊シリヴェーストロフ＝ヴァレンチン・シリヴェーストロフ。一九三五年旧ソ連ウクライナのキエフ生まれのピアニスト、作曲家。アイギと親交があり、アイギの詩にもとづき『森の音楽』を作曲した（一九七七〜七八年）。
＊ГЮ《ゲーユー》＝ドイツの《釘画師》ギュンター・ユッカー。アイギと親交があった。

Alzheimer 氏の食卓《最新版》

そしてチトヌス蟬と小邑ヴィスバーデン出身の
アルツハイマーはそっと飛行船へ投棄された
（アレクセイ・パールシチコフ）*

I

副え木も蝶番もなく
記憶のまぶしいドミノ倒しの乱反射をリピートする皿の
　上
すっかり雑草をはぎとられた更地のような皿には
ところどころ皺ばむ半透明の袋がどさっと置かれる
日がわりのコルク代わりに潰れた耳形に金色のリボン
その金色は光線しだいで灰色がかった褐色になったりす
　るが
静かなオーシャンの海底に滞留するプラスチックスープ
　の素材たるヴィニル袋には
ちぎり残された柔らかいパンの山塊、ぎざぎざのマッス
　の静けさが
封入されている、海蝕が密封されている
食事時であれ Alz. 氏の食道から遮光された
その起毛性のマッスはといえば
裏側のからきし見えない食物の氷山のかけら……
ヴィニル袋に向かって右には皿のくぼみから飽食という
　飢餓の影がさす
ざんばら髪ていどの濃度の影がおもむろに鳴る
自然光によらない影は鰓蓋もどきの偽計だとしてもレア
　ル
メビウスの蝶結びの油性リボンの切断されてその血が
　点々とにじむ《レアル》

石鹸臭が付着したあらゆる修飾語がこの氷盤《アイスバーン》で炎上す
る

Ⅱ（《通行人らが発語し空気が運んでくる自分の名前が
わたしには聞こえるような気がする》*——E・M・シオラン）

雨期のながいながい電話回線から届く
大きな振幅もかすれもない声、
それは屋内疾走を日になんども繰り返す
Alz. 氏の十二の時制《テンス》のいずれかにかかわる最新情報だが、
変哲もない桃園までどんどん雲いずる川の岸辺の闇で
いつも摑みそこねていたウナギの行方については、
その女の声はまったく言及しない、
偽（＝ギガ）マスクにはとんと無頓着で
ウナギを追う眼光の火影についても
ウナギののたうち（グイッツォ！）のぬるぬるした質感
　についても。
記憶の消失が焼失とどんどん折り重なれば
ウナギの棲む川の水かさはますます空荷になるだろう、
やや細身の元生物教師の脳内で
またもや融けない《氷の塔》の方位がずれる
あるいはマンディアルグ氷河の無音の《迷子石》が

Ⅲ（ギミック・サラダ）

キャベツ——ヅ——（汗みどろ）——ツウ——に（スク
　ラッチ＆ノイズ＆after）

ジャンク馬鈴薯だから——斑点やら唇の痕だらけに——
byebye——鳴りに鳴る

ぐるぐる——ピーマン曲面を——（まどろむ猫の腹部の
　ように）上下動する——
Riemann, Riemann 国道ゼロ号線よ
肉は肩のみ——（guizzo!）
——撫で肩で——夏の嗄れ声が回廊になる
それともその頭頂部で——もっと稲妻よ——ぎざぎざ叩
　けよ——食後を待たずにもっと

ritsos の——R音出動こそ——《直射日光》を——鋏の
　眼のように——さし招く
レンズ豆は——無数の変異体——インヂゴの——海底か
　ら盛りあがり——それをひたすら
空気が——非銀のザイルで——ふちどった——いん di
　ゴの傾斜を——なんどもすべって
varech! varech!——《海山火事》も多重に漂着するぞ—
——vvvarech!

Ⅳ（《鯨、セイレン、船首像はサルガッソ海へ死にに行く》——
　T・スカルパ*）

元生物教師の校庭を時間差でふちどる木立の
耳だらけの蟬しぐれ
油煙のような炎天下の校庭で跳ねあがり
炎天までの空気のトランポリンでひときわ弾んで
少年プレイヤーズの柔らかい耳へなだれこむ
校庭の数百メートル先の集合住宅の
やや椿バイアスのかかった辺縁を
びっしりとノックする蟬の黒点
ときにはGG二声三声のインヴェンションズが届く
ときには木立の木々の樹脂をしぼるかのように
やおら飛びたつ蟬（背美鯨！）の残像
眼にはショッキングに咲きほこるさるすべりでは
なぜか往年の投擲競技のホイッスルのようには鳴かない
　蟬ら
炎天下で漕ぎだした自転車のハンドルのななめ前方を
空気抵抗めがけてチチッと油を滴らす……

Ⅴ（《百年間の孤独》——エゴール・レートフ*のロック・アルバム）

ロックをオンザロックで雨覆羽よ
大音響をまきちらしつつ《オフェーリヤ》のスナップを
　ぞんぶんにきかせて
酒屋の配送トラックは暗視野を走り去る

ガソリン・タンクの上で
虎縞の猫はまどろむたとえ二時間経過しても
猫の銀色のヒゲはひなたの渚をじんじんメタリックに造
　影する

月光ほどの明度の卓上ランプのアームで
ピラルクの鱗がぴらぴらゆれている
その手前で鱗の分身が双数のサドルのようにゆれている

ここでは針とび
じゃなかった　contre-jour-contre
いまわの光とび

pi ra ru cu
O波形ブリキの声帯で《atempsAtemps》
pi ra ru cu

［補註］
＊アレクセイ・パールシチコフ＝詩人。一九五四年ロシア沿海州ヴラジヴォストーク北郊の生まれ、二〇〇九年ドイツのケルンの病院で亡くなった。メタレアリズム詩の旗手だった。このエピグラフは連作《飛行船》からの引用。
＊《通行人らが発語し……》＝E.M.Cioran: Cahiers, 1957-1972 (Gallimard, 1997) からの引用。
＊T（ティツィアーノ）・スカルパ＝一九六三年イタリアのヴェネーツィア生まれの作家。作品に『ヴェネーツィアは魚である』、ストレーガ賞受賞作『スターバト・マーテル』など、このフレーズは『ヴェネーツィアは魚である』からの引用。
＊エゴール・レートフ＝ロシアのロックミュージシャン。一九六四年オムスクで生まれ、二〇〇八年オムスクで亡くなった。ロックグループ《民間防衛》を率いた。アルバムは多数あるが、一九九九年リリースの『百年間の孤独』は突出している。《オフエーリヤ》はこのアルバムの収録曲。

給水塔異聞

当地ではこのごろ蟬は午前二時をすぎると鳴きやむ
このごろの看護のかいなく、どころか
ふと《眼をはなしたすきに》
キリンの首よりながいナトリウム灯のタテ位置で
それは定点観測の無音の皺皺皺ではなくなり

観測者たちの眼球たちはといえば
ある種の病名を失念するかあるいは紛失し
とり急ぎ空（そらでもからでも）の涙をスクラップした
その給水塔とてよもやのごぼう抜きだった
沈黙のけばだつ高圧線の直下だった
周期律をつねに吸わぶる蟬しぐれの浮遊は
あくまでも灰褐色のメタリック
その反復はふだんの綱渡り歩行そのものだから
日常のブラックホールズへの
連続的な灰色のしらふの吸引であれ
その途上での金蓮花（あるロシア詩人がストロンチウム
　と連動させた）の
シュラフの破裂であれ
《細部に神はやどる》ト書きを極力きりつめた
それは無限の連鎖への（伏セ字Mノサブリミナル効果
　サ）
ともすればふるえる唇の招待状
あたら／たたら／じゃーじゃーとり急ぎ
単独でギラッとその流星（すなわち死者）の眼底に
埋設されていた眼帯の吊り紐のみ風にゆれ

このごろ二五時を超えてしばらく
勝手にしゃがれそれとも金属的にかすれ
当地では蟬しぐれはとぎれる
……この可燃性の底びかりのするフィルムに
撮影時にぽつぽつあいた塵口径の孔は
無色であるゆえに浮遊物質のしわざ

イナシュヴェ

満月のその夜に
夜空の空中架園にあったはずのダダイズムの所在を
センターラインをななめに走行中の救急車にたずねる
斜体のダーはドイツ語ではほらここに
喉で待ちぶせるダー、ダーはロシア語では束の間の全面
　肯定
ダダイズムは《未完《イナシュヴェ》》*のままいまも火花を
地獄谷の間歇泉のようにぷくぷく吹き上げている
イエロウやオレンジや緑黄の火花ならともかく
だんだら無色の火花ってあるんだろうか

救急車の運転手のマイクごしにそそのかされるまでもな
く
路肩に寄っているが埃っぽい八百屋のひさしがじゃまし
て
空中架園の全景は仰角でうかがえない
頭部の断層写真の、あるいは彩色ホログラムのさきがけ
あるいはヘルメティック・サークルやヘルメティック・
　コスモスの後裔
のようでいてどうしてそれは《未完》《イナシュヴェ》と名づけられる
のか
満月の正円にはツェランの妻ジゼルの浴槽から
やおら脱出した頭蓋や膝蓋や肩胛骨の
骨片の残骸がいくつか灰色のグラデーションのなかに
億単位の光年のクレーターに沈んでいたとしても
《未完》《イナシュヴェ》の作者のフィローノフ由来の色《分析》の刃
は
蜘蛛のように刃こぼれを免れる。またもや病名不明者を
　乗せたまま
きょうもアンビュランスアンビュランス
アンビュランス路肩は鯨飲の背のようにやや撓んで

You think I am mad, eh?*
無名のダダイストたちの末裔が気紛れに出入りしていた
その名を冠した書店はいきなり夜逃げ閉店し
そのドアの合わせ目、その交差線条《コントルアシュル》はといえば
（焦げくさい奥の書棚にめまぐるしく変調をきたし）
ごく微量のすきまを残してますます黒くにじみだす

［補註］
＊《未完》《イナシュヴェ》＝ロシア出身の画家パーヴェル・チェリシチェフ（一八九八～一九五七）の三部作の三番目の作品タイトル。
＊You think I am mad, eh?＝パーカー・タイラー『パーヴェル・チェリシチェフの神聖喜劇』（NY、一九六七年）からの引用。

シンメトリにあらず――《安井浩司選句集》の渚にて
そこにはそれらの建物には
いきなり弦の断裂したヴァイオリンには
よもやはらわたの
黒色がしらじらとむきだしになった窓がいくつもあった

窓の内と外をぎりぎりへだてる強化ガラスはない
ないガラスには無のむすうの突起が
突きささるように映り込むそこには
いまはないむすうのヒトカゲは擬態にすらなれなくて
いびつなままかろうじてモノカゲを呈する建物の
かろうじてはがれおちずにいる外壁とて
第三者による消しゴムの使用が極力ためらわれる窓間壁
　とて

黒つぐみよ黒つぐみ侵蝕によりひからびた血色のてんま
　つに

あるいはちゃ褐色の鳥影もどきに
とっととフォルテが欠損しても
着火寸前のガソリンとかげのような媚態
あるいは火気をかみころす蛇ガソリンのような
揮発性の窓枠だけがある
鼠ゲージの《火事にまみれる》* 火気厳禁こそじつに《黄
　ナ》くさい
キーファーのブリキの無水の水槽から
やおら這いだした熱波のウシロカゲ？
奇妙に錆なまぐさい線路跡にひびく

《refugee's theme》* 79秒間の闇の羽毛の擦美よ
ともすれば擦過する砂利ばかりの草いきれはシンメトリ
　にあらず
耳磁石なら能代へ
蛇紋岩を夢ぐるみ流水譚でみちびけようものを
時間の河口へ緑のマグマに徹する輝緑岩は
シーニュ、シュスパンデュ*にしていそげや急ぐ
うちっぱなしの被写界深度の
よもやはらわたまで

［補註］
＊《火事にまみれる》、《黄ナ》ほか＝「ヴァイオリン」「はらわた」「黒つぐみ」「蛇」「鼠」「蛇紋岩」「シーニュ」などの語は安井浩司氏の複数の句からの引用である。
＊《refugee's theme》＝ギリシャのエレーニ・カラインドロウの楽曲。テオ・アンゲロプーロス監督の映画『こうのとり、たちずさんで』のサウンドトラック盤に収録。
＊シュスパンデュ＝ギリシャ語からの池澤夏樹氏の名訳「たちずさんで」を再度フランス語に反転した語。

（ひたすら走りつづけるには……）

ひたすら走りつづけるには
雨中であれピッチ走法なら正確にピッチをきざみ
ストライド走法なら大きくストライドをのばす
追い抜きざまの腕ふりと足のはこびの
えがくアルファベットの字形は
選手によって微妙に異なるが
追い抜きざま心模様の瞬時の成形にいきなり
間投詞ごとワープすることにはなんら変わりはない
追い抜きざまの息づかいで
胸のゼッケンがはり裂けないのは
形状記憶を無闇にじゅうりんしないのは
不思議といえばじつに不思議で
また追い抜かれても追い越しても
競馬でいきなり落馬するほどの生命の危険はない
昼下がりの路地でのチワワの、チワワなりの激走は
イタリア未来派の旗艦の画面における
あれがまずは荒れに変換される走行の雛型とそっくりだ
が

走りつづける選手の念頭にはそんな
飽食してもきゃしゃなチワワの映り込む余地はない
伴走するバイクの高性能の集音マイクが
選手と接触せんばかりに拾い集めた選手の
らんぽ乱高下する息づかいのように
ゴールラインのきまって左側に置かれた
電光計時を横目で見るたびに
雨に濡れた路面を走ってきた時間の
あるいは時間におけるアニザトロピーヤを
ほらアニザトロピーヤという語を矢印のように
こなごなのレンガよりは赤茶けたトラックの辞書につと
　に見いだす
あえてその語のウシロカゲを翻訳するまでもないが
しらみ駆除用のアニゾールでないことだけは確かである
失速しての心肺停止でないことだけは

レジェンドにあらず

キッチンの内なる多重点を

光線の舌の根もかわかぬうちに
外へひたすら心象の外へ

光線のどくどく出血途上の
土ぼこりならいざ知らず
対岸めざして秘匿の暴走は橋上のバッテンをなんどもく
　ぐり抜ける

斜めにブランコの重力が散布されるとき
それでも動線の花びらは健在だ
タテ位置の斜めの静止であれ

数かぎりなく延滞するチェーンの銀こそ命に対峙する海
　なぎの

幾何学をもっぱら風まかせにする
あの見えない砂丘の時制をやおら追尾せよ

指先で撃ちおとされる前に永代橋から左方向を眺めれば
トラックの群れがぎしぎしジュラルミンの隊列をなして
象のたわんだ鼻のようにスロースローで生き急ぐ

ブランコなればこそよじれても影の肢体は着地せよ
命綱のタップダンスのかかとをもっと気ままに踏み鳴ら
　せ
影のゆれにゆれる消息をいちずに銀の闇のシンバルにし
　て！

水の流れはあらゆる動線を勢いづかせる自動詞だ
たとえ記憶の水門を鷲づかみにする瞬時のスプライト現
　象であれ
あるいは風景の可動域に欠かせない真摯なポストマン役
　であれ

画家パーヴェル・チェリシチェフ*の三幅対

（あるいは《現象》《隠れんぼ》《未完》のランダムウォーク）

――［引用のタピスリ］enlarged version

［補註］

＊パーヴェル・チェリシチェフ＝既述の画家。やや詳述すれば、神秘的シュルレアリズムの創始者で、アレクサンドル・シューモフによれば《サイケデリックな錬金術師》である。一八九八年ロシアのカルーガ州ドゥブロフカ村に生まれ、デニーキン軍に地図作成者として従軍した後、トルコのイスタンブールに脱出。パリでディアギレフバレエ団の舞台装置を担当し、ガートルード・スタインやイーディス・シットウェルの文学サロンに出入りした。第二次大戦直前にアメリカ合衆国に亡命し、一九五七年イタリアのフラスカティで亡くなった。代表作に《現象》《隠れんぼ》《未完》ほか。

1　チェリシチェフによるチェリシチェフ*

ごく少数のひとしか、ごく少数のひとしか
内なるものらの内を覗きこめなかった
そこにはわたしが隠れている――いつも隠れている――
そして探しに探している――

カシュ・カシュ、隠れんぼだよ――けっして見つかりっ
　こない！
もろもろの器官よ！　そうとも、もろもろの器官は
まだまだ突出している
とはいえそれらは見ることが――それらには――できな
　い
ああ、シトヴーカ*、シトヴーカよ！
他人どものように、リオムパのように
――おまえにとってはもっぱら《生きること――》
――ごらん、いまや死んでいる、それともひどく具合が
　わるい
笑うべきだ、子ども《アンファン》らよ、たぶん
彼岸《ラバ》であなたがた全員を
地獄《アンフェール》におけるルシフェルのように
最底辺の地点で
氷につかみとられたすべてを――ウェストのくびれまで
わたしはおまえを引きあげる――
わたしの手は――そうした――そうする
上空まで

巣箱に巣くう
ウシガエル——猫——フェニックス
女の乳房を有するフェニックス
髪飾り《クワフュール》をつけて
スフィンクスの髪飾り《クワフュール》って？
すなわち**ウシガエルウシガエルウシガエル**
にして顔をもたげた女頭

双頭の魚にして
水掻き足にそっくりの**蜘蛛の巣**
ここにおわすおのれ自身、狂った蜘蛛野郎！
《おれが狂ってるって思ってるんだろ？
そうさその通り！》
わたしは世界に語りかけた
ひとりピカソにのみならず
カカ・ピス、うんちおしっこちゃんに——
もちろんぐるっとターンして
いきなり陶器工房が登場したときに——
割れた壺《ボカセ》！

［補註］
＊パーカー・タイラー『パーヴェル・チェリシチェフの神聖喜劇』（NY、一九六七年）所収のパーヴェル・チェリシチェフ「水差しはフクロウのようだ……」から翻訳・引用。
＊シトヴーカ＝イギリスの詩人イーディス・シットウェルの愛称。チェリシチェフはこの愛称を口寄せした。

II　ケドロフによるチェリシチェフ＊　1

成層圏は照りかえしをうける
焦げた鳥の群れ
鏡の扉のような
反映を
犠牲にして
脳はぐるぐる回る
聖なるテニスプレイヤーは後光＝ラケットを握る
彼はおのれの反映を奏する
ほらボールは飛んでいくが飛んだまま到達しない
ほら後光はかがようほらボールは飛んでいく
そのとき月は月であることをやめるだろう

すべては痛みの存在により否定される
映り込むのが大きければ大きいほど
ますます小さくなる
近づけば近づくほどますます遠ざかっていく
ほら光線の平面に衝突した
ほら波だつ光を発光した
と同時に識別できないほど砕けちった
話法は直接的でなければならないとしても光は無限大で
　あるべきだ
そのときラケットは外部へかがよいだすだろう
テニスプレイヤーはボール＝光線を捕捉するだろう
おそらくわたしは無におのれの相貌を識別するだろう
ほらボールは飛んでいくが飛んだまま到達しない
ほらわたしは死にそうだが死ぬまい
光線よわたしのもとへ戻ってこい
わたしは治療する

へぼ大工は透明な斧をもって歩いていった
道のどまんなかで頭蓋がころげ落ちた
脳はパンのようにまっぷたつに折れた

殻は殻へもぐりこんだ
鳥は飛びたった
鳥は飛来した
おまえはおまえ自身のままだった
おまえはまっぷたつに折れたパンのようになった
ところがなによりも飛び去った鳥のようになった

木製の鐘のように
空無の大空の斧をつらぬいて
裂けた脳が飛ぶ
盲導人が盲人のことを知るまでは
身重の杖とともに後方にとどまった
盲導人を盲人がよろよろ通り抜けるあいだに

重ったるい脳の柔らかいブレーキ
遠方に飛行また飛行
でも飛行のむこう野が荒野であるところでは
亀は眼がいがらっぽい
庭園はめくるめいた
むきだしの肋骨は

白いプラウになって土壌にめりこむ
咽喉科医は眼球をのぞきこむ
プラウが繁茂した庭園
子どもの生気のうせた荒れ地

[補註]

＊ケドロフ「パーヴェル・チェリシチェフは生誕一一〇周年をめざす奇数翼の天使である」（http://stihi.ru/2007/08/26-1684）から翻訳・引用。

＊ケドロフ＝コンスタンチン・ケドロフ。ロシアの詩人、批評家。一九四二年生まれ。八三年以来、詩人エレーナ・カチューバとともにＤＯＯＳ（トンボ防衛自由結社）を主宰。画家チェリシチェフの遠縁にあたる。

Ⅲa　マンディアルグによるチェリシチェフ＊

戦争の直前にパリのヴァンドーム広場のとあるギャラリーでわれわれが見たパーヴェル・チェリシチェフの最後の作品は《現象》という油彩の大作だった。工場街の朝の緑色と薔薇色のひかりをあびる空き地のようで、そこには、夜の驚異や戦慄をもの悲しい昼に戻るにまかせようとする瞬間に、笑い泣き渋面をつくるおびただしい肉体がうごめいている。意外性が感嘆を絞めころし、茫然自失がまもなく熱狂にとってかわられることになった。ところが怪物どもが登場し征服した、やがて画家はヨーロッパを去った。ところでこのほどわれわれが知る機会をえられた彼のアメリカで描いた作品は、多少とも直接的には《現象》に由来し、輝く明るい雰囲気につつまれて、つねに芸術家の野心的な標的であったものに、生の本質そのものとの全面的な融合に到達するように見える。

[補註]

＊アンドレ・ピエール・ド・マンディアルグ「パーヴェル・チェリシチェフ、《隠れんぼ》の画家」（Art et Style No.6, 12、パリ、一九四六年）から翻訳・引用。

Ⅲb　ダヴェンポートによるチェリシチェフ＊

チェリシチェフが《現象》と呼んだフリークスや怪物たちのパノラマ。

《隠れんぼ》は全春季における自然の変身構造および成

長を礼賛する。

《未完》はチェリシチェフが《隠れんぼ》以後に展開した驚くべきスタイル、幾何学的で抽象的で純粋なスタイルに起因する。

チェリシチェフの三大傑作――《現象》、《隠れんぼ》および《未完》――のそれぞれは、おぞましい暗黒から、芸術作品が芸術それじたいおよび世界のために創出する全面的な明色にいきなり突入する。

《現象》にチェリシチェフがみずから描きこむ顔はラインズの撮った亡命芸術家たちの写真に現れる顔である。(=一九四二年三月にNYのピェール・マチス・ギャラリーでジョージ・プラット・ラインズが撮影したアメリカに亡命中の14人のヨーロッパの芸術家たちの集合写真。)その顔には憤怒と悲嘆がやどっているが、しかしそれは大いなる内向性が記銘されている顔である。

[補註]
＊ギイ・ダヴェンポート『想像力の地理学』(ロンドン、一九八四年)から翻訳・引用。

IV　ケドロフによるチェリシチェフ＊ 2

ファシズムは彼(=パーヴェル・チェリシチェフ)がパリを去るよう強要しニューヨークへ渡航させた。この地で彼の神秘的シュールレアリズムは一九四〇年代に最終的に成熟し仕上がった。アレクサンドル・シューモフはこの時期をいみじくもこう定義づけている。《芸術家による絶対の錬金術的な探求において、意識的な厳粛な人間中心主義が作動する。チェリシチェフにおける本質の知覚は神話作用を、とはいえなによりも人間像を貫通する》。まさにこの通りだ。パーヴェル・チェリシチェフの興味をますますもって大いにかきたてるのは外皮ではなく透明なヴォリュームである。彼の一連の《天使のポートレーツ》はなんだかレントゲン写真を喚起し、しかしながら、人間の精神的本質をどんどん遠路はるばるめざしつつ、チェリシチェフは奇妙な結晶構造を記銘している。

[補註]
＊コンスタンチン・ケドロフ「パーヴェル・チェリシチェフはロシアに帰還する」(「ノーヴィエ・イズヴェスチヤ」モスクワ、

二〇〇二年三月十六日）から翻訳・引用。

禁漁区――ハンス・ベルメールの遊星

そこへむきだしの爪先を突き入れるよう
しきりにささやきかけるのは無名のバレエダンサーの踵
ドゥストのダストで半透明になった
反響しやすい強化ガラスの尾根を
折からの冷気をついばんでダッシュする顎から
死斑のあちこち点滅する遊星まで
球節状の力学がしなう

炎天下で盛りあがりよじれる
肉眼ではぎらぎら脂ぎった
ジャンク車の堆積をもはや
人工照明にうかぶ公園に横滑りするには
もっぱら反アヴェドン的に
せいうち／あざらし／あしか
の類の石油のひからびた遊泳が欠かせない
これらは魚類ではないが
魚藍よ、それでも闇の浮き球が鳴っている

かつての夜行列車の始発駅ならどこでも
ピアノの黒鍵は鳥籠の格子に同調しない
わざと踏みはずされた
Jugendstil もどきの音階は
なんどもアキレス腱をはじく
コンクリートの打ちっぱなしの場所での

輪回し遊びが少女Bをワープして
感電死のふちへ追いやるように
鳥獣禁漁区を夜どおし旋回する嬌声たち
あるいは嫌気性の植物群に
さらされる漕座ではもちろん
波やうねりに充分な注意が必要である

そう、破線の迷宮であえぐウニカ・チュールン！
そう、ひたすら耳ばむ言語《ヘクサ》サドル！
猿のようにぴくぴく焼けてはみどりに焦げ

フライパン上ではじける各種ピーマンが
複数の水の砂漠を蹴ってファインダーを
いきなり逸脱する昼下がりは
またもや砂を蹴って豹走する

死斑がこれらオブジェ群に噴きだし
血の色のグラデーションで点滅するのは
同時代の同語反復がついに
彼の靴音の点綴を均しつくそうとするからだ
いっきに飲みほされる前に
魚の鱗を模した酒瓶は断続的に割られ
流れだしたハサミ色の液体が
都市の下水を満水に近づける
研がれるエコロジーの爪はきまって
ネズミにはろくでなし

ミハイル・ベルジング*・ケース

1《飛行機の墜落》

画面に向かって左手前に椅子の背もたれの破片、それが墜落機をぺしゃんこに押さえつけたまま転がり、その左後方に二機が石だたみに不時着、別の一機はすでにばらばらに破砕しており、さらにその破砕機の右上空をその機影が石だたみに映り込むほどの超低空で二機水平飛行中、前方すなわち後景の暗闇に差しかかっている。画面の明るさからいえば、通常のストロボが照らしだす程度である。その圏内であらゆる出来事が生起しつつある。これらの飛行機はじつはすべて紙でできた紙飛行機であり、ロシア語では当然《鳩》の一員であるはずなのに、この絵のタイトルは金属製の航空機とひとしい。リモコン操縦の標的機のようにみえても、弾丸やミサイルが飛来する気配はまったくない。後景は、すなわち機首の前方は黒に塗り込められ、前景三分の二ほどは左から右へ青灰色から茶色がかった灰色へざらざらとグラデーションを経る。

2《量塊》

画面の中央を水平に、打ちっぱなしのコンクリートがはしる。その上と下を、ふぞろいの石とも、大粒の土くれとも、にわかに石化しつつあるマリモとも、石のように氷結した後ようやく生気を取り戻しはじめたこんもりした樹林とも、あるいはセルロース内部の球体群ともみえるものがひしめきあう。この画面は奇妙な運動感、てんでに動きだしそうな予感に充ちている。これらのいびつな球体は飼育者の手にあまる獣にいつ転じてもおかしくはない。

3《風景の断片》

しんと静まりかえり、しじまは不穏に充ちている。光源は不明ながら、光はどこかから確かにそこに届いている。光線の束の貫通ではなく、あくまでも断片を浮上させる上向きの照明。なにか建物の、というよりは中継ステーションのコンクリート製の台、台とはいえなにかの基底ではなく、中空にあってその先端部分が半ば暗緑半ば肌色の柱にしっかり固定されてある。そのコンクリート台の外周の正確な縮小形で、三次元なら入れ子状といえる形で刳りぬかれ、おまけにその柱の下方に取りつけられた小さな板に、刳りぬかれた形が遠近法的にほぼ収斂する建造物。刳りぬかれた部分、この空無の窓から、黄色っぽい地肌が、石ころの点在する地上らしきもの、異星のそれとみえてやはり地球の地表のごく一部とおぼしきものがうかがえる。柱に銜えられた白い小さな板は不穏にほかならない。コンクリートは酸性雨を浴びたようにに濡れているが、ひとの汗の最新の痕跡かもしれない。この構造物はある種の拷問装置の比喩、建設途中で理由も告げずに放棄された拷問的時間と化している。

4《移行》

ここにこうして、肌色にちかいレグホン・カラーの建物とぽつぽつと斑点のように暗く赤みのさした建物とが向かいあい隣りあう。単にガラスのはまっていない窓でも通気孔でも銃眼でもある穴が前者には七つ、後者には三つ穿たれたまま。穴の奥はいずれも漆黒である。穴の形状はふぞろい、というよりはひとつひとつ異なる。両方の建物を結ぶ回路として、とりあえずうすい板が四箇所に差し渡してあり、しかしコードあるいはロープが一本、逆コの字型に通じてはいる。これらの下にはくろぐろと体毛がきらめきながら群生して、白い板をひたひたと侵蝕中だ。ゲッシ類の刈られても刈られても生えだす強靭な体毛であるかのよう。パウル・ツェランが遺稿に書き留めた詩片《発情する無》も喚起されるほどで、失語のぶあつい皮膜を喰い破ろうとひたすらうごめきつづける言葉の群れだろうか、これらは。両方の建物の間隙をぬって前進すると、そこは行き止まりの壁、その半ばはもうすでに体毛でよごれ、ヴァニッシング・ポイントのあたりに小さな板が設置されてある。用途不明ゆえに、用途などあらかじめ失われているゆえに、この板はこの絵のパルスを掌中にする。

5 《対象・ナンバーワン》

ルネ・マグリットの代表的作品は企業広告に、コインのオルゴールに糖衣をまとって収納されて久しいが、ミハイル・ベルジングの岩石状かつ針金状のマッス《対象・ナンバーワン》には、そのおそれはないだろう。その最大の理由は、このマッスがヘモグロビンの呻吟そのものであると同時に、このマッスを支えるマッスもまた神経叢や骨が裸線でありつつ何度も搗き固められてあるからだ。この絵の傍らにあえて極圏コルィマーの、ラーゲリの残骸の写真を呼び寄せたい。《ソヴィエツコエ・フォト》一九九一年二月号に掲載された、カリーニングラード出身の写真家ドミートリイ・ヴィシェミルスキイの黒白の連作ショットである。それは鳥の巣のようにからみあう有刺鉄線、枕木の浮いた廃線のレール、錆びた錠、たわんだ漆黒の窓また窓、朽ちかけた板寝床にのたうつ雑草。野犬、丸太。

6 コーダあるいは追悼

これらの絵からどんな声が聞こえるか、はたしてどんな音が湧いてくるのか。ザーザー音、多少は起伏があるとしてもザーザーと細かい流砂の音、大気圏内にありながら、瞬時、大気を引き裂くようなキーンだけかもしれない。ゴーグルも包帯もマスクも装着せず。

［補註］
＊ミハイル・ベルジング＝ロシアの画家で一九五五年生まれ。
ここに取りあげた作品はいずれも「ユーノスチ」誌一九九一年八月号に掲載された。

＊（翻訳）

ヴェネーツィア——セルゲイ・ソロヴィヨフ＊

ありとあらゆるものは羊歯類である。空、運河のさざ波、
　水辺をそぞろ歩く
家々の壁。疱瘡の
子供らのような。なにもかも表皮は遺物の苔癬の
あの緑色として剝がれる。猫らは死の当日
あの女が泡から飛びだすのと同じく、鏡から脱出し
水中へ落下する、顔から河底へ勢いよく
一方あれら、猫の分身らは河底から上昇し、
双方の合流点で水の
蜘蛛の巣は震えては裂ける。流れの湾曲部におけるよう
　に——
水と震え。それらは終局に向かいつつある、
それらが——荒野を越え——水草に、軟泥に至るのと同
　じく、
それらはひたすら河底へ向かう、音符が譜面を跳びはね

ていくのと同じく。
鏡を脱出し、運河へ墜落する、
濁りつづける水の盲目の回廊へ、
巡礼を歓迎する壁また壁の、口をつぐみっぱなしの
発光草の、発狂する
流れの担保へ。脱出し、倦み疲れて
運河へ墜落する。日が暮れる。光石鹸の
使い残り。大地のぶくぶくの気泡。あまたの蠟燭かつ指また指なるヴェネーツィア。
軒蛇腹《コーニス》でいちゃつく文字たち。ネズミたち、
都市の版画家たち。鏡中でも窓辺と同じく
猫らは佇み、見下ろしている、物憂いダンスの場面で
水面に映る像と絡みあいながら。すでに書き留められている
風、天空、灯火。繭みたいに
それらはおのれと絡みあい、河底へ向かう、仮面はといえば、
それらを浮上させる、石油みたいに。そして夜はナイフの唇で
夜明けの燠火を銜える。それらは秋へ向かうかのように
鏡から脱出し、レテを見下ろす、
冥府の川のどろどろの赤いビロード地に横たわっている、
卓上の銀器のように、それらの骨が。
ニーニ――人々は低く垂れこめるこの白い灰を
こう呼んだ――写本としての猫よ、その猫は文書館《アルキーヴィオ》に
フラーリ寺院に住みついた、昼間は黒ぐろとしていたが
夜ともなれば亜麻色だった。
その猫にローマ法王が身をかがめたとき、
猫の眼は鈴なりになった、オリーヴの木の
鈴なりの実のように。尾っぽはといえば、オリーヴの木の幹のようだ。猫＝アルゴスよ。
その猫のもとに王たちは参集しその中に
潜りこんだ、たとえば館へ、たとえば煙の中へ、たとえば白い群れへ、
たとえば束の間の楽園へ、たとえば図書館の焼け跡へ
潜入するように。そして鉤爪の文字たちはかすかに香を焚いた、
そのとき猫はそれらを眼で追う、貧相な頭を
ふりふり、背中を脹らませながら。猫＝ポプリーシチン
こと

十三歳のにゃお猫どの――拘束衣をまとい
顎の下で足を意のままに操る。
それは空中に雪のように舞いあがりスパークする、無数
　の
象形文字の石灰のように――振りあげざま
記述される天体の象形文字の。それは判読されない――
　ことごとく。
それは雪、それは盲目、それは描かれ彩色された都市を
夢の中の子供地獄さながらおおう。
夢の中の子供地獄さながら、顎の下には――掌、
ぐるり一帯――水、水、そして白い闇だ、
そして黒猫らは黒衣のマドンナたちのように
立ちのぼる雪を窓から見下ろす。

［補註］

＊セルゲイ・ソロヴィヨフ＝詩人、作家、芸術家。一九五九年ウクライナのキエフ生まれ。チェルノヴィツ大学言語学部卒。キエフ美術アカデミーで絵画を学ぶ。ウクライナ中央部・西部の諸寺院で修復作業に従事。ロシア作家同盟、ロシア・ペンクラブ会員。詩劇の劇団「ノリディスタンツィア」（キエフ）の創設者、主宰者。文学・芸術誌「箱船」（キエフ）および年刊誌「ことばの諸形象」（モスクワ）の編集長。建築プロジェクト《メタ迷宮》《時間のフィギュール》およびそれに伴う文学的グラフィックのドキュメンテーションの作者（キエフ、ニューヨーク、ミュンヘン）、詩集に『死の賜物』『宴』『川の中間地帯』『鳥』『離れたところで』などがある。小説や著作に『書物』『愛死』『クリミヤのソフィー』『身近さの断片』『インド擁護』など。

（ネズミになること……）――アレクサンデル・ヴァト＊

ネズミになること。むしろ野ネズミに。それとも庭ネズ
　ミになる――
家ネズミにはなるもんか。
人間は悪臭を吐きだす！
われわれは誰でもそのことを承知ずみ――鳥よ蟹よクマ
　ネズミよ。
そいつは嫌悪感と恐怖感をかきたてる。
　悪寒を。
藤の花を椰子の樹皮を常食すること、
冷たくじめじめした土中の毛状根を掘り返すこと

そしてさわやかな夜に踊りまくること。満月を見つめる
　こと、
眼球に月の断末魔の微光を
　　映すこと。

ネズミの巣穴に潜入することそのとき性悪の北風は
しばれる骨ばった指でわたしをまさぐるだろう、
わたしの小さな心臓をおのれの鉤爪のブリキで押しつぶ
　そうとして——
おどおどしたネズミの心臓を——
　どきどきはねる水晶を。

一九五六年四月、マントン＝ガラヴァン

［補註］
＊アレクサンデル・ヴァト＝ポーランドの詩人（一九〇〇〜六七）。ゲンナジイ・アイギのパウル・ツェラン追悼 **Aleksander Wat, Poezje (Warszawa 1997)** 収録詩篇を訳出した。

エゴン・シーレ——アレクサンドル・ウラーノフ*

　彼の季節は秋。クリーム色であり赤黄色であり暗褐色である。葉のない木はひときわくっきりとしてひときわ真摯である。空間へ食いこみながら。風にあおられる木。神経はこれまた木である。たとえ盛夏でも人間の内部には秋の木がある。木の小枝の屈曲性は外在し、人間のそれは内在する。枝は空と石における裂け目である。神経は身体における裂け目である。ところが人間の輪郭ももろもろの裂け目に象られ、それらに沿って世界は体内に流入する。そして木は堂々と立っている——おのずから堂々たる木ではなく、その木の立ち姿こそ堂々としている。
　死は食らいつくというよりはむしろ援護する。死はそもそも悲しいものであり、差しのべられた手で死が鷲づかみにされるのにはぎょっとさせられる。しかも死には彼の相貌が宿っている。《あらゆる生命体はもう死んでいる》のは、生命体が死を内蔵しているから。あらゆる生命体は神経がぴくぴく裸出しており、だからこそまだ生きている。

人間は多彩であり、めまぐるしく変転し、死斑の暗青色をふくむ斑点で形成される。色調の転移ではなく、もろもろのコントラストである。熱い斑点。緑色すら熱いのもこれが身体だから。大理石でも光沢でもない。斑点はたびたびの接吻ならびに打撃による。火中をさまよい焼け焦げたのだ。三日間洞窟に死んだように横たわり、それからおのれ自身に命じた――立ち上がって歩け。

人々は衣服をまとわないばかりか――皮膚もまとわない。世界に対して――痛みに対しても――開かれたものら（だが閉じられ定められたものは牢獄である、たとえだれかにとっては自由意志の牢獄であれ）。各平方センチメートルごとに叫ぶ身体。おのれの内部でにぶくねじれた手で歪められ縛られたもの。おのれをむさぼり喰らうもの。人間はへこみである。人間の周囲では地色さえ色をうしない旋風へと砕けちりだす。あるひとつの自画像の画面では口と臍が白い――人間は空洞であり、その人間を地色が突きぬける。

ところが顔と手はこれらの斑点を糧にして生きのびる、それゆえ衣服を細密に描くことは往々にして無意味であるのと同じく、衣服なんて取るに足らずくだらない――衣服がある、それだけで充分だ。そして家には窓が彼のまなざしがコーニスが看板があるが、壁は空気も同然である。クルマウの窓は空虚における身体である。そしてダンサーのもとでもっとも凝縮されたものは眼球であり、残余の身体はかろうじて存在している。

ぎざぎざを、エッジ＝鋸で傷つける歯をもつ衣服。それは結晶する、締めつける。衣服を脱ぎすて、一条の光線で一体化しようとすることは、ベッドという島に上陸することだろう。シーツはごろごろ尖石がころがっている山岳地帯である。ぐるりにうちよせる波また波。

もっとも焼け焦げたものは指である。しなやかな指ではない、愛撫できる指ではない、石化した指、まがらない指である。炎症をおこし自身の関節ごとぼきぼき砕かれた指。たとえたがいに分離するためであれ試そうとするもの。絵の具の結び目。焼け焦げたのはおそらく接触したからだろうか。愛撫はといえば、他者による、注意ぶかくかつ慎重なまなざしによる。

彼は身体におけるもろもろの角を強調する。彼の水彩画、彼の水ですらもろもろの角から成る。水車小屋の水車によって挽きつくされる水。だが角度とは運動であり、運動の多様性である。矜持は角度である。おのれ自身の残酷さ以外のなにも所有しない鋭角的な娘たち。不安と渇望のはざまで、ぎこちない痩軀。彼女のまなざしは内奥から発する。井戸から。彼女がいまは脱出したくない巣穴から。それでいていずれ脱出したいと思う、出てくるぞ——胸ではなく肘を突きだしながら、まなざしから胸をまもりながら、もっと下にはなにがあるのか失念しながら。彼女はあくせく惚れこもうとはしない、他者のまなざしの評価にとらわれない女として。そしておのれの張りつめた緊張感に金縛りの女。

　こうして人間ははじまる、開く者にして開かれる者は。当惑と脆性破壊。同意した者、矜持をなくした者は丸みをおびる。新演技の披露だ——今後ともこの新機軸を保全しうるだろうが、いささかなりともこれは功を奏するだろう。召喚するもの——優柔不断だから。みずから驚かせること——生起する愛によって（愛が見いだされるのではなく、おのれが愛において暴かれる）、発現した身体によって。悲しみから好奇心への——あるいは嫌悪への移行。猫のするどい叫び。運命の女ではなく、移り気な女友達である。蠱惑ではなく、不安である。これらの娘たちは——彼自身もまた、むきだしになる試み、確信を理解を自由を得ようとする試みをくりかえし更新中である。たぶん彼は緻密さに徹しようとしたのだろう、男における以上に緻密さにとむその場所で。

　くしゃくしゃなのは脱いだストッキングであり、ずりおちたスカートである。ところが退廃ではなく——本当だよ、おめかししたがらない瞬間だ。部分性と不確定性を保全する瞬間だ。官能性《エロチカ》とは、むきだしになって人間的には神経質であれ、おのれ自身息ぐるしくはない官能性である。確信を得て不安を払拭し、顔には知ったかぶりの仮面が皮膚には滑らかさが発現するにつれ、破滅するあの女。とはいえこれは身の破滅である（死ではない）、これまた人間の。

　絵画アカデミーでの授業を、彼はモデルたちを古典的にデッサンするためというよりもむしろモデルたちとのセックスに利用した。もっぱらこうすることで彼女らをしんそこ感受できるだろうと確信しつつ。実際に——火傷および皮膚の消失にいたるまで。掌とは抱きしめるかあるいは接触する掌であり、さもなければ——どうしてその掌を描かなければならないのか。

家はこれまたごつごつ角張っている——すなわち特性を有する、この特性が形成されるには数百年を待たねばならないが。こうしてしだいに何階も建て増しされる。こうして鳥は都市をまのあたりにする、そこには留まらないだろう。安住の地ではない。家々はとうてい傾斜をつけられず、おのずから破裂する。あまたのひなびた小邑にはひとけがなく、おのずから窓また窓に見られている。そしてそれらはますます細身になり扁平になる。さらにはそれらの背後には空虚がある。

ドアも窓もない部屋。ヒマワリの黒い太陽、日蝕の太陽——そして太陽のまわりの突起。彼には誕生はさほど興味がなかった——それどころか滞在は。社会人としての人間のポートレイトではなく、人間の神経や瞬時の状況のポートレイトである。人間の偶発的事態のポートレイト。攻撃か？　いや、ぴくぴく神経質な矜持である、わが身を焦がすとしても他人を苛まないような。緊張し金縛りになり機能不全である——と同時にむきだしである。焦眉の急と不安。特性の発達は、それらを収容する空間の、それらの木々を収容する場所の伸張である。輪郭はくっきりと際だっているが、しかし線が自己発見するのはおびただしい試行＝補助線においてではなく、——しばし揺れ動きながら、ほそく尖ってとどまりながらである。線＝神経。赤色は闇を偏愛するが、闇のほうは赤色から顔をそむける。そしてひとりひとりがおのれ自身の狂気とならぶ。頰をおのれの首にのせるにはいたらないだろう。しかも平衡はまったくとれない。立っている女と横臥している女を区別しがたい。まさに垂直に横臥しているといえよう。地は壁だ。手で掬いとったり抜き手をきって泳いだりしようとしつつ。

たがいに見交わさない人々。ひとりには指さす屈強な手があり、もうひとりにはもっぱらじっと見つめる悲しげな眼や交差した掌がある。ところが小枝はおのれの角度をずらしながら石をたたいている。したがって手が進路を遮るというよりはすぐれて掌は交差させられる。

勲しの矜持——葉をつけた全木、落葉したたった一本の木。わが角々をごらんください。とはいえ他の生活がたんにないだけ。たとえ——驚いてあるいは疲れきって——彼が正常になろうとしても、正常ならびに静穏のパロディーのみ登場するだろう。

彼は捕虜たちを描いた——彼自身囚われの身だから。

牢獄はモップであり、壁すその幅木である。牢獄とは人間を飲みこむ灰色の雲である。けばけばしく爆発的な色になること、しかし装飾的な色にはなるべからず。キャンディーの小箱にこれを収納しないように――もろもろの角がじゃまをする。表現の戯画性と単一性を免れること。あまたの悲しみがぴんと張りつめている。喪に服す女だ――とはいえ蒼ざめた彼女の顔には微笑があるいは媚態がひそんでいる。

　十月は終わりを迎えつつある。軍隊はピアーヴェでイタリア軍と対峙してももう持ちこたえられない。芸術家とともに国は、もろもろの文化や運動の奇妙な平衡はしりぞく。彼は空いている椅子をクリムトのために置いた。第二の空いている椅子を彼自身のために置くことになろうとはつゆ知らずに。《わたしは自分の眼を送付します》。自画像という自画像の永遠のびっくりまなこを。斜視の角度を。

　なにもかも闇の中で吊りさげられている。母親ははやばやと凍える。彼女の血がまだ温めているのは子どもたちであって、白っぽい灰色のプラトークの色をおびた彼女の顔ではない。なんにも知らない赤ちゃんだけが悲しんでいない。時間はかりそめで、悲しみは恒常的であり、矜持は命脈をたもち、神経はむきだしになっている。

［補註］
＊アレクサンドル・ウラーノフ＝一九六三年ロシアのクイビシェフ（現サマーラ）生まれ。サマーラ在住の詩人。サマーラ航空宇宙大学ならびにサマーラ人文アカデミーで教鞭をとる。詩集に『風向』『乾いた光』『波と階段』『移動』『物の見方』。《ロシアのガリヴァー》叢書の一冊として『たがいにわれわれは』を上梓。二〇〇九年にアンドレイ・ベールィ賞を授賞した。

グスタフ・クリムト――アレクサンドル・ウラーノフ

閉じた――あるいは半ば被われた――眼。

感覚への沈潜。地と装飾――閉じた眼の前をよぎるもの。どこかそこの太腿あたりの接吻はまぶたの裏で青い星々をばらまく。背中を滑走する掌はくるくる巻きついて毛深い緑の海藻になる。

もしかしたら他の眼が現れるかもしれない――眉の円弧と密生した睫毛の円弧で象られて、それらは以前の眼よりもつぶらで、まぶたを閉じた瞳は何を見ている？（それらをけっして鏡に見てとれないだろう。それらを見るのはもっぱら他の隻眼、他の隻瞳だ）。

すべてを充塡する光と色の閃光。むさぼり喰らいつつ、内側へ引きこまれる空間の周囲にとどまらない閃光。

金色――聖像画あるいはビザンチンのモザイク画――から浮上してくるのは聖女あるいは王妃ではなく――むきだしの肩とおのれ自身の生を生きる指。透明性である――とはいえきらめく金属をまとった顔の温もりではない。髪のなまあたたかい闇。

金色は抱擁を琥珀のように包含する。そして皮膜はトゲを外部へ突きだす。そして糸はほやほやの不透明な繭と化す抱きあったものらをもうからめとりはじめる。痙攣のように壊れやすく、何秒も皮膚細胞もてんで手放そうとしない抱擁。

孤独裡に発熱してくつろぎつつまぶたの裏で金色の爆発を甘受するところへ拉致するもの。

時間のせいで黒ずんだ板上で螺旋形や金色の泡や星屑のかびでもって、蛸の吸盤――あるいは接吻――いくども接吻で空間はこちらへ延伸する――でもって考察すること。鳥、魚、植物、水面をいきかう水紋あるいは木の年輪。細かく砕けちり、旧瞬をとどめず新たに一体化すること。

ここでより適切なのは、もろもろの不定形の動詞であり――人称文はなく無人称文でもない文であり――だれがそれらを発語するか考える時間がたんにないだけ――それらが感受されるにしても――ましてや至福の怠惰が氾濫するにしても。

人物は平面――しかも個人的な平面――から登場する。もろもろの感覚のほうはすべてを充塡する――こうして絵の具は絵画の全空間を充塡する。色彩野だ。

こうして身体の曲線は金色の雨と遭遇する――やがて失神して指が何本も折れる、大気を？　秒を？　流れを？――支えようとつとめながら。その曲線には髪という――赤銅色の――おのれの驟雨がある。

金魚の赤毛の狂乱よ――こうすれば水中を泳げるあるいは夢うつつで飛べる。波の巻き毛はといえば、ゆらゆらゆれ動きアイロンをかける、接触のリボンを同時に採取しながら。

デッサンの線――色彩によって支えられない線――す

らもぴくぴく渦巻き二重化し三重化する。不明瞭なるもの――おのれの境界を忘却した人物たちの――世界。

　まどろんで微笑をうかべつつ半開きの唇――おそらくは何ごとかささやこうとした唇、しかしもはやそれは不要だといわんばかりの唇。眼は閉じられている、名乗るのは視線ではなく唇なのに――押し黙ったまま。誰だかあるいは何だか分からない。顔の白さえ吸いこむ鮮紅色の口。

　これらの絵画のせいで――頭はいささか熱っぽい。書き手は何ができる？　自問できる。強調できるし、注目できる。暗号を解読できず――仕留められず。

　失神して蛇皮や海藻や魚のまにまで髪がからみつく娘たち。豹のようにしなやかな流線。頭の下に掌をあてて、静止中の眠れる者たち。胸に触れる舌。愛撫疲れ。まったくこうじゃない。やはりこの通りだ。

　挑発するもの――自己に沈潜するものにして観客のことを知ろうともしないもの――では彼はいったい何者か？　もろい――透過しない――酷薄な――顔。

　強迫するもの？　ところが運命の女はかくも平凡であり、もろもろのフロイト的エロス・タナトスはかくも退屈だ……　たぶん、もっと端的にいえば――彼の邪魔をしたくない睡り？

　絵の具の蛇のようなしなやかさ。それらには居心地がよい――水棲のならびに陸棲の蛇たちにしてみれば。むきだしの真理の足もとには――燃える眼をした蛇。ひたいは青銅で肩幅のひろいアテナの甲冑から鱗が剝離する（彼女の手中ではなんと小さくもろいことか勝利は？　真理は？――頭部はゴルゴンの細長い舌よりも小ぶりだ）――どこか後景の闇のなかでまたもや蛇に変容する。

　抱きあったまま横たわる女たち、あるいは頭を女友達の胸にかくすひとりの娘――彼女らにはこれ以上誰も要らないだろう――ときにはおたがいにかくしあう。肩胛骨と膝。誰にも不要な金色の爆発の孤独（男たちにさほど特有ではないこと。画面上には男たちがさほど多くないからか。あるいは男はこの世ではあまりにもこわもてだからか？　男は夢想と不安と威嚇のあいだで観念的に縛られている――それらの語はことごとく女性名詞である、観念もまた）。

　その内部ですべてが入れ代わる娘たち。眼と髪の色――ぽかんと開けたままの口――安らぎ――忘我の境地

——激情——けだるさ。

なぜなら彼自身もヴィーンの——あるいはアレクサンドリアの？——住人であり——彼女らよりもひんぱんに交代したから。みんなが好きだった者——それからみんながこれを嫌悪するように大いに仕向けた者。

彼は自画像を描き残さなかった。

あらゆる生き物は細分化され詳細にわたり、細部から、無機的なるものの渦巻く日常のカオスにおける瑣事から構成される。

これら微小部分のスピードが増せば増すほどますます増大する力でこれらはまなざしを誘い込む——あるいは総じてすべてを？

人間とは当面のまだらおよび多様性にもとづくひときわ大きなまだらかつ多様性である。流れの動向。論理が——幾何学的なディテールが反復される諸要素がないわけではないもの、しかしこの論理の基底には——しかもこの論理の基底にもとづいて——万華鏡が装飾の変奏が偶然が彩りが狂気がある。

せせらぎから、透明なやや薔薇色がかった流れから形成される娘。これはフロイトではなく、これは独自の水力学をそなえた——マッハならびにプラントルであり——いずれもオーストリア人である。あるいは頭部は赤色の上を前面に先導する白色の源泉による。これこそ赤塗りの小さな四角形だ——あるいは閉じたままならうらのスミレ色の火花だ。

水は女へと氷結しえよう——模様が霜の花々が咲きほこる窓ガラス、その向こうでは雪が降る。あるいはまだ溶けまい——おそらく少女がこんなにしっかりと立っているのは、流れがまだ彼女を連行せず、彼女は眠ったまま目覚めなかったから。ピアノ奏者と同じく彼はせっせと音楽にいそしむ——彼はむらなく不透明なほど黒い——娘たちのほうは彼とともに赤・白・青・黄の流れから形成される。彼女らの髪——生誕する場所である星雲——やがてその星雲を見捨てるだろう——星々は。

清らかで穏やかな流れだ、水が赤黄色になり、髪は緑色になるときに。ルサルカには足がないばかりか手もなく、全身をおおいかくす——夜のような——もっぱら髪ばかり——星夜の鱗だ。水の流動性、その水の向こうにはいかなる空もなく、たぶん岸辺と岩場だけだろう。真理をつかみとるのは疾風で——青色からスミレ色を経て褐色に移動する。

そして透明性だ。女性ハープ奏者――やや黄色がかった空虚における金色――彼女の手と顔が――また当の空虚から――空中を漂流する――身体を伸ばしてから――眼をつむった女たち。透明なんだよ――海のように――ダンサーは。老年はこんなに鋭敏に感受されるはずがない――それゆえ叡智も感受されず。

死を前にしても人々は眠りかずかずの色彩夢を――赤・白・オレンジ色の夢を――見る、でも死は暗緑だスミレ色だ――誰も死の露出した眼窩をおのれの開いた眼で出迎えない。

病気と死に係留されている軽い体軀。漆黒の毛髪と白眼。

劇場の演目の悲劇では口と眼はひろく開いている。実際には唇はぎゅっと結ばれ、瞳は針とて広がるものを支えきれないものを縫い合わせようとする。

これは悲しみにくれる瞠目である。そして彼女は彼女の膝をかかえている。ポートレイトは眼をあけていなければならない――したがって顔にはいつも驚愕がある――わたしはどこ？　どうしていつもこうなのか？

周囲はどうか。秋の落ち葉だらけの地面と黒い斑点だらけの白い幹。それらの背後に――もしかしたら――空。もしかしたら――木々のからみあう枝々のみ。飛行者は見おろす――罌粟畑を――枝で真っ赤に色づくリンゴの実から罌粟を分離できない。そしてイタリアの小邑の家々は住民たちと同様に暮らしている――屋根と屋根を組み合わせて。

近くから見つめるべきだ――花々《ツヴェトゥイ》／色彩《ツヴェータ》が眼をすっかり充填するように――対向的に駆けだして――引力は距離の矩形に逆比例する――それゆえに手の皮膚から０・５ミリ離れて移動するものをもっとも強く引っぱる。

どんなにたくさんオーナメントや室内装飾があろうとも――それらの下にはいつも身体が存在する。未完成の絵画から判断すれば、身体はあまねく微細に描かれた――たとえいずれ身体が絵の具の平面におおわれようと――身体を光源とする光線は貫通するだろう。挑発するものら、差し招くものら。

初出一覧

フィローノフの時空　Eumenides35, 2009
声の痣　Eumenides35, 2009
マグダレーナ頌　庭園アンソロジー２０１０／Eumenides44, 2013
いとしき騎乗　庭園アンソロジー２０１０／repure16, 2013
時間鋏　庭園アンソロジー２０１０／repure16, 2013
割れた鏡は、鈴鳴りに鳴る　海燕11・１９８２
写真失踪　堕天使２・１９９６
闇の線　PoetrYcs Vol.2, no.10. 1996
発吃考　Ganymede 別冊２００５
写真家　Ganymede 別冊２００５／詩集『ピッツィカーレ』２００９
（海藻にしろヌレネズミにしろ……）　紙子17・２００９
休日ともなれば　紙子18・２０１０
（色あせたメルカトル図法にむせぶ……）　紙子18・２０１０
アイギを読みながら　Eumenides37, 2010
Alzheimer 氏の食卓《最新版》　紙子19・２０１１／infans16, 2012
給水塔異聞　Eumenides41, 2011
イナシュヴェ　Eumenides42, 2012

シンメトリにあらず　iob 創刊号２０１２
（ひたすら走りつづけるには……）　repure14, 2012
レジェンドにあらず　菊井崇史写真展図録《断絶をうつし見る邂逅の瞳》２０１２・５
画家パーヴェル・チェリシチェフの三幅対　紙子20・２０１２
禁漁区　ハンス・ベルメールの遊星　Eumenides43, 2012
ミハイル・ベルジング・ケース　repure15, 2012

セルゲイ・ソロヴィヨフ《ヴェネーツィア》　Ganymede40, 2007
アレクサンデル・ヴァト《ネズミになること……》　Eumenides37, 2010
アレクサンドル・ウラーノフ《エゴン・シーレ》　coto17, 2009
アレクサンドル・ウラーノフ《グスタフ・クリムト》　Ganymede43, 2008

第五詩集『アンフォルム群：詩集』（二〇一七年、七月堂）

色彩論的に

［風になびく黄色の菜の花をベンチで……］

風になびく黄色の菜の花をベンチで筆写していると
いきなり猫背の背面からそれとも薄曇りの肩越しに
連続的にシャッター音がする
カシャカシャ相次ぐ玉突き《キュー》のような《眼球》が
揺れる菜の花のまぶしい黄色にまみれ
空中《ブランク》をぶらぶら浮遊するこれも色彩の祝祭

連写に賭ける切れ長の眼球たちの mime につき
暗箱の巻き舌に巻き込んで菜の花に描き込む
微風でも無風も同然に空中《ブランク》に佇む滞留する
風圧によじれる菜の花を灰色のグラファイトで象る
ぐんぐん黄色になびく斜線を五線譜上で傾聴せよ
それもこれもすてきな昼よイレギュラリテのしわざ

花びらの形状が風の便りにデフォルメされた、これはし
　きりに
空間のパレットからはみだす黄色の眩暈の研鑽につき
菜の花は時限爆弾さながらの桜花ほどは散り急がない、
その無音の在りようのコントラスト刃は思わずのけぞり
空中《ブランク》で各停止線を死守してたとえ散歩中であれ
桜花の滞空時間はパラドックスの毛足よりも長いだろう

地面すれすれに花びらが紋白蝶のように徘徊すると
色彩的に意外とピンクゾーンが底堅いと判明する、
一八八九年作のムンク画《春》の半透明のカーテンごし
の
日射しの物影にすがって落花するや《声》*画は
地面に風のアドレッセンスを鏤めるのに対し、桜花忌は
もはや花びらの原形をとどめず茶色の粉末を呈する

（空無の厖大な archives におけるようにたとえば
数本のネギの端本に暗紫色のテープが巻きつき
その直下には銀色の箆で黒く塗り固めた長方体を跨ぎこ

す
赤土色の大なり小なり文字たち
猫の叫びの自重が全身6キロならば重すぎるか
猫年齢相応の老身か?——つるんと小耳に滑り込んだ)

すっかり耳が削ぎ落とされた叫びの現場の地肌を
ましてやその粒子を焙りだすように拡大すればするほど
《叫び》という名の地表の黄土色や赤土色の周縁は
ブランクのブラックの空中ブランコの真骨頂、G系*灰色
か
火葬人がブリキ箸でつまんだ下顎の原形を保持している
ので、
これはアンフォルムの地肌深く貫入する

[補註]
*《声》画=《声》という表題の同じくムンク一八九三年筆の油彩画。
*G系=フランスのキュビスムの巨匠ジョルジュ・ブラックの頭文字。その直系の明快な造形性(le champs clair)を参照のこと。

[真夏の窓際の厚ぼったい目蓋にごろんと……]

真夏の窓際の厚ぼったい目蓋にごろんと集う
何本かバナナが脳挫傷のじんじん進行性の痕跡みたいに
黄色地に褐色の斑点がアイスバーもどき
(黒褐色か茶褐色か)星雲の粒々のような錆が
かつては原色の革だった古靴のように
やおら過食のいびつな靴音を響かせる
応急の静物画の逸品の皿のなかではなく
バナナ錆(こう名づけたい、積乱雲と同じく)が
ジグザグに走行するホテルよ火照る

午後三時をすぎて花屋の主人が
新参の出入り業者にぽつりといわく
ひと雨来そうだなあどうもひと雨
そう、じゃあじゃあ白乱れて黄身を制す
多肉植物の傍らで覆水盆にかえらずと言うなかれ
とばかりにむしょうに目玉焼きをパクつきたくなる
壁面の引っ掻き傷の名手ジャック・プレヴェールが

突如としてそのかすまもなく巻末の《ピカソの
魔法の灯*》が自転して順不同に灯るだろう

この一車線の道路の分岐点のひとつではないが
古びていてもいまも現役の図書館脇の
（日頃の館員たちの丹精こめた思惑とは関係なく）
一時的に荒れ放題の荒野の花壇もどきから
しらずしらず咲く葉鶏頭のあでやかな群落へ
地中海沿岸のオペラ歌手*の寝乱れた髪の毛のように
花びらがもっぱら不定形にはみだしているヴェルミヨン
の
破線だらけの彼岸花よ目頭を熱くするグラウンドの
土埃の《カプリチョス*》デビューをすかさず牽制しつつ

海の星がなまなましいひとでであるように
海の雀はがぜん鰈だから
皿の煮汁に半身でつかって不眠症になる
わがフォークで逐次身をほぐされ
これも子持ち鰈だからこそ
粒々はたっぷり胃袋で遊泳するだろう

ジャック・プレヴェールによれば、壊れたブランコで
ぽつんと人形と卵の暴力は
靴ふきマットめがけて串刺しにされる

肉離れでも走りだそうとするスプリンターの追い風参考
　記録さながら
この熱覚まシートをおおバナナの額面《ひたい》からがら
つるっと剝がせよつるっと
反射的にアキレス腱が反応する瞬間の
フライングによる炎症かそれともめりめり延焼を
スプリンクラーならぬスプリンターの
なんとも健気な健脚から
仮設のスターティングブロックから意を決して
ちぎれんばかりのニューロンの雲行きから

［補註］
＊《ピカソの魔法の灯》＝ジャック・プレヴェールの詩集『パロール』の巻末に収録の長篇詩。
＊地中海沿岸のオペラ歌手＝イタリアの作家アルベルト・サヴィニオの短篇小説のレミニッサンス。

＊《カプリチョス》＝もっぱら黒を基調とするゴヤ版画の出発
を告げる傑作。

［ひとしきり青空の空耳に飛び込む……］

ひとしきり青空の空耳に飛び込む
ともすれば空前の絵空事、思わず知らず空言にもやたら
　空隙がある
青空の断片が顆粒のペッパーとどこからでも
じゃれあって浮遊する灰色のクリップスとあわや
途中まで議論のジッパーを開閉する

ポーパ＊の何層もskyblueが折り重なった青空の箱に
土管の縞をやにわに流し込んでみたらどうだろう
さあ7Bの鉛筆で灰色域《グレイゾーン》をざらざら拡大し
風と水、線の頬寄せあって
まずは砂丘を砂塵を発疹的に梱包せよ！
群青による密猟の闇に乱入する現役の
狼たちの獲物の血でちくじ研がれた歯列を前にして、
電波という小うるさい肉蠅はどこにたかる？
この五月のＴＶ画面に奇しくも卓球の晴天のラケットが
　切り返す
チキータバナナの弾道が瞬時にしなった

使い古しの泡がまたぞろ弾けてひとけない広場が砂埃を
　舞い上げる
皇帝ペンギンの記憶に銘記されたポーパの箱の箱へ急が
　なくちゃ
ともかくサハラ砂漠の北縁でタトゥーのように採取され
　たとしても
アンモナイトの猫眼ばむ銀色のアポストロフは底光りす
　る
指先の緩傾斜で磨き抜かれてのこと

肉眼ではろくに布置を見渡せない埃の密着は
たとえば《海猫三万羽》＊の密集的乱舞に匹敵する
縁がおのずからきつくギャザーして乾燥しはじめた花弁
　は

腐臭のすみやかな脱臭に向けて空位に向けて
やおら空きビンに芍薬の足を突き刺す

雲への、雲行きへの何度でもグッドバイ鳥打ち帽を左前
　方に
晩年のある日、写真の笠智衆*は上り坂にさしかかったと
　ころで
バイバイとよれよれの帽子を差し上げつつ晩夏に合図を
送る
これまでの思いの丈を鳥の羽ばたきのように希薄な空気
　に叩きつけ
彼はカメラアイにおのれの背中ばかり見せつけるバイバ
　イと

アンチエイジングの努力の醜悪さを症例的に累乗し
キツオンの群れが思わず乱歩《ランダムウォーク》的に肌荒れ脱輪し
だからこそ無色を含め色彩のかけらがとりどり浮遊する
宇宙空間のデブリさながら刷り込まれたチェコ語barbar*
　の
かけらを手始めにメタリックな暗緑の濃淡をじゃらじゃ
ら亀座りの練習だ

紙のレミング、紙の耳、巻頭のハミングだからこそ
《……ダンボールの仮面は
保水しない――水は
眼から流れだす》とは白日に懸垂するリツォスよ、赤レ
　ンガ色の**PAPIERS***
掌中の9ページを水と水、もっぱら紙の耳朶寄せあって
まずは参照のこと

［補註］

*ポーパ＝ヴァスコ・ポーパ、二〇世紀のセルビア詩人（一九二二〜九一）。代表作は《小さな箱》ほか。

*《海猫三万羽》＝八戸の蕪島に群れ集う海猫の光景。三万羽という数字はジュール・ヴェルヌ作品の旅程に（たとえば海底二万里）に倣う。

*写真の笠智衆＝藤原新也『僕のいた場所』（文春文庫）の表紙カヴァーの黒白写真。そもそも写真家である藤原新也が撮影した。

*チェコ語barbar＝チェコの作家ボフミル・フラバルは同時代の前衛美術家にして爆裂主義者（＝エクスプロジョナリスト）

たるヴラジミール・ボウドニークを繊細な野生人（＝バルバル）と名づけて、彼の破天荒ぶりを熱烈に回想した。ボウドニークはチェコのアンフォルメル美術の旗手である。
＊ PAPIERS ＝ギリシャの詩人ヤニス・リツォスの袖珍版フランス語訳詩集。一九七五年パリの Efr 刊。

［リンゴがもっぱら vampires の歯牙と……］

リンゴがもっぱら vampires の歯牙と等号で結ばれるとき
その前夜に黄色フリークのリンゴは暗赤色の頸に変容する
リンゴは血を噴く、いくたびか
ほら一九三〇年代ミュンヒェンの街路の闇の汁液を縦揺れにしぼれ
それでもリンゴは血を噴く、
リンゴの皮しだいでは暗赤色があるいは脳裡の黄色があるいは黄緑が
リンゴをかじってはかむそのかじかむ歯間で
悶絶するほど岩漿の血に染まる
リンゴの芯は血の空き箱の植物性の把手だとしたら
このリンゴがたとえば駱駝のひと瘤へと形状記憶中の理由は何か
この頃は変形をめぐって視点の異なる路面においそれとは
ぐねぐねのメビウスの針金は転がっていない？
脳内ならいざ知らずこの頃はすんなり Vallotton の画面どころか
園芸店の店先ですら紛糾の種の金蓮花かげぼしの血の空き箱や
針金すら粒だつ黄色に集光しつつ集合住宅の通用口の
尖端がさびた有刺鉄線しか夜の緑《ナハトグリュン》の盲野に落ちていない
血の匂いを恣にして
リンゴの果肉はπの字形に歯槽という浴槽で仮眠する
依然として埃っぽい鏡は黄熱のスネアドラムに

やんやの撥さばきで反撃する
メキシコの画家 Frida Kahlo の《いきいきとした生命》
（一九五二）
ならびに《生命の果実》（一九五三）には、血の匂いを
恣にするリンゴの実は見当たらない、寒気のアンソロジ
ーゆえに
ますます暗く赤みを増すリンゴは流血の惨事を怖れない
から。

円筒形を描ききるむずかしさをまずは万全なるその習得
作業をこそ
思え、しらじらと遺留分をさすがに死後酩酊して
揚羽蝶もどきの展翅模様のむせるジャングルに腐心する
前に
それでもあれかこれかではなくリンゴ酒の古樽もその座
位もだ
反物質《アンチマチエール》の《爪が引き裂く時間》の舌の根も乾かぬうち
に

そこからとり急ぎ流失しようとして
ヴェネツィアのとある運河の水面にも浮上する
ギュンター・ユッカー*の釘庭は芽吹きのぎざぎざに血を
抜栓する

緩傾斜の斜面のリンゴの木々をはがれた光は
濫用の鋏を研ぐ雨あがりの窓ガラス上で
毟られた羽毛をぐんぐん引っ張る
いつまでもポレンよポレン点々といぶされて発光するか

時間のローテーションを永久停止させられたままの
チェルノブイリのリンゴすなわち観覧車の群れは小糠雨
の仕打ちで
非連続的にほころびたその網膜のほろ苦さたるや
極東の百合根の食味がおよぶところではない

［補註］

＊ギュンター・ユッカー＝一九三〇年生まれのドイツの美術家。釘をハリネズミのように打ち付けた立体作品を得意とし、《釘男》の異名をとる。同時代のロシア詩人のアイギと親交があっ

た。たなかあきみつ詩集『ピッツィカーレ』（二〇〇九年ふらんす堂）に収録の二詩篇《（もうとっくに広枝は……）》《（もうとっくに広枝は……）変奏》（本書六三頁、六九頁）を参照のこと。

［予め雨天を採取する、余白から天引きする……］

予め雨天を採取する、余白から天引きする
とりとめもないニューズの永久運動の泡に絡まってむせ
　かえる
はじまりはいつも牙関緊急であって泡を吹き飛ばす前に
いつも革帯の口輪（なぜか猿芝居の）をかませられて
悄然たる圏谷の晩餐BOSEから放出されるロ短調ミサ
　の
哀傷からしきりに角張る青紫色の（川岸に流れつく溺死
　者の）
ニーチェの口唇よ、レインコートの縦縞がそよぐデゼリ
　テの口角でも
髭に隠れた新聞活字の、ぎざぎざの空模様よ、生首をビ
　ン生1本
と口走る前に逆流する灼熱の唾のように
あまたの裂け目からなる（裂溝の）檻、
利発すぎる子ども特有の無造作の殺気をよもや頻発させ
　る
口語の吃音もどきのヘアピンカーヴに差しかかる空きビ
　ンの
晩夏のラジオが裏返しに口ずさむパッパラ、パルル……
いくたびか火山弾のように鳥の木のさえずりは増幅する
夜半のルビー狂いよ冷えればそれだけｇｆ*はぎらぎら血
　を吐く
ティンパニによるvelvetノスタルジアの打倒か血みどろ
　の跫音か
わらわら発火する麦藁帽の火焔とは対岸の
《束の間の情動》だが青空のじつはウルトラマリン
青鮮魚のぴちゃぴちゃ跳ね上がるゴム手袋の五指は
大童で見えない致死率の版図を血の釘のうごめきを

大西洋の海辺まで*簡易テント内の油照りまで拡げつつあ
る
貝殻の図鑑で縞の極意をそのかずかずの波紋を確認しろ
薄刃の刃先のように研ぎ澄まされた草いきれのアラベス
クまで
詩人アンドレイ・タヴロフならば彫金の透かし《亀のよ
うに背泳で泳ぐだろう》

脳葉のティンパニをぴらぴら叩くなら
《ロープの結び》満載の改訂版カタログをすばやく参照
のこと
アラベスクの懸垂めがけてダストは滞留せずダンシング、
画布の
オリーヴグリーンによる耳の尖鋭な試技に乗りだす前に
サハラ砂漠から急遽掘り出されたスピノサウルスの棘皮
を
ひたすら turquoise blue の色鉛筆で果敢にも塗りつづけ
た

とはいえ先ほどの画布で腐りかけのナスは皺から
暗視的に沈めば沈むほどますます浸潤する暗紫色の鼠サ
ポストイット代わりに本のページに乗り上げるカミソリ
の火焔
本物のカミソリの刃をページ外の三方から三枚ずつ差し
込んだ
そんな眼球が一挙にクリップされそうな写真を見たこと
がある
画面上のハガネ色という究極の灰色をめざして、バルセ
ローナの
珠玉の水滴よ雨天順延されず《磁場は星々の生成上どん
な役割を
果たしたのかわれわれは知らないし、星々の新世代が生
誕する源の
星間ダストや星間ガスのいずれの特性もわれわれは知ら
ない
と言われている》（ホアン・ブロッサ《COSMOS》）

［補註］
＊ｇｆ＝グレープフルーツの頭文字。果実はブラッド・ルビー色。
＊大西洋の海辺まで＝エボラ出血熱（何度もテレビ放映されたそのウィルスの顕微鏡写真を参照のこと）の接近する予感に立ちすくむ右記の果実の自在の輪《ルーリーブル》。

［とある美術館の、人工皮革の黒いソファーたち……］

とある美術館の、人工皮革の黒いソファーたち、
舘内のソファーはその時たまたまぜんぶ空席で
若干の体躯の凹みのあるソファーもあれば《時間のロープ》上の
アイマスクの定位置から、欠伸のようにずれたソファーもある

壁の展示画面はそっちのけでいつまでもそこに座っていたがる幼子、
その作品は遺してやぶ睨みの《薔薇の花売り》で
ヴィクトル・ルイサコフ*が一九九三年に描いた油彩だ、
画面の左側、描かれた人物の心臓の位置に対向して
burlesque の
例の三本の薔薇の花、画面の顔色とおなじく薄いローズピンクだ
その左右の眼窩には充血してそれぞれ赤と黒の月と太陽が灯る
ところで晩秋の花屋の一角には赤錆だらけのポインセチアの勇姿
この人工的すぎる発色はオリーヴの葉の硬調に比して眼に痛い
申し遅れましたがこの《薔薇の花売り》だけが壁に架けてある脳内の
美術館の一室で幼子は性分としてその展示室のばかりか
どのソファーにもむずかるでもなくやたら座りたがる、
その子を連れてきた若い母親にして大学院生にはここでの滞在時間はキャッツアイの
血眼のショッピングの四倍以上に感じられよう、美術館

でどころか
改装後のデパートでもスーパーでも新参のイケアでも
当の幼子のソファーへの偏愛は相変わらず矩形の滞在時
間に
納まるどころか新たに銀色にきらめくwheelchairを目に
するやとても上機嫌だ
（たとえば金張りのロンジンを細腕にはめなくなって久
しい
ゲッシ類顔貌の老嬢は食事のたびに牡蠣のメニューを所
望する
無時間の食傷気味にもことさら発疹にも留意するどころ
か
ミルクの海原をフォークでもっと平均して《小石大《ガレ》》*の
牡蠣をと突きまくる）
《薔薇の花売り》の画面の色はやおらのっぺらぼうの薄
皮を剝ぐ
顔色と薔薇の花色を除いてますます濃緑化の一途をたど
る、翻って

serves green deep や turqoise green を含め左側のキャビネ
ットも薔薇の茎も
キリコ画にさかのぼる人物の鰭ばむ右足、五指とも指折
り帯電する左足
とはいえどの場面の下塗りにも窺える深緑の《多指症《ポリダクティリーヤ》》
（《単眼症《ツィクロパーヤ》》すらも）*に
キリコの、路上の乾燥した流体力学の数式の鑢をかける
何重ものアルマジロの鱗甲板のような集束イエロウのト
レース地平線の裾は
レンガ色をおびて、色彩の機影はおおイナシュヴェ！
地平線の未完のトラヴァース！
本日の課題は緑直系のレモン髭につき
カンヴァスにぎとぎと融けだす前に尖筆で削れ削れ
あるいは鉄線の替え刃のカノン進行形、内海の片手では
絞り
きれないレモンの色彩的難題よレモン産毛のひよこ化を
阻止せよ

これは特売ブーケをくゆらせる《scapegrace》*蝸牛の比
　ではない
灰色に不安定なレーキが身軽にもディープにもわんさか
　顔見せ、ほらここが
思案のしどころだ、倣然とDiane Arbus的にミゼットた
　ちは燃える蝶にも鰈にもなれず
DQ*のドレ画の風車よ、描線の投げやりにも回転不足に
　も到底なじめず

［補註］

＊ヴィクトル・ルィサコフ《薔薇の花売り》＝これはアナトリイ・コロリョーフの小説《舌人間》（二〇〇一年モスクワ）の表紙画である。この小説はエレファントマンをテーマとしている。

＊《小石《ガレ》大》＝フランシス・ポンジュの散文詩《牡蠣》からの引用。

＊《多指症》（《単眼症》すらも）＝アナトリイ・コロリョーフ《舌人間》（二〇〇一年モスクワ）からの引用。

＊《scapegrace》＝George Szirtes《For Diane Arbus》*in* Blind Field（OUP 1994）からの引用。

＊DQ＝Don Quixote（ドンキホーテ）の頭文字。

［ただ同然の寒気に蝋引きされた黄色は……］

ただ同然の寒気に蝋引きされた黄色は
見たところallegro moderatoに準じる発色だ、夕暮れ時
　ともなれば
口伝のフィルム型マグネットが鈍くなり手書きのフェリ
　ーボートが
混色のみならず冷蔵庫の扉を床めがけてしだいにずれ落
　ちていく
焼き菓子《クレンデリ》と等号である8の字の穴に無限を
青空の《青》を見出す、耳を聾するばかりの青い泥を浚
　渫する
この二つの結び目は出港間際の艀、その名も《死の島》
　号*であり
オニヤンマの今は亡き複眼を思わせる、長身のラフマニ
　ノフという
集音バケツの柄を。血の色からいつの間にか8の字と結

び目は
紫紺の印刷むらほどのグラデーションに密封された、ヨ
　コ位置のウロボロス
蛇無限の臭気圏に留め置かれたのは、鮮紅色の殺傷能力
　を怖れたか
それとも死なるものに事後いちだんと密接に寄り添いた
　かったか

これは単なる色彩の変更というよりは人混みの浜辺の漂
　着物を
生と死の分水嶺を描くことに主眼があるキサンテインよ
視覚的に隕石と流星は死の乾燥軌道を競っているようで
本来はまともに視えないもののわだちを思い知る

人混みをぬってぐねぐねダッシュ、アンドロイド禍のよ
　うに長年
放置されてきた枕木の折り重なるがらくた、小骨のよう
　な鎹の数々
眼裏でさびるにまかせた海老反り鉄路の尖端を幻視する
そこに群れ集う黒褐色その他もろもろの《perpetuum
mobile》*

いや増す寒気にパーマネントイエロウは映える
磁力の回復には耳朶の芒もどきの造形が不可欠だ
半ドアのまま眠りこけた黒色を揺り起こせ酔いどれ
schnaps を
しょせん短かすぎる睡夢の Ognatango* さあもう一度回旋
　する番だなんと《月に雁》* だ

砂時計の有視界の縄が瞬時に綯う飛行機雲、線条の屠場
よ
タイルの壁面に投影されぴちゃぴちゃ発熱する染みよス
ネークダンスのように
コンクリート床の木箱には縄の群れ、右往左往絡まり合
って後
首から先はぐねっと行方不明！　なんとも《厖大な空
無》！
徹底的に禁煙《ノースモーキング》の屠場での吸いさしの煙草の紫煙の低空飛
行、さえも

文字通りレトロの、それも後発《レトログラード》の波乗りトレモロの
——
サラトフ出身の詩人ならこう呟くだろうに、全レトロを律する例の
《神は口腔病学《ストマトロギヤ》とタイヤ装着《シュノモンタージュ》の間にこそ介在する》と
自前のミクロコスモス installation として全ステンレスの銀ぎら銀鍋の
正面の曲面に映り込んだ２個のトマトとＦ６の画用紙を設定する
桃尻ならぬ安楽を呈する本物の単純トマト尻は静謐な火焔と化し
ど真ん中のＦ６紙はといえば縦割りの食虫植物のくびれを曝す
完熟トマト特有の赤色は縮れかけのアマリリスの花弁よりも
この曲面ではタテ位置の暗赤の穂先、暗いバーナーの火焔樹となり
一方の対向するＦ６の画用紙の平面は目下《カオスのマグマ》にて
πの字を逆さにぐんぐん巻き込む銀色の舌になる

［補註］

＊その名も《死の島》号＝絵画的にはベックリンの《死者の島》を、評論的にはユルスナールの「ベックリンの《死者の島》」を、音楽的にはラフマニノフの交響詩《死の島》を参照のこと。

＊《perpetuum mobile》＝このラテン語の字義通りには《永久機関》。音楽用語としては《無窮動》で、ラヴェルやプーランクやバルトークやペールトなどが同じ音程を際限もなく繰り返すこの形式で作曲している。

＊Ognatango＝ジョン・ウォルフ・ブレナン作曲《モスクワ—ペトゥシキ》《Moskau-Petuschki》——ein mikromonotonales Poem（Leo Records Laboratory 1997）中の 20.Oganatango 1 ならびに 22.Ognatango II からの引用。この楽曲の原作はヴェネディクト・エロフェーエフ（一九三八〜一九九〇）の『モスクワ—ペトゥシキ』で同書の邦訳は安岡治子訳『酔いどれ列車、モスクワ発ペトゥシキ行』（一九九六年国書刊行会）。

＊《月に雁》＝『酔いどれ列車、モスクワ発ペトゥシキ行』の翻訳者・安岡治子さんからの献本には惜しげもなく垂涎の《月に雁》切手が貼ってあった。

「新型コロナウィルスの電子顕微鏡写真が放映されるたび……」

新型コロナウィルスの電子顕微鏡写真が放映されるたび
テレビ画面に大写しになる、必ずしもじかに駱駝発の病勢と関係なく
サンプル写真だからいつも同じ図柄だ砂漠の薔薇のレプリカ然として
色彩的にはウニの毬のような緑黄橙のリングも紫水晶の劈開とは異なって
いつも円のどこかへこんで歪んで正円を描かない

たとえばどろんと酒臭い夜行の都市間バスが定時に発車した直後
夏至のターミナルにはきつい排ガス臭が残った、巷間
《乗合バス》というフレーズを耳にしなくなって久しいその秘文字
はセピア色の柿の木坂*の絵葉書にインクの染みのように滲んでいる

なぜか昼間の湿気になじむ《vinaigre》の臭いがこれに撹拌される

遠隔操作の破片のように心もとないどろっとした感じのビロード地
ヨコ位置のズッキーニが隆々と仕掛ける
暗緑と暗黄のメディアミックスになる、耳ならキヌク骨を
るれろ――《光の手首*》の砕片、エクラの火勢を駆って。日陰の
耐風マッチかそれともマンホールの蓋は波動の柩に被さるか。

ジャン・デュビュッフェ展のカタログにて半世紀以上前の
地肌学シリーズの作品群、地肌学というネオロジスムに出会った
織物の織り目よりもずっとマクラメな土壌や地層が眼に痛かった。
遠隔操作されぬ頑なさがときにはブリキの空っぽの水槽

や
マザーグースの遠雷の耳目に連座する

同じ図柄のサンプル写真でも脳裡で移動できる
つるんとした感染のマケットよ毬が雲丹紫にむかって針
　状化するスパイク群が粒立つ
ざらざらしてその針先で色彩のクレヴァスを測量する
ルゴジテというフランス語自体辞書の片隅でどうにもざ
　らざらして
店頭にはリゾームの内出血なり痣のなり鴨のパテが出さ
　れる

地中海を鋭意航行中の、オッカムの剃刀の段だら地肌、
俯瞰魚の黒地に原色とりどりの鱗だった、かの大佐*亡き
　後の
鈴なりの難民船の地肌よつるんと図版の海鼠ばむ時制よ
俯瞰すると見事に空撮の魚拓を呈する難民船
海彼の波を旋回するローター音のヒレがなんども掻き上
　げる。

夜来の湿砂をのせた猫車、黒すぐり直下の gros-grain の
　ブランコのように
猫なで声の地割れとバランスをとりつつ、
かつて表面張力だったところ海底の油井だったところに
ましてや往年のバクーの《油井の弁》みたいなところに
　待望の
ブルーノ・シュルツ切手だったところに何が潜んでいる
　か

柑橘類にぷしゅぷしゅ巻きつく未生の導火線
現下の雨天を期してすかさずしぼんだ蝶類の蝶番
水しぶきのエクラの鰓や鰭やこれぞ steadtler7B の線影
聳え立つライム鉱山のよくぞどん底に停車した過積載の
　トラック
戦時であれ無風のすでに微塵の陶片をあさる濃霧のゴー
　グル

[補註]
＊セピア色の柿の木坂＝この詩に取りかかったとき、つけっぱ
なしのラジオからたまたま青木光一の一九五七年のヒット曲

《柿の木坂の家》が流れてきた。この曲の歌詞には《乗合バス》が登場してくる。この柿の木坂とは作詞家石本美由紀がおのれの出身地、広島県大竹市の坂をイメージしたものらしい。

＊《光の手首》＝詩人ルネ・シャールの一九三九年一月二四日付ピカソ宛書簡から引用。（ルネ・シャール『詩人のアトリエにて』一九九六年ガリマール刊に収録）。

＊かの大佐＝リビアの独裁者だったカダフィ大佐を指す。かつて彼がＮＹでの国連総会に乗り込んだとき、極度のセキュリティ不信で、リビアから空輸した大テントを設営して宿泊したことは記憶に新しい。

［さてうすみどりの脳だ、《忘却の時計》だ……］

さてうすみどりの脳だ、《忘却の時計》*だ、緑の段階的
撤収の
ずれながら折り重なる暮色の襞、あくまでも首という語
　にかかわる例文は
葱の隻腕よ、イワシのぎょろっと隻眼よ、相手が
キリンでも白鳥でも空中にぷかぷか浮遊する首は首
薄茶の毛足のだんぜん長いネック（これがプロレス技な
ら
在りし日のネックブリーカー、それともちゃぼ《バンタム》の羽繕い
　たるBantam Booksの頁に
秘匿された銀幕ならちりぢり絶えざるフリッカー、覚え
　たてのチキンレースばやり）
あの一九四八年作のレオノール・フィニーの破天荒な傘
よ、
惨たる海底の（深海底と覚しき砂地の）枯木っぽい海藻
　にびりびり引っかかった
単なる蝙蝠傘ではなく明らかに女物の日傘だ、空気の衝
　立で裂けるおちょぼ口の
蝙蝠の習性とは一見近そうでどうにも縁遠い晴天専用の
　傘ゆえに破れてしまった
何重にもロックが解除された地滑り後の地層のような蝙
　蝠傘の
いわばマトリョーシカだ、マトリックス構造だ、コンク
　リートの地面から10センチほど
鉛色の雨がやにわに跳ねあがる。それまでに傘をさして

先を急ぐ人々の
比率が飛躍的に増大する飽食ゆえに急場の木製食器だのみの飢餓を欲す

最寄り駅まで駆けだすキビーロフばりの《汚れたプードル*》走りになるばかり
通行人五人にひとりが三人にひとりとなってすれ違いざま
総勢六、七人がきっちり十人になるといよいよ蝙蝠傘よりもレッツゴー buggy よりも
《海砂色》をした窓越しのランドセルとトートバック内の画架のマッチレースだ
黄色と黄土色の、横顔と片腕のかわるがわる勝負だ勢いせめぎあいだ

防寒帽の耳がわりに依然として折りたたみ損ねたナイフのように
無風の蒸着に加えて徹底的に無色の何が何でもラバーソール
さらにすり潰されデフォルメつづきの重合を介して

吹きだしの余白で内転する反射光、もっぱら桟橋や可動橋のこちら側に
飛びだせ氷山の一角ヴィーンの酒場《橋たち《ディ・ブリュッケン》》に常備のアイスピックよ

おお《太陽のハサミ*》を尻目に海猫たちの、燃油の不定形にはじけた港湾に向けて居ならぶ
倉庫群の屋上かそれとも青函連絡船運航停止前年末（一九八七年）の
函館行き最終便の船尾を雁首そろえて見送る女子高のふくよかな聖歌隊員たちの安堵
彼女らは初取材に臨場した気鋭のカメラマンにうんと誇らしげにキメポーズしたんだ
このシャッターチャンスの黒っぽい灰色の海面に近頃ペルセウス流星群が着水した

時間切れの煙の這い跡（メビウス帯を描出する数式の配管も煙道化の遠因と化す？）
天井直下の火焔の穂先の全景が見えないそのジャガーる
七転八倒、連続して

爆よ爆《ヴゾルヴァリ》*、色彩的に火焔ゴールドの爪先連鎖あるいはシ
ンクの魚眼の気紛れ点眼を
思えばチェヴェングール盤《レーベル》*のショスタコーヴィチSQ
は
脳回の土石流の爪痕を爆よ爆《ヴゾルヴァリ》、さらに弦楽の火砕流とも
どもはぎとれ！

またもやボクシングのリングの殺気の動線のように霜降
りのキルシュやキッシュ
赤と青両コーナーの対角線上でうすみどりの汗がマット
にぎちぎち*おどる滴る
両雄の息は弾んで（乱れて）、殺気の影からみるみる浮
上する温熱器具どころか
危うくちぎれそうな耳朶さながらのシューズのダッシュ
音
キュッキュッ、キュッキュッ雨水の染みの応酬に漫然と
はよりかからず
コヨーテの毛並みの拘束衣／拘束帯／（事前にご本人の
承諾は得ていますか？）

各地の地雷原で喘ぎながらも紙切れ一枚の常套手段でそ
の場をくぐり抜ける（汗かきの
ザムザ*こそ）拘束帯の材質や布地の強度にはとんと無頓
着で前口上以上に夜を徹して
隙間はあってもぎゅうぎゅうneurocopycatike*締めつけ
られるばかり、
少々緩めてもらったところでその強度には無彩色の苛烈
さにはとうてい叶わず。

［補註］

*《忘却の時計》＝USAのニューオーリンズの写真家クラレンス・ジョン・ラフリン（一九〇五〜一九八五）撮影の、《苔むしたイチイの木》の写真のキャプションからの引用。

*《汚れたプードル》＝ロシアの詩人チムール・キビーロフ（一九五五年生まれ）の長篇詩《L・S・ルビンシュテイン宛の書簡》からの引用。二重の幻視として。

*《太陽のハサミ》＝オーストリアの詩人インゲボルグ・バッハマン（一九二六〜一九七三）の詩篇《橋たち》からの引用。

*爆よ爆《ヴゾルヴァリ》＝ロシアの未来派詩人ヴェリミール・フレーブニコフならびにアレクセイ・クルチョーヌィフによるネオロギズムの一閃。

*チェヴェングール盤《レーベル》＝《チェヴェングール》とはロシアの作

家アンドレイ・プラトーノフ（一八九九〜一九五一）の代表作。一九三〇年代に執筆されたが、グラースノスチ下の一九九一年に完本がようやく刊行された。盤《レーベル》とは音盤（ディスク）との見立てであるのみならず存在の徹底的な落盤をも想定した。

＊ぎちぎち＝丸尾末広の漫画《ギチギチくん》（一九九六年秋田書店）の主人公の名前による。

＊汗かきのザムザ＝カフカの《変身》のみならず、ロシアの現代美術家イーゴリ・マカレーヴィチのカフカ画を、とりわけもぐらを膝の上にのせたカフカ像の何重もの線描（「シャンジュ・アンテルナショナル第3号《トロワ》」一九八五年五月パリ刊に収録）の緊縛感を参照のこと。

＊neurocopycatike＝二〇〇一年刊行の宮部みゆきの長篇ミステリー《模倣犯》の英文タイトル the copy cat の語音の、読者の神経系への乱入もどき。

［皿の、まっさらな色……］

皿の、まっさらな色
まっさらな空身よよもやヨーグルトの身空で
喉の影のむやみに引っ掻くヌンチャクばりの筆触だ

影は暗緑の群棲かびくびく緩歩類《タルディグラーダ》のように
それとも黒色火薬の持続的抵抗か体長数ミリ単位の火蟻
　のように
ありありと建築技法の蟻づくめの蟻塚だろうか、この群
　棲を細密に筆写したいと

夜空に駆けあがる坂道に銀鱗を
靴音や破れそうに軋るタイヤのホイールをそこここに敷
　きつめて
送電線の映り込む矢印の耳にはもちろん出だしの
longtemps longtemps＊だ

線の影の群棲からみるみる浮上するフレーブニコフ石＊
動力学的には未完の緑の柔毛かあるいは緑のそれもミト
　ンの手袋か
さて火の気が失せた黒い調理台とて火のタテガミの行方
　はいかが？

あえて飢餓するGigerのジャイアントステップスはのほ
　ほんと

空無のいわば銀屏風のように着地がゆらいで、破傷風の
さぞや空白さぞやその余白へ、給湯は急ぐ?

ガス調理台というこれも《草むらのトランクの片隅で》
大気圏内の火焔樹ならぬ緑焔樹の植生があるとしたら
ボマルツォの回想の活字の庭からはたして警笛なしに緑
　の蛇は誘きだされるか?

草むらは今も牧歌的に曲芸飛行中の海猫すれすれのちぎ
　れ雲になって
刃向かう微風にすらもずんずん飛び散る
ひとつとして同じ雲型定規も雲母の劈開もない

単なる鉄棒譚とみえるものはじつは
崩れた建物のやたら鎖骨や肋骨とおぼしき鉄骨の絡みあ
　い
丘の上の建物の黒い穴また穴を《無人のブランコ》の連
　続技が縁取る

コンクリートの建物のぐしゃぐしゃに砕けた地面
またもや崩落しだした建物の中で摩滅していく未解読文
　字のように
あらたに空気に触れて Bogota yellow* がわが視界に急激
　に融けだした

ほーら、羽休め…… 骨の方はなんだか弛緩するばかり
鶴のクルルィーによりかかればもっぱら細心にクールダ
　ウン
雲の綿毛は青灰色に喰いちぎられて流れる

暗赤の油煙が登場人物たちの表情に充満する《グラジオ
　ラス》の画家ハイム・スーチンによれば、
今や空っぽ《エンプティスペース》の生郷の《スミロヴィチの村、…見上げる空
　はほとんど毎日、
どんよりした灰緑色であった。……》この空の色を暫時

例のモランディの灰色の柱状節理*と対比せよ。
無風の連鎖だとベンチの石の目がぜん瞠目して大気に
　映り込む、
なんだか息苦しい。死魚である燻し銀のペーパーナイフ

のように

蜜蜂たちをびっしり頭部から上半身へとさながら匍匐待
　機させるかのように静止させている
カリフォルニアの養蜂家《ビーキーパー》*のつるつるの頭部や視覚的に大
　理石のような肌触りから
肩から腰にかけて巣箱の中さながら蜂の羽音がいっせい
　に空気を震わせるというがそもそも幻聴だ

[補註]

＊longtemps longtemps＝エドガー・ポーのAnnabe Lee詩のレミニッサンス。この詩の冒頭には**It was many and many a year ago**とあり、三連目には**long ago**とある。これらのフレーズを音声的に英語からフランス語に移換した。

＊フレーブニコフ石＝ロシアの未来派詩人ヴェリミール・フレーブニコフ（一八八五〜一九二二）にちなんで《フレーブニコフのために》と題してアンゼルム・キーファーは谷底に転がる岩石を描いた。

＊Bogota yellow＝ジャン・ボードリヤールが南米コロンビアの首都ボゴタ市内で撮影したカラーの風景写真。鮮やかなパーマネント・イエロウだ。この写真はジャン・ボードリヤールの写真論『消滅の技法』（一九九七年PARCO出版）に収録されている。

＊モランディの灰色の柱状節理＝二〇一六年二月二〇日〜四月一〇日待望のモランディ展が東京ステーションギャラリーで（及びそれぞれ異なる会期で神戸の兵庫県立美術館と盛岡の岩手県立美術館でも）開催された。何点も彼の画面の《灰色の柱状節理》を堪能した。

＊カリフォルニアの養蜂家《ビーキーパー》＝Richard Avedonの写真集《In the American West》（1985 Abrams）に収録されたカリフォルニアの養蜂家《ビーキーパー》の上半身の写真。

《レキショ界面》

[脳天にとって意想外なことに林縁のそれは……]

脳天にとって意想外なことに林縁の
それは青みがかった灰色の切羽詰まってか
それとも相も変わらず灰ばむ青か
ＧＢ*の《青空》本の表紙の色か（一九三〇年代の空の色
……と覚しき色？）それとも

ＧＢの明眸の吐息の色かキラッと
そしてギラッと大わらわの光のチェーンソーの奢りだ

あのおちょぼ口の仔猫にどうして
鳥をあれほどすばやく銜える力アあるのか
通常切手の雀よりも丸々とした鳥名不詳の鳥の天辺は
思わずぷっつん鮮血のように赤い
ラヴェルの弦楽四重奏曲へ長調第三楽章のとりわけ
ビッツィカートのように赤く飛び散るあまた曲球は
ぐねっと消衰を虚空で行方しれず球道のモノカゲは

今のところ仔猫の残酷さよりも未確認だが
あらゆる未確認物体のモノカゲが降り注ぐ
モノカゲは堆積しはじめ堆積しつづけるまたもや
ない窓ガラスのないないづくしに烈風飛散する河原よ
《飛散する河原》というロゴ自体に狼狽せよ！
ＣＤの透明ケースにセロテープの接着剤のしつこい残滓
だんぜんその飛び地やかすかな隆起を

消しゴムで壊死させつつひときわクリアにしようと
ごしごししごくもあわや多重点御用達とばかりに
モノカゲはあいついで群棲する
おお、至極ぱさかで！　おお、めりすま！
消しゴムにとって奇しくも奇数の腱鞘炎の
じんじんと、そう文字通り緩斜面だから
地肌のじんじんとしじま……

いざ逆立ちする撥水ピエロの脳天と化すや
ゆうやく午後の浅瀬に突き刺したいか
晴雨兼用のアクリル仕上げの日傘を
どうだ尖端性の日向総出のまんざらでもなく
一足飛びの圏内で怖じ気づくでもなく
古書店の埃っぽいゾッキ本の棚からこちらにおいでと
身を乗りだすＧＢの今も明眸がしきりに目配せする

［補註］
＊ＧＢ＝20世紀フランスの作家・思想家ジョルジュ・バタイユの頭文字。

［いきなり夢の過剰投与、ah overdose!……］

いきなり夢の過剰投与、ah overdose!
晩夏の扇風機は脳回をとろとろ半円形に
なま温かい風を振りまいては極北をじんじん回る
いまや孔雀の出来損ないの発声をうながす番だ！
孔雀色こそ奇妙に混濁している

だから脳回って、暗赤の縁取りのダリア戦線？
それとも血のあくまでも馬頭による罵倒
ふたたび充血装備のどろどろの骰子
日没までさあ急げや急げ
舌であり錠前でもあるダリアよ

血のバラードすら入鋏済だ
放火にいそしむ裂肉菌におびえるどころか
重力にからきし無抵抗で旬のイチジクのパックは
虎視たんたんとダリの厨房のパン籠の真下に落下する
回文を舌支えし可食性の辞書の鬣をキサスキサス褶曲し
つつ

緑のヒロインらの
口々に、銀影を吹きつけて
かくれ帽子（正確にはテンガロンハット）なき
茹で卵よ、むしろ手負いの潜水卵
それとも二卵性でなおかつ青天井下のケーソン病？

逃亡先の通行証は気もそぞろに爪認証にまで進行するの
か
爪を見れば（たとえば突き指した薬指の爪にもタテ割レ
の予兆）
目玉が本物の無煙炭さながらギラッとひかる？
あるいは風向きしだいの
風倒木の横臥 darkness* とてバネ指か
トンボ由来の赤い救急ヘリコプターの
折からのローター音がざあざあ降ってくる
野坂版てろてろの裏地に
影の波動力学よ危うい波乗りのように
折からの千切れた風との一騎打ち

四季を問わず死期を迎えた落ち葉のように
読唇対象の昼には干からびた蝙蝠
筋張った葉脈をなおも浮きたたせ
夜盲の新調したブレードでなくとも
血管の見えぬ蝙蝠の翼を横殴りに撃てよ日射し

ワイヤレスの影絵劇
拳対空気のエンドレスのシャドウボクシング
不規則に割れつづける眼鏡のようなタウ物質の底なし
この薄刃のシャドウバンキングこそ
蝙蝠傘のひんまがった骨々の逆噴射

これも野心的な《…ワイヤの破断》により
空っぽになって
とことん身軽になって
空中に身を乗りだしさらに
空荷の身をよじらせる

［補註］
＊風倒木の横臥 darkness ＝ ベルギーの画家ピエール・アレシン
スキーの作品《極地の夜》の夜を想起すること。

［これが実物大の偶然の仕業であれゴムボートは……］

これが実物大の偶然の仕業であれゴムボートは息づまる
ような《砂の水母》＊のための急造船、今世紀のレスボス
島の
埃の蔓延するソフトフォーカスの突堤だ、反転して廃館
まぢかの
海辺の映画館の五里霧中でcymbaleをじゃらじゃら打ち
鳴らし
茄子とトマトを串刺しにした有刺鉄線を描け未使用の消
火器を
とある老舗ホテルの車寄せの対角線上に投げ出された下
肢の
放置を推奨する破傷風、見えない泥によるその未開封の

腫れよう
おまえは正視できないどころかそれを浚渫できそうもない眼球
この際標準的術式のスケッチを消しても消しても消しゴムの消し屑は残る
とりわけ雨模様の午後はこの水槽のガラスの内側で窒息しそう

この空間の表面上の依然としてgommageのざらつき、
ゲバラ葉巻を咥えて
やおらカリブ海から空想するゲバラ以後の肥大化デブリのゲリラぶり
すらっとした後ろ手によるカフェのエプロンの紐の解き方結び方、シガーさばきさながら
なんだか得意げにその横顔の媚態をみせながらズームアップで
乗りこなす南洋の波乗りもどきの巧みな指さばき
年嵩のいった口がケチャップへの懐郷をいきなり所望するのは

ゼブラ仕立ての直滑降、まだアイスバーン化したわけでもないのに
延焼中の３Ｄ＝デブリやデトリタスやデコンブルの果糖にたかる
蟻の群れとて気紛れな浮遊物体にあらず、ひとしきり檻の片隅で
いじけて寝ころぶ猪のうんともすんとも言わぬ秋日の中也のふて寝である
動物園でさっそうと黄緑の水浴びをするのが灰と黒の獏であるのに
対し、いらいらとヨコ位置で思いきり体軀を伸ばすチータ（雪豹に
ワープして）縫いぐるみに類した前者は水槽でバシャバシャはしゃぎ、
いやはや後者は乾燥肌の女帝みたい気球やフライングゲージに
安置される、ＦＭ局でようやく放流されたベートーヴェンの交響楽

の耳を啞えろ、鳥の矯声よおまえの羽根ほどは華麗では
ない
自動人形の折れた首のように片手で未完のシニョン結い
にいそしむ
窓際でのえんえんと反復される膝蓋反射《ニージャーク》のように
サグラダ・ファミリヤのジャーク際立つ空間際のカミソ
リまけ
バルセローナ産のポークジャーキイのジャンキイぶりに
鑑み

地面すれすれでもつれた病名の地誌を案の定除籍せず
夜間の黒鳥のひかがみ《ジャレ》を追跡せよ、あのガウディの必ず
や
自署名Gの孕むノブ、*繰り返し長身のキース・ジャレッ
トのように
後ろ姿を逐次更新する《Bye Bye Blackbird》よマンホー
ルの蓋を
やんやの象牙《アイヴォオリイ》焼成ブラックの影をおとす虚実の遠近法と
ともに

思わず驟雨のネジがすっぽり抜ける、《年輩の女が、傘
を広げようとして、
トランクの形をした緑色のブリキの小箱を落とす、
波止場の敷石にぶつかって箱はつぶれ、蓋がとび、底が
ぬける、
金目のものは何ひとつない、
大切なものだけだ……》*路上でもっぱら傘の描く放物線
だけ。

［補註］

＊《砂の水母》＝ミシェル・レリスの詩集『癲癇』に収録の詩篇「砂の薔薇」からの引用。

＊自署名Gの孕むノブ＝建築デザイン誌a＋uのアントニオ・ガウディ特集号（一九七七年一二月臨時増刊）の巻頭頁を参照のこと。

＊《年輩の女が、傘を広げようとして……》＝ジョゼ・サラマーゴ『リカルド・レイスの死の年』（岡村多希子訳・二〇〇二年彩流社刊）からの引用。

［その画面上で泣き叫ぶ幼子の涎は……］

その画面上で泣き叫ぶ幼子の涎は涙よりも透明だそもそ
　もルーペで見れば
新聞の粒子のあらい激写のスクラップのような《ダイア
　ン・アーバス》*写真には
慌ただしく印刷インクが視覚に付着するように涎を垂れ
　流しつつ泣き叫ぶ幼子と
涎のすっかり乾いてどんより泪目の幼子の二つのヴァー
　ジョンがある

フィルムとしてのささやかな饗宴の陶磁の皿に映り込む
顔面に漆黒の pinholes を残して包帯をぐるぐる巻きつけ
　た
これぞ襞人間で、 顔から首にかけてひび割れやすいフォ
　ルム
珈琲豆の芳香が残存するドンゴロスの袋をすっぽり被っ
　た人間だ
焙煎済みの珈琲豆の匂いはその麻袋の内面から消えない

尨大な鉱物コレクションの陳列棚にならぶ無煙炭のよう
　に黒光りのする
象牙黒《アイヴォリイブラック》は矩形のパレットのきまって最も右端に陣取
　り
博物館の片隅の埃さながらギラッと発光する
Gilles*の耳朶の雪上にぐねぐね奇数の穴が刻まれた《狼
　の線*》
灰色の狼が絶滅したかそれともむっくり再起動したかど
　うかはさほど重要ではない
雪線に黒々とスパイクされた底なしのブラックホールズ
　を
あえて輝緑岩の甲高靴かあるいは砕氷船の接写であのロ
　ランド裂溝を踏みはずす
ドンゴロスのざらざらの裏地におけるコヨーテ顔貌の居
　場所
足跡はその居場所願望を暫時特定する方途を提供しない
炎熱の海辺まで血の釘を攪拌しつつ熱砂の矢印を見失わ
　ないように

足跡に平行して岩石に密閉された稲妻ともども極力保全
　する

つるつるの競馬の予想紙が漂流する漣痕さながら《海の
　bleu はある種の堆積の結果だ*》
脳内のタブロイド版の数字の踊り場で開かれる紺碧の傘
　よ腫れ物よ
脂肪の後ろ影を求めて仮面の裏側の掻痒感と、やたら毛
　穴を刺す
アビシニア高原産ドンゴロスの裏面の好戦的《ゲレーロ》掻痒感をぞ
　んぶんに比較せよ

さてイサドラ*は皮膚呼吸で空気を吸い込むのと同じだけ
　空隙を吐きだす
サヴィニオ*によれば主人公は舞踏という空荷の《いかな
　る影も投影しない
この大理石の骨格、このパルテノンの影のもとで誕生す
　べき》任意の吊り手として
地中海における擬態能力のその飛跡には空気抵抗が少な
　い

雪の礫のトランクを提げて
おもむろに Sisters Grimm Tales* の双耳の路傍を歩きだす
その靴紐は否応なく群棲する足跡のほうへ
前世紀の宇宙船のタラップのようにほどけている

（ここで第四節の詩行の遠近法を参照のこと）
闇の保護色で狼の足跡を彩れ、魂の筋肉の収斂する弦楽
　器のみならず
サヴィニオの sound check によれば《蝉しぐれは白い街
　を
ペコリーノ・チーズの型のように引っこ抜き、

次いでその街を白熱した空に持ち上げる
ように思われるほどけたたましい》、イサドラの爪先を
　不意にかすめる
たとえば《幼年時代の闇の中できらめく最初の記憶は火
　事のそれだった》、軸足の
安否を問わず《三歳児イサドラは窓の天辺から巨漢の警
　官の腕の中へ飛び降りた》

［補註］
＊《ダイアン・アーバス》＝ダイアン・アーバスの写真集《マガジンワーク》（一九八四年アパーチュア刊）に収録された泣きじゃくり涎を垂らす幼子の写真。
＊Gilles＝フランスの哲学者Gilles Deleuze（一九二五〜一九九五）。
＊《狼の線》＝《狼の線》の写真はジル・ドゥルーズとフェリクス・ガタリの共著『千のプラトー』（一九八〇年パリ）の三八頁に収録。
＊《海のbleuはある種の堆積の結果だ》＝アンドレ・S・ラバルト《明らかに、必死に》（一九九七年ストラスブール）からの引用。
＊イサドラ＝J・G・バラード執筆の《二〇世紀の語彙集のプロジェクト》（ZONE第5号に収録）における《イサドラ・ダンカン》の項目によれば「マシーンは彼女の規律過剰のボディーをみずから振り飛ばした、彼女のクルマの後輪は致命的なリトル・ジグを踊る、彼女のスカーフの端のまわりで」。
＊サヴィニオ＝アルベルト・サヴィニオはイタリア人の作家、音楽家、画家（一八九一〜一九五二）であり、本名はアンドレア・デ・キリコで、画家ジョルジオ・デ・キリコの実弟である。アルベルト・サヴィニオ《イサドラ・ダンカン》（一九八四年／二〇〇九年アデルフィ刊『人々よ、あなたの物語を語れ』の二二九〜二二九九頁に収録）から三箇所引用した。
＊Sister Grimm Tales＝アレクセイ・アイギ（ヴァイオリン）らのアンサンブル《4分33秒》ならびにヴォーカルユニットNeTeが演奏し、一九九七年にSolyd Recordsがリリースしたドミトリイ・ポクロフスキイ追悼盤のCDのタイトル。

［とかげの匍匐のように満を持してひび割れた壁の唇……］

とかげの匍匐のように満を持してひび割れた壁の唇
メンヒルの苔地肌を眼球のとかげ《カラヴァッジョ》のように幻視せよ
普段使いの蒸し器の真鍮底の地肌とて、ところどころ
錆模様を呈す、褐色にも濃淡がありまだらにかな臭く
（遅ればせながらとどめの一発のような気がして）
タテジマの真夏《カラヴァッジョ》のとかげが植え込みからあたりを窺う
摩滅も摩擦も麻痺もそれぞれ地肌にかかわる
突起も顆粒も粟肌もダーマトグラフも地肌に着地する
砂塵も砂礫も砂嵐も砂時計も粉々のcyber spaceである
ばかりか

粉塵の外翻オペレーションだ砂の粒立ちで紛糾すれば
これらは砂丘の風紋の外周へみるみる飛散する
多声の蟬しぐれは7月末にはきまって休廊する画廊の

壁面で滞留する、《時間のカーテン》の揺曳から手を引
け、*
今にも動き出しそうな泥だらけのニンジン三態
画家ＦＢ*のくるぶし付近に蝟集する豹柄の毛細血管の群
れ、
裏返しにのたうち蚯蚓腫れわたる、さりとて
画家ＬＦ*のくるぶしで見返すや moon walking
その周りでひしめく鮭身《サモン》ピンクの流砂

前夜の天気予報より三時間遅れで降り出した雨空の
オブセッションと思いきやロスタイムの左手のレント、
ラヴェル残響にて密室恐怖の空間に風穴をあける
光線が擦りきれんばかりの音場のデカダン伝説、
おおサムソン・フランソワのピアニスムの激流よ
《アニマの忘却》だから反響する影＝本体の Br 流失*

キーファーの真夏のタール本のエッジを鋭意縁取るのは
とけだすハイシーズンの真紅のハイビスカス茶か
それとも愛玩犬のじゃれ声に似た若干不揃いのベゴニア
か
それとも手入れの行き届かぬ庭の雑草か
密生する季節外れのつつじや風倒木に紛れて眼球《カメラオブス》のとか
げ《キュラ》
とともにアノニムを貫く雑草のそよぎすら青空の一閃

とかげの尻尾のようにスパッと断裂しそうなアキレス腱
に
留意しつつたとえば箱庭もどきのセラピーの囮を
おまえのくるぶし＝蝶番に格上げする、アキレス腱の腐
蝕を
セラピーの箱庭に差し向けよとかげの目蓋の開閉
ノイズの浮氷であれじりじり真夏の視界を遮る円錐の
求心性を増す顔のデッサンに対する線影の仕掛けは早い

［補註］

＊《時間のカーテン》の揺曳から手を引け＝ブルーノ・シュル

ツの『砂時計の下のサナトリウム』からの引用句をパラフレーズした。

＊画家ＦＢ＝イギリスの画家フランシス・ベーコン。一九〇九年ダブリンで生まれ、一九九二年マドリードで病没。

＊画家ＬＦ＝イギリスの画家ルシアン・フロイド。ジークムント・フロイトの孫として一九二二年にベルリンで生まれ、一九三三年家族とともにイギリスに移住し、二〇一一年にロンドンで病没。ルシアン・フロイド自身、ベーコン作品の画題にも登場する。

＊Br 流失＝Brとは、ゲルマン神話のヒロインにしてジークフリートの相手役であるブリュンヒルデ。アンゼルム・キーファーはたびたびブリュンヒルデを画題にしている。

［往年の野球 graphics における魔球の球筋のような……］

往年の野球 graphics における魔球の球筋のような風葬よ
吊るし鈎よぱたぱた暗く黄ばんだ野晒し鴉の破線の群れ
舌がかりに枕木の梢の大空に達する折りたたみナイフ
微風のヨコ位置では皺の波がしだいに振動するのに対し
椅子のタテ位置ではもっぱら白熱した視線の檻と化す

あるいはシンデレラ固有の靴先の切尖で
顔面のトポグラフィーを点々と腐蝕せよ、おもむろに
顔面を賭シテ周回するジャコメッティ線に密着する
干し椎茸の地肌にさらに勢いよく杭打ち
空間のピンクの釦を、セラフィーヌ＊花に服喪中

干からびた視神経造花のまだ蕾の痣を埋設しろ
次いでその直近にヒトの立ち姿を
矢印のように配置せよ空薬莢の舟を暫時
階段裏のオブセッション塵を
芒のように衝いて、満天の星屑ラジオの一隅で

たとえば喉のさらなる渇きを承知で強面の
夏こそ塩ぶたキャベツのレシピをすかさず敢行せよ
第一線とX線との網目に宙吊りにのトレペ捕食
この視線のバシャバシャ落とし卵をする
砂場の倒影にあっても砂紋の査問にさらされる

否応なく蜥蜴メタリックに置かれる銀蠟の階梯
色彩の物影、気紛れにくすんだ色合いというより

依然として臨死状態にある物影や物音、
それらのページに滞留するのはあくまでも過剰に
空中ブランコ《トラペジスト》乗りたる光と影の交替劇ではなく

ヒトの神経を宥めにかかる灰色の列柱もどき
空間のエッジにして物体の静態だ
動く鳥影のエッジにして物音の動線だ
偶然耳にしたドビュッシーの cake walk にして
靴音の残響のそれでも消えなずむセピア座礁よりも

月光は焦げ茶ばむと言えるだろうか、その色調は？
群れなす埃は空間の底辺にセピア色に沈殿して暗中模索
微細動してはしだいに淀む、それゆえ沈黙は闇の心臓だ
猟犬的風貌を堅持しつつその沈黙は深く、沈思にして
黙考のピッチは単調なるがゆえにますます増幅する、
張り裂ける闇の裂け目にいきなり沈黙が介入し、時折
闇のフィルムが疼きだし沈黙のラバーソールに差し戻さ
　れる、
破線の点滅する火焔の dots が沈黙の粒だちが

澎湃としてスターバト・マーテルのように
言葉の倦怠が待機するその空隙にかわるがわる隆起する
なぜか《凄腕》広告の筋肉の図解ばかり3人や5人の
肩よりも喉にがぜん筋交いが入っているせいか銅鑼の音
は
つとに廃盤になったLP盤のアルトやコントラルトも
卵形天井めがけてはしゃいで曇りガラスにディテールを
引っ掻くようで、
音景のオノマトペはさかんに亢進する

［補註］

＊セラフィーヌ花＝アール・ブリュットに属する画家セラフィーヌ・ルイ（一八六四〜一九四二）。代表作は《楽園の樹》。無敵の（＝サン・リヴァール）女と自称した。四一歳で絵を描きはじめ、七八歳で亡くなる十年前に精神病院に転院するまで、独特の精緻な花や果実や樹木や葉っぱの絵を描きつづけた。

雪よふれ、もっとふれ

この日もまた、モスクワでも
リャザーニでもトゥーラでも
ヴラジーミルでもカリーニン
でもそしてヴォーログダでも
雪が降った
　　パーヴェル・レオニードフ*《白鳥小路*》

老犬が森山大道による実写のように横切る小樽・花園町
　から
相次いで発火する肉離れの
木炭ストーヴで吹雪を縫合し
それぞれの急坂を血腥い泥炭層へ
さあルェランの岸辺のどよめきまで
帰塁をうながす伝令が飛ぶ時代の濃淡をずらしながら
それぞれの背中までまずは猫背まで
野犬のように漲らせる息づかいの帆船は
もっぱら牙関緊急の唾に乗じて滑り降りる
彫りのふかい破線のチャートが
（鉛色の天井では）色彩的に亜鉛《ジンク》がかった鉛色の植生の
ブラキストン線の横断する津軽海峡の本物のチャートが
フィルムの決壊にぐんぐん銀輪を弾ませる夜は
おいそれと入念にヒゲを剃ることはない
雪よふれ、もっとふれ
その加減乗除の繰り返しだ
闇に事物が馴らされない雪には*最新のサイレンサーもど
　きに
雪華の引き受けるあらゆる憧憬が屯するのだが
さらにその末梢神経のアンチエイジングをめざす吹雪か
　たにも
無数の靴跡めがけてそれぞれ重力がしなう、いまなお鞣
　されぬノイズの凹凸が
ざっくり切れ込む、ここではロベルトこそ
ロベルト・シューマンこそスケート靴の銀一閃ブレード
《密かな跳躍*》まさに空を切るバンジージャンプよ
長年月の二重窓を経て湿りだしたモノクロ画面には
砂浜に乗り上げたままの廃船の肋材のマチエール
これまた物性をくろぐろと実写する狂気のアローマをま
　たもや
ぐるぐる首に巻きつけ匕首のような歌謡曲の曲想の
オーバーハングを百も承知で写真家は火酒をあおり五臓

六腑に走らせる
(あるいはなぜか真冬のパリのスラング集合にして吸血《マルド》
蝙蝠《ロール》のひしめく場末で
腹わたのアナルシー*をすっかり裏返されて)
こんなにも破綻のない単純さゆえに破綻の先取りを
いまかいまかと待ち構える雪のシンタックスを
雪盲ゆえにとことん雪上の宴へ誘きだせ、とばかりに
whiteout!
スナップ及びスピンの利いたピアノ曲集の破片が宙に突
き刺さる
ステップアウトして静まり返った波間の眼光総出の
ピアニストの晴眼はいま
ダークマターの魚卵《イクラ》を携えて
あらたに、visions の鋲打ちをカウントしつつその火花《イスクラ》
をあらかた刻みなおす
あくまでも雪中の単独走でありながら
波打ち際の勲し計量的には
写真家のくゆらすぶあつい紫煙は空撮だけでは轢断され
ず
《天気予報》の腹の皮が連鎖的によじれる
それぞれの奇数のネジになった、ほらジャイロスコープ
には不可欠だが
雪の火花のいまも dancin' all night 《鼓膜》のたてつづけ
に剝製《タクシデルミヤ》になった
かつて、あるいはいつ頃から有視界のマスク姿の男女は
革手袋姿に比して
老いも若きもこんなに多かったか多くなったか
とはいえ装着したこれらマスクの虚実をいまさら問わず

[補註]

＊パーヴェル・レオニードフ＝一九二七年モスクワで生まれ、一九八四年ニューヨークで亡くなった。一九六〇年代及び七〇年代のソ連の軽演劇界（エストラーダ）を率いた伝説的人物。

＊《白鳥小路》＝一九九二年NYでロシア語で刊行されたパーヴェル・レオニードフの作品集のタイトル。アルフレッド・トゥルチンスキイの写真も一三葉収録。このエピグラフには原文では《ところが正午頃には雪は溶けてしまった、天気予報に反して》といういわば興醒めのリアルなくだりが接続する。

＊闇に事物が馴らされない雪には＝ロシアの詩人ベラ・アフマドゥーリナが一九八一年に執筆した詩篇の詩行をパラフレーズした。

＊《密かな跳躍》＝シギスムント・クルジジャノフスキイの短

篇小説「逃げた指たち」からの引用。
＊腹わたのアナルシー＝一九四〇年レニングラード生まれの亡命詩人・コンスタンチン・クジミンスキイの太鼓腹の裏側を、釘で引っ掻くように想起したい。ぜひとも《パリの五臓六腑におけるラスコーリニコフの歌い手》たる画家ミハイル・シュミヤキンに彼が一九七五年に献詩した作品の詩行《研ぎ師よ、研ぎ師よ、斧を研げ！》を参照したい。

（一九八五～二〇一七）

〔記憶の奥深い藪から棒に鉄錆それともこの期に及んで……〕

記憶の奥深い藪から棒に
鉄錆それともこの期に及んでその片隅で疼く
物騒なことに胃穿孔からみるみる移動を早め
ちぎれ雲は外科病棟の上空から
あのニコラ・ド・スタールの埠頭から消え失せた
あの夏の日、燃えさかるブリキの空き缶の炎の舌に手を
　かざすように
がんがん油照りの昼下がりの否応なく耳をくっつけてい
　た鉄路の
名張までのましてや桜井への延伸は戦時中ついに叶わず
（開削図面の黄ばみを尻目にトンネルはとんと通じず）
　金輪際
あの名松線の臨時列車を含めいかなる藍染めの特急列車
　も走行しなかった
そう、暁にも貨物列車を除いて一編成も爆走しなかった
　あの狭軌の鉄路に
炎天下なればこそ地球の曲面にじかに耳をくっつけてい
　た、当の傾聴地点に
さしかかるその手前の駅の駅長さんの小学生の娘《こ》はどう
　も行方不明になったらしい
ごとんごとんぼくの耳が火傷しそうとはいえ火傷をおそ
　れぬテレパシイで
じりじり太陽とのピアノ交信にいそしむ
干潟の泥のような狂気の檻にみずから飛び込んだままの
Kii-chann よ、怪訝そうに届いたばかりの噂の口々で錆
　びだした空気の檻には

磯の香りの充満するあの海辺（《海のエッジ》よ）には
　まだまだ遠い途中の鉄路を
なぜか半端にベチャンコの鞄ひとつのうしろ影で
松阪の高校に通学していたという Kii-Chann よ

いつからかいつまでか知らぬ間に、「キーってすんねん」
「キー?・」*
このままでは（終点の興津から越境したはずの『萌の朱
雀』の
乗合バス*のような）神隠しじゃあないか？　眼裏のそれ
とも真冬の映画会?
洗いさらしのコールテンの既触感《アプティック》?　Kii-chann の膝頭
は
集合写真のセピア色の渦中でわんさか底光りするごろん
と反転する

（この炎天下にモンドリアン柄をさっそうと身にまとっ
た若い女性の
うしろ姿の横倒しの矩形のとりわけ青と黒と黄と灰と白
の《救命胴衣》だ
これら横長の絵の具箱よつとに美術館で確認済みのモン
　ドリアン画面の
ひび割れはもちろんその柄の生地にはなく、その代わり
　彼女の右手には
よちよち歩きの幼児がきょろきょろ新玉葱のようにぶら
　さがる）

あまりにも静穏であるがゆえに騒々しい記憶のだれが植
　えたか
春すぎてトランクの片隅でえんえんとツツジの群落を誤
　読しつづけるゆえに
微妙な誤記の連続ゆえにほんの少々粒立つ塵また塵の旅
　立ちゆえに
《あの夏の日》*は終日しつこい磁気嵐に見舞われるどこ
　ろか
すっくと成立する oh time-wandering in progress!

［補註］
＊「キーってすんねん」「キー?・」＝河瀬直美『萌の朱雀』（一九九七年幻冬舎）二五頁からの引用。

＊終点の興津から越境したはずの『萌の朱雀』の乗合バス＝『萌の朱雀』における奈良県内の鉄道新線（《坂本線》）建設断念の設定は、第二次大戦末期の名張を経由して奈良県側へのトンネル開削が未着工の名松線と類似しているので、あえてここでは幻の《坂本線》を三重県から奈良県への越境線構想と誤読した。映画『萌の朱雀』には山間をゆっくり走行する乗合バスのシーンがあるが、その風景が記憶の中の興津周辺の実景と似ているのもその一因である。当の名松線は二〇〇九年の台風被害で松阪・家城間の運行体制になり、家城と終点の興津間はバスで代行された。このほどJR東海に問い合わせたところ、2016・1・22付中日新聞津市民版で報じられた通り、二〇一六年三月二六日を期して始点の松阪から終点の興津までの直通運転が再開された。早速、感動十景第33号・中部の旅・春号という観光パンフレットに運行列車（いつも一輌編成）の写真入りで収録された。

＊《あの夏の日》＝石川セリがなんともけだるく歌う同名の映画の主題歌《八月の濡れた砂》に登場するフレーズ。

（二〇一四～二〇一六）

［超高層ビルの自動エレヴェーターのように……］

second version

超高層ビルの自動エレヴェーターのように
プロレスラーの寸足らずの耳から決壊する――すなわち
　脳天をキーンと南方発祥の
《白熊》アイスの純白のもろ強烈な食感とは異なり
どの動物園でも白熊たちは天下りの
万年雪のようにうす汚れて黄ばんだ毛並み、
もう《新雪》の純白は色彩として
脳内の氷雪上にしか見当たらない。

水族館の目玉のイルカショーの俊敏なドルフィンキック
　よりも
はるかに華麗で根腐れとは無縁の神経網のダンスを
くらげはゆうやく垂直に披露してやまない、釉薬のよう
　に
くらげの透明な暴力性は徹底的に神経のそれぞれの尖端
　にまで刺創にまで到達している、
あるいはロラン・バルトの指先確認＊でエルテ誌上の火文

字の数々を参照せよ、
同時代のダンスは蛇ダンスでも相次いで文字の踵の発火
するのと同時に
毛髪エクラの傘のもとタイポロジックなダンスを
脳内の気密性の高いうだるような水槽のうだるような水
中の
じつは埋没樹林のヒトの背丈までなら
熊蟬の集合体もたとえばＪＲ熊本駅頭の樹木でいとも簡
単に素手で摑まえられる、
蟬の籠絡されぬひたむきさ、というよりアモルファス体
なのに無垢さが際立つ
無防備さこそこれらの蟬の最大のディフェンスに他なら
ない（メンヒルの苔地肌を幻視せよ
詩人リンゲルナッツ*のくらげ小母さんは象をこよなく愛
したそうだが
無人のグラウンド脇の樹林の油蟬たちは蛻の殻になる前
にこぞって何を所望するか？
ダークイエロウにむせぶ夏空の鳩尾にはバナナの褐色の
挫傷を
真夏にこそ播くバンデージした拳のバンジージャンプの
一冊として《緑陰図書》にまず
レイチェル・カーソンの《海辺》（平凡社ライブラリー）
を
泳げないあなたのもう一方の拳にはほら
石井忠編《漂流物事典》（海鳥社）がうってつけだろう、
取り急ぎ開巻したこの珠玉の一冊をランクインさせるよ
う
海驢の遊泳にクランクインしよう
あじさいの葉っぱに黒一点黒い虫がズームインするだけ
で
その葉っぱの動線は変わる、一挙に斜線で
光線のまぶしい葉脈をまたぐアクセント記号
あるいはサッカーボール大のキャベツの半円形の表皮か
ら
水滴のように転がり出た青虫、色彩に忠実なら緑虫だが
色彩の鮮明度ともどもキャベツの鮮度を保証する雨の日
の出来事だった、

雨に濡れた波消しブロックから爪先のレ点を逃走させずともＯＫ！
不明熱で切断された電気柵から漏電した川の水は
何色を呈するか？　Ｆ６の画帳に早速びりびり水中の発色を試みよ
徹底的に無色であればそれは電流のもっとも密植的な発色だろう、
かつての音威子府のすとんと《真っ暗な夜道》*に首ったけ
感電死を呼ぶ川の漏電水をすするさびた遊泳禁止のホイッスルの唾よ
水色は一縷の変色の望みもないままのその漏電水の色目
か、その帯電水は何色で臨場するのか
あの応挙作《氷》*の線条の弛みなき上向きの発情のきびしさかそれともあのＧ線上のアリアか

［補註］

＊ロラン・バルトの指先確認＝ロラン・バルト「エルテ、あるいは文字通りに《アラレットトル》」（ロラン・バルト『批評論集Ⅲ――自明なものと鈍いもの』一九九二年スーユ刊に収録）を参照のこと。鉄道員たちがいまもって実行している指先確認のように。

＊詩人リンゲルナッツ＝ドイツの詩人、ヨアヒム・リンゲルナッツ（一八八三～一九三四）。詩集に『動物園の麒麟』（一九八八年国書刊行会）ほか。

＊《真っ暗な夜道》＝わたしが九〇年代のＪＲ宗谷本線の音威子府で途中下車して、あたりの漆黒の闇に吸い寄せられるように撮影した数ショット。

＊あの応挙作《氷》の線条＝円山応挙（一七三三～一七九五）の晩年の作品できびしいヨコ位置の線だけから成る《氷図》を指す。《氷図》は大英博物館が所蔵する。

［遺失物は不特定多数の時計だとしたら……］

遺失物は不特定多数の時計だとしたら
拾得物も同じく不特定多数の時計だろう
これらの時計はどうも文字盤のカラフルな腕時計ばかりらしいが、
武蔵野美術大学の掲示板に一括して写真付きで掲示された

《遺失物　時計》としてこれらを半円形にアレンジして
はるかドルメン由来の腕なし腕時計ばかり
どのようにしてコンクリートの地面に置き去りになった
　のか
教室のどこか私語満開の机上に置き忘れたか
たとえば文字盤が豹柄の Hublot の新聞広告
その広告のアイグラス越しにはざらざら粒だつ dots 圏
　に
現時点での遺失物として人知れず失踪者として
静物画の果物も野菜もない秋の空気めがけて
今も気鋭のスナイパーたりうるニキ・ド・サンファル*の
　画面の地肌よ
白い航跡をどろどろ繰り出せ発色射撃の乾いた音攻勢で
　もって
積年の竜頭の置き忘れとて
揮発性の多重の射幸心ならびに
敵失がらみの精密ノイズの驚愕ではなく
（いきなりしびれ鱏である）
あるいは今後の《技法に食傷》気味の後退線でもなく例
　の果敢に

内向するレキショ界面*みたいに内視鏡で一昼夜ごぼごぼ
　観察したような
時計の皮膚の発疹をぼこぼこポリウレタン丘のように裏
　返し
きまってビートルズナンバーズのプレイバックおよび
それらの《イマジン》渦中の亢進を！
鳴ればほら耳時計に騒音音楽の片鱗を注入して
ほらこのマンホールの鉄蓋も揺さぶる耳時計に
やおら《遺失物　時計》と掲示されるや
凩一号がこの一字あけを吹き抜ける
十一月にはこのストーン半サークルは
忽然と消え失せたしごく当然の誰何もなく
一挙に抜歯された、骨を腐らす高額のインプラントを施
　術するわけでもないのに
図書館の急階段から眼光のするどい dots ＝猟犬のよう
　に
色褪せても獰猛な作家マクシム・ゴーリキイ*の相貌が
駆け下りてくるきついポマード臭で髪を塗り固めて
銀灰色の時間に迷い込んだ失踪者はこの相貌を接写する
これは目蓋の裏の印刷むらかそれとも経年の乾燥肌か

［補註］

＊ニキ・ド・サンファル＝ニキ・ド・サンファル展は二〇一五年九月一八日〜一二月一四日に国立新美術館で開催されたが、会期中展示場の一角では標的に見立てた壁めがけてニキ・ド・サンファルがスナイパーよろしく白い絵の具を連射するヴィデオがエンドレスに流れていた。

＊レキショ界面＝フランスの現代美術家であるベルナール・レキショ（一九二九〜一九六一）。短い生涯であったが、ベルギーで刊行されたカタログレゾネには六〇〇点の作品がカウントされている。たとえば彼の作品は環形動物や線形動物の描出や植物性の線描が特徴的である。

＊マクシム・ゴーリキイ＝二〇一五年一〇月一日〜一一月三〇日の会期で武蔵野美術大学図書館展示室ならびに大階段にて《マリク書店の光芒》展が行われていて、そこにソ連時代のプロパガンダのグラフ雑誌も展示されており、そのうちの一冊の表紙を当時の花形作家マクシム・ゴーリキイのいかつい顔が飾っていた。

《フェルマータの眼を》

［振りかざすナイフの刃に似た鳥の風切り羽《レミージュ》……］

——ヴェリチコヴィッチ＊の19点のカタストロフ画に寄せて

I　濃霧のプラグを引き抜いて

振りかざすナイフの刃に似た鳥の風切り羽《レミージュ》
吊す鉤がやおら褪色し文字通り血潮が色褪せる死の鋸の
　目立て
Arz. 氏の友人たる元高校教師の夫の死亡証明書を
簡易書留で郵送したいと郵便局の窓口で思わず首を振り
　つつ申し立てる
彼女の右に左に首の振りようはこの一年でますます激し
　くなった
窓口の郵便局員は書留にするか簡易書留にするか
いくら顔馴染みでも彼女本人にきちんと確認しようとす
　る
彼女にはそのサーヴィスがすんなりとは飲み込めない、
　疎林か密林か

事故時の賠償金額と送達途上での追跡方法が異なるとい
　うことだが
封書の中身は夫の死亡証明書だから簡易書留で出すこと
　にしたと小声で
告げる、今日は長年の愛読書『箱男』と『密会』*を携帯
　していない
去年は行きつけのカフェでそれらの文字を舐めるように
　読んでいたのに、
いささか黄色味を帯びた白髪は頭頂部から薄くなってき
　た、話し相手として
申し分ない今も女学生然とした娘さんは今日はどうした
　のか
暇つぶしの消印はきれぎれの効用かふたりして語り合っ
　ていたものだが。
頬骨の突き出た元高校教師はハスキーヴォイスの持ち主
　だった
埃っぽいおんぼろ扇風機ほどではないが不意に彼女の首
　筋が緩んだ

あの頃はもう夫は寝たきりだったのか、今や老優の迫真
　の
演技のみならず死別の覚悟が彼女を気丈に見せていたの
　か
血まみれの鉤を幻視する痰の滑車の《上昇》も《下降》
　もだ
血痰の括弧をはずした双方のヴェクトルを追え、半身を
　捻っては叫び
指紋の括弧をはがした小柄で無防備な《イマジン》*なる
　スプラッターもどき、
ころころした体形の《ソリプシスム》の括弧をあのきい
　きい歌姫
ヨゼフィーネさながら単一にして複数のカタストロフの
　きつい仰角を
喉のアポストロフに季節はずれ（＝死の季節）の喪服の
　ほつれを思いきり
（落葉過程の一環として私の喪服は封筒の軌道からはみ
　だすので

ここには同封しませんせめて深夜むせび泣く服喪のアローマのみ生き残ってほしい
鼻中隔と気道がややもすればもぞもぞするかもしれません肩を震わせ
振りかざすミステリイのナイフと言ったってしょせん目の前に取り出して
見せるわけではなくあくまでも映写幕の漆黒のメターフォラです）

これが校庭の metasequoia の決定的に他人事になる瞬間を見計らって
ゲッシ類願望の実現をはかるプロフィールの赤色でも緑色でも
《イマジン》暈倒の傾斜角はきびしい、闇の唐変木かそもそも
暗渠への投首か滑り込むジュラルミンケースか、ともすれば思案の斜影の
耳では死の舞踏まがいの豹のタップダンスが檻の床を踏み鳴らす

II《時間鋏》の鏡片

think よ気色ばむ脳内の sink よ油井弁よ
当然ここでは時間測定はバンジージャンプで
被覆されるジャンプによる、おお決死の bungee cord
すなわち蒸しあがる空無におけるネズミ計時は
紛れもなく赤褐色とセピア色のせめぎあい

やおら死の矗立つネズミは滑車のリフティング
鮮紅色の悪循環やらデラシネよりも
ふさふさと戦がせる《鏡の中の鏡*》という昏迷
鉤よ鉤よ逆V字バランスの連続体
《鉤*》の夜は黄色のポールを画面の左サイドに立てかける

おおヴェリチコヴィッチによる、血腥い画面にして
時間のネズミ捕りからの血みどろの解放を
無音の斧《アッシュ》の浜辺よ
大至急、色彩のあえて消音器付き cannonball を
PA*なら《極地の夜*》と名づけそうな《場所*》から黄色

のポールを画面右斜めに立てかける

III　デブリのスウィングに対抗するには

間断なく（ラジオが音声を振りまいては）蹴りあげる
いそいそと岩峰の歓待する剣山という類推の山*のディス
トピア
着地は断続的捻挫《ディストルジャ》もしくは光の歪み《ディストルシア》は快哉を叫ぶ
はりめぐらされた非常線の裏を寝首をかくような
鶏頭の原色の小首を傾げる間もなく解体された消火栓
この静かなる修羅場における不機嫌《アルニュ》とファイト《アルニュ》は果たし
て同義語か

ちかごろ不眠症ぎみのボクサーも
元空中ブランコ乗りもびゅんびゅん
間断なく絶食のスウィングドアを煽る

［補註］
＊ヴェリチコヴィッチ＝一九三五年セルビアのベオグラードの生まれで、フランスで活躍する画家ヴラジミル・ヴェリチコヴィッチ。19点のカタストロフ画はすべてミシェル・オンフレによるヴェリチコヴィッチ絵画論『カタストロフの壮麗さ』（二〇〇二年ガリレー刊）に収録されている。
＊『箱男』と『密会』＝いずれも安部公房の作品で新潮文庫に収録。
＊《イマジン》＝ビートルズの楽曲にして彼らの同名の絵画作品。
＊《鏡の中の鏡》＝パウル・ツェランの詩行ならびにアルヴォ・ペールトの複数の楽曲のタイトルからの引用。
＊《鉤》、《場所》＝いずれもヴェリチコヴィッチの、一九八六年の油彩画。画面左右の黄色のポールが特徴的である。
＊PA＝ベルギーの画家ピエール・アレシンスキーの頭文字。
＊類推の山＝シュルレアリストのルネ・ドーマルの、一九四四年に絶筆を余儀なくされ、未完に終わった代表作のタイトルの引用、この『類推の山』の邦訳は河出文庫に収録。

［アフリカ大陸東岸のモザンビークで解体された武器で……］

アフリカ大陸東岸のモザンビークで解体された武器でぞ
んぶんに

捏ねられたパンを解体されたパーツで焼きあげもはや狙撃の血統書付き
ではない解体された鉄器の文字で書かれた本を頁の地肌ごと鉄よ
棒読みして内戦で再三使用された武器をばらしたフルートを吹き鳴らし
ギターを鉄爪で弾く鳥が空中影が警護する元武器製の自転車のリムはすべて
元トリガーだ男女二人乗りで子どもをおぶった女の胸は銃床に由来し
同じく解体された武器製の犬が鉄の滑舌を垂らして必死に伴走する

（十一月でもその男は着なれたラガーシャツ姿でヴィスのように汗ばむ、
その周囲でコスプレ子どもninjaらが忍者役なのにわいわいはしゃぎまわる）
あらゆる《非売品》と引き換えに解体された武器製の二脚の椅子は
だんぜん黒白モノクロームで某写真家が撮影したＵＳＡの電気椅子の即物性に酷似し
傍観者の座り心地凭れ具合はもっぱら椅子への通電をまって決まる
この場にいったん静止中の蜥蜴も首長鳥も鳥名不詳の鳥もその鳥影も
もちろん元武器製、銃器の静態の時空をはるかに超えて
現れたのは時間の黒薔薇を束ねた静観という《バラを持つ恐竜》で
ゆうぜんと鉄錆の川を潜航し、川面に浮上するのは鰐の幻影だ

（隣接するモネ展のチケットを買い求める長蛇の列、その乾いた熱気を
尻目に銃声の闇は耳の中で赤土色に広がる）

犬の吐く息はその獣臭でほか弁のように保温されているか半開きの口臭とて
丹念に打刻された元武器製の本のtypologyは銃弾の貫通したガラス片よりも
尖っているか、この本の文字を読むヒトの声はどう熔接

されるのか想像してみよう
これはこれで満更でもなくギターをキーボードをギトギ
ト掻き鳴らし、
鉄の獣笛をフルートの重苦しい懸念をかな臭い息で吹き
鳴らすのか
ダンサーを鉄肺呼吸から呼び戻す鉄骨のダンスともども
ここ東京藝術大学美術館1Fではモザンビーク発の炎暑
の秋の終わりに

（当該の美術館の鉄柵に収穫祭恒例の炊きだしスープ
《今日は重いぞ》を
積載の軽トラがするすると横付けする）

これらのオブジェの製作者たちはと言えば記銘せよ
たとえばフィエル・ドス・サントスと
（まさに鳥類も鉄の骨のいわば凍結乾燥した舞踏手もせ
っせとつくり
たとえばクリストヴァオ・カニャヴァートと
（鉄の椅子を熱砂の磁場に見立ててその足許に蜥蜴を侍
らせる
たとえばアドリノ・セラフィム・マテと
（鉄製ギターの奏者は銃を構えた実直なスナイパーにそ
そくさと早変わりしうる？

（二〇一五年秋の《武器をアートに》展に出品されたこ
れら19点のオブジェに
どんな金属夢が喰らいつけるかそれともどんな夢想の痕
跡が金属の微粒子に
トラッキングできるだろうか）

上映時間が九時間余に及ぶ長尺のフイルム《鉄西区》*の
ような
わが憧憬の鉄路のジャングルジムの渦中からワープして、
日に日にハワイ沖の海底にY・タンギーの海底以上に滞
留していくプラスチックスープ
ならびにざらざら鉄錆の跳梁するJ・ティンゲリの立体
作品を想起せよ、
とりわけこの落日のなんだか神々しくも惨たる路上では
P・S　蛇足ながら、《武器をアートに》展が閉幕して

はやひと月あまり、
極東の大連*のピッチ上の灰色がかった暗紫色の宙空に色
　彩的にはわが最愛の
暗黄色の土星のような縞模様のサッカーボールが一個、
　浮遊していた。真冬の
昼間だからこそますます顕在化の一途をたどるＰＭ２・
　５の赤色（とはいえ
色彩の実勢レートは爛熟のcarminの）警報の発令下、
　鉄骨のダンス
のようにサッカーボールを蹴りあげるシューズの爪先は
　黒々と斜影を／
えがく。かつてのたとえば汚染《コンタミ》最盛期の四日市や川崎の
　鉄道沿線空間から、
車窓からでも生暖かい灰色に鼻のひん曲がりそうな汚染
　された大気の臭気が
読唇術の行使のように、このスナップショットの画像か
　ら蘇りやまず。外出時には
真新しい防毒マスクの装着を必要条件として設定する。
　今や桜島の火山灰、
熱風のふわふわ微粉末が収納されてある黄色のラベルを
　貼ったパトローネを
想起しつつ。あるいは密猟の補修されぬ空中を横っ飛ぶ
　ピンボケの黒い隻腕
を想起しつつ。これは偽りの記憶ではない。茜さす*《模
　造記憶》の概念を
参照の上、もっぱら記憶の青空にざらざら
鉄亜鈴の微粒子の質感を浮遊させてのこと。
（なおこのＰ・Ｓの詩行における色彩表記は朝日新聞２
　０１６・１・４日付
夕刊の２面に収録されたカラー写真から転写した。）

［補註］
＊《鉄西区》＝山形国際ドキュメンタリー映画祭で二〇〇三大賞を受賞した中国の王兵《ワンビン》監督によるドキュメンタリーフィルム。三部構成で上映時間は９時間５分に及ぶ。二〇〇四年四月には３日連続で、東京お茶の水のアテネフランセ文化センターで上映された。じつに熱気を帯びた息づまるような３日間だった。ちなみにこの映画の全篇上映を予告するチラシには、上述のＰ・Ｓに登場するサッカー少年に似た前傾姿勢で先を急ぐ若者が煤煙を（色彩的にもきな臭い煤煙色を）バックにあしらわれている。

*極東の大連＝ここではＰＭ２・５に関連して大気汚染都市として大連のみ名指ししているが、これがたとえば北京やニューデリーやウランバートルやアンカラであっても何ら不思議ではなく、その際その画面にサッカーボールが登場してくるとは限らない。

*茜さす＝一九九八年三月に鳴り物入りでリリースされた都はるみのCDsingle『邪宗門』（作詩・道浦母都子、作曲・弦哲也）の一節「…茜さすわたし」――一番、二番、三番ともに――からの引用。二〇〇五年には、歌人の道浦母都子は再び都はるみの楽曲『枯木灘残照』の作詩を担当している。

［フィラテリイの作業に準じて白昼……］

――詩集《Stock Book》に寄せて

……むしろ荒地のスペクタクルを
（A・P・ド・マンディアルグ）

フィラテリイ*の作業に準じて
白昼、狂犬病《フィラリア》のように目打ちのギザギザを呈する窓の向こう側で
雨後のコンクリート地に自転車の斜影が二重写しになっている
パンクしても装着されっ放しのタイヤは切磋バンクでならむしろ腫れている
頁ごとにシンメトリの壁面に投影されている影の音階うしろ影の板書
ブラッドオレンジの摘果の、あるいは重力の一時停止として、壁の途中で
黒色それ自体のディップ過程がおのずからストップしている
格子窓の塗り直しのペンキが速乾的にはげて影の落馬をどんどん促す
たとえばこの無人のチェーホフの弾き語りの荒野の一隅には、埃の天国
音屠場の暗黒のマンホール（予めすとんと靴音を飲み込むマンホール）の数々
擦り減った靴底のようなスフィンクスをえぐる消印の群れのランダムウォークよ

２０１４年３月８日マレーシア航空ＭＨ３７０便は聴診
　器の及ばぬ超深海の
darkmatter に飲み込まれたかそれとも渦のなすがまま
《空無》の dark energie に
巻きとられたか、杳として行方知れず。* 行き先のスモッ
　グの立ちこめる北京上空には
今もってクアラルンプール国際空港から到着せず
２０１５年３月９日付の朝日新聞のなんだかもどかしい
　記事によれば

《陸地から離れた洋上などを飛行すると電波が届かず、
地球上の７～８割は機影がレーダーに映らない空域とも
　言われる》
ところが画廊の窓越しにメタリックな色調の銀ヤンマが
　砂地のカンヴァスに
駐機しているのが見える、ひと呼吸置いて（使用済みの
　ツェツェ蠅切手を参照のこと）
画面上の今でも海底に、油滴のようにかそれとも油槽の
　ように
昔、表面張力だったところ海底の油井だったところに立
　ち尽くすテキサスの油田労働者*の膝蓋骨が
ましてや往年のバクーの《油井の弁》みたいなところに
　待望の
ヴィトゲンシュタイン切手の額面だったところにはたし
　て何が潜んでいるか

ベーム盤ＣＤのジャケットに印刷された心なしか上気し
　たようなブルックナーのポートレイトから
TE DEUM《梯子の影》のように消えずに白くまだらに
　なったオクラホマの油田労働者*の掌の空隙に
空きビンを肉感的に吹き鳴らしつつ歴戦の水たまりがみ
　るみる転位する
その飛行機の機体がはたしてフィラテリストの所有にな
　るものかどうか
その航跡とおなじく定かではないが、少なくとも
ピンセットの開閉脚に通じていることは、切手の色むら
　の吟味ならびに

ヒンジの鰓呼吸についてもおのずから明らかだ（現地の
　大使館から封書に貼って投函して貰った
海峡をへんぽんと通過する往年の三角旗のマラヤ切手に
　ついて）本人に尋ねるまでもなく

眼鏡のレンズのダンディズムに反射する鼻毛切りのよう
　な大きさのハサミ、大人の小指ほどながら
もちろん金メッキの逸品で、折からの鼻づまり対応では
　なく
《アーメン》のうしろ影*の圏内で反響しながら狙うは紙
　上のパズルの空欄だ
裏面の糊の寿命にかかわるフィラテリイの奥義に隣接し
　た辞書での居場所

には負けじとフィルハーモニアの楽器の鰐と乗馬の鞭が
　横臥する、こうして
ダークイエロウをいきなり噴出させるには黄色と黒色の
　配合割合も筆先の水分も厄介だ
こうしてダークイエロウの筆勢の跳梁ドキュメンツはも
　っぱら

雲を切り裂いてはざっくり割れる空きビンの形状記憶に
　かかる

ちなみにノイズの軋りを交えながら銀細工の精緻な佇ま
　いの《Stock Book》には
架空の国々や憧憬の島々の切手をアムステルダムで描き
　つづけた美術家Donald Evansの
作品集《The World of Donald Evans》が寄り添い、その
　真横にはロシアの詩人
マンデリシュタームの傑作《エジプトのスタンプ》の褐
　色の詳註版が陣取る

当の読者はと言えば際限もない弦楽の地滑りによる層位
　の激変をひたすら読唇しようとする
当然ながら白昼とんと地滑り散布の徹底究明の出入りな
　しの
謎めいた不定形の白昼夢のcracksから目覚めて
物質の連続的に弾けるネオロギズムの群棲する火の渦を

**殺風景のか、それとも殺気の仕業か、それとも順不同のざわ
　めきか**

——松井良彦監督『追悼のざわめき』の気圏にて

真っ昼間でも廃墟である闇の
黒色はぴちゃぴちゃ匂っている
例の黒色火薬は湿った水玉模様さながら
あえて波浪警報の羽を羽ばたかせる《暗殺》という文字
が*
文字通りくろぐろと埃の波間で跳びはねるとしても

廃墟で荒れそれとも廃墟もどきで荒れ
脂よごれのテクスチュアには大いに油断は禁物
広場の鳩の群れは鈍重に鈍角の地面をうろつきまわり
鳩胸闇の惨状の突出こそ（とっくに始まっている、死語硬
　直の波止場ではなく）
鳩羽紫のいや増す参上にほかならない

［補註］

＊フィラテリィ＝フィラテリィは切手蒐集を指す専門用語。切手蒐集家はフィラテリスト。このフィラテリィという語は野村龍の詩集タイトル《Stock Book》にちなむ。

＊2014年3月8日マレーシア航空MH370便は……杳として行方知れず＝2015・8・6朝日新聞夕刊の報道によれば《マレーシアのナジブ首相は6日未明、インド洋西部の仏領レユニオン島の海岸で見つかった航空機の残骸を、昨年3月に消息を絶ったマレーシア航空MH370便の一部だと確認した、と発表した。》さらに2016・3・25朝日新聞朝刊の報道によれば《アフリカ東部モザンビークの海岸で見つかった、マレーシア航空MH370便（ボーイング777‐200型機）とみられる残骸について、オーストラリアとマレーシアの両政府は24日、「ほぼ間違いなくMH370便のものだ」とする声明を発表した。》

＊テキサスの油田労働者＝Richard Avedon の写真集《In the American West》（1985 Abrams）にその二人の男たちの膝上像を収録。

＊オクラホマの油田労働者＝右行と同じアヴェドンの写真集に収録。

＊《アーメン》のうしろ影＝オリヴィエ・メシアン作曲のピアノ連弾曲《アーメンの幻影》。フランス語の原題では複数の、もろもろの幻影（＝versions）である。

水中の闇のなかには水中花ならぬげんこつ仕様の
銀細工まがいの爪切りに残ったどす黒い爪痕ってなにか?
息苦しくって暗い闇の箱の破片とて
これもじゃんじゃん軋るジャンクとて
とっとと爪の材質をさらす埃まるけのまンま

経年のここは通天閣がなんども瞬く二十世紀の大阪市内のはずで
しかもここは不揃いながら不穏なアンダーグラウンドが
コンクリートの照明ぎらい灰白の半地下もどきにクリンチだ
もろクリンチ頼みのボクサーのずしんとロウブロウの餌食のようにへこむ
ずしんと抵触してへこむその反撥的浮力で殺気か殺風景か

やんやの差し手の矢印を躱して
どちらがどちらに先行しかつ潜行するのか
真っ昼間の廃墟たる水道管の鉄錆にまみれて
にせの雇われ傷痍軍人の乱杭歯残り一本の残影に
ぐらぐら鉄球のような唾の狼狽よ!

またもや裏返しの耳の常軌を逸して
耳もとで夜来の漏水音が溺死者の口内炎のようにごぼごぼ
もがいているぞ舌《べろ》をべろんと出してみろ
ごぼごぼ耳を再確認して離れん
離れとうないんや濡れ衣の重ね着のように

広場の青息吐息どもの息使いはほんま
シばかれまくるほど青引火《いんか》初期ピカソ特有の顔面に青の簇生に匹敵するのか
ぎこちなく回転しつづける漂流するマッチ棒仕立ての家屋から
汗だくでとびだす手乗り文鳥は
ガソリン鼠にそっくりだ闇雲に揮発性をあおるゲッシ類は
なにもかも歪らしいとのかろうじて伝聞によればその証

拠物件はなにもかも
たとえばプロレスのリング外の囃し声にて否応なく小さ
な体軀を保持する
彼らはそれでも昼夜にわたる明暗二重の王国（おお矮星
よ矮星）
からのもっぱら使者として屋内外を
歪にジャブるやジャグる

壊れてても構わんから（これは前口上の鉄則やから）
《穴の縁》*で闇の爪を
研ぐというよりは一気にほとびさせてン性具／今まで
（…）耳にしたことのないような
せっぱつまった音の配列*――《死の装具》／フィナーレ
のフィルムの浜辺にどす黒い眼窩／……
びりびり褐藻類ホンダワラのエンドレスの蠕動だ、《腐
りかけた人間どもが……*》と頭ごなしに
がなりたて見えない死斑の浮かぶつるつる生白いマヌカ
ン

（ベルメールの倒立した人形を尻目に）とのチークダン
スだ
神隠しのバス移動にわざと乗り合わせた老若男女全員の
口々に
（だれしもなぜかスーチン画もどきのどぎつい厚塗りの
人面と筋肉移動を
さらして）ガソリンのように瞬時に引火する笑いまた笑
いの鋲撃ちにつき
ぞくっとどうにも焦げくさい

壊れた精巧なオルゴールみたいな笑いの引火にてんで破
顔の強要はない
欠損毀損ばかりか（GB*なら一九六〇年代初頭のパリ深
夜叢書版《鼠譚》で
けんめいに鼠算的に止血しようものを）
窓の外の鴉よその一声でこめかみから召還されて
空薬莢みたいな沈鬱の逆光線の校庭だ
ダザイ顔負けの女生徒の群れなすこれは校庭だ
昼下がりなのに闇を何層にも切りさばくことが
あるいは果敢にもノイズで毟ることが肝腎で

《ばあさん、ばあさん……》* と鳥羽一郎ゆかりの節回し
で
あの人は消えた杳として失踪中なんよ

黄色が眦を決して黒色に着剣を命じると
やにわにビル影の入鋏済のダークイエロウが一丁あが
り！
それともどす黒い眼窩の《泥水を
撥ね散らかしながら
疾走していく》* 黄色こそほらほらダークイエロウ！

（蛇足ながらPSの顫たん叩けば『追悼のざわめき』の
　DVDのいくつかの
ショットはイタリアの写真家マリオ・ジャコメッリ*によ
　る九〇年代の《Per
poesie》という連作のひらひら戦ぐジャンクの群れに類
　似している。そう思えて
ならない…………………………
詩的昂揚の、そう内心ざわざわと………）

［補註］

＊《暗殺》という文字が＝一九七九年十月二六日韓国の朴正熙大統領はソウルの青瓦台でKCIAの凶弾に斃れた。日本の新聞の緊急報道の大見出しがこの『追悼のざわめき』のDVD画面にテロップのように数回流れた。

＊《穴の縁》＝奥泉光『バーナルな現象』（二〇〇二年集英社文庫）からの引用。

＊今まで〈…〉せっぱつまった音の配列＝スーザン・ソンタグの小説『死の装具』（一九七〇年早川書房）邦訳三三四頁からの引用。

＊《腐りかけた人間どもが……》＝この『追悼のざわめき』のDVD画面に流れるマルドロールまがいのあるいはセリーヌもどきのアジテーションふうの有声音。音楽的にはポーランド・ジャズのスタンコの退嬰的な楽曲 Maldoror's War Song 及び Weisheit von Isidore Ducasse、そして阿部薫の即興的サキソフォン演奏《なしくずしの死》を喚起したい。

＊GB＝畢生の大作、深夜叢書版『エロティスム』（一九六五年パリ）の著者であるジョルジュ・バタイユの頭文字。

＊《ばあさん、ばあさん……》＝鳥羽一郎の歌うもと歌『海の匂いのお母さん』一番の呼びかけの部分の歌詞は《かあさん、かあさん、お元気ですか……》。このDVDで流れる《ばあさん、ばあさん……》という有声音がもと歌を聞き慣れた者の耳にはなぜか自動的に鳥羽一郎の節回しで聞こえる。

＊《泥水を撥ね散らかしながら疾走していく》＝笠井潔『オイ

ディプス症候群（上）』（二〇〇八年光文社文庫）からの引用。
＊マリオ・ジャコメッリ＝二〇一三年三月二三日から五月一二日まで恵比寿の東京都写真美術館でマリオ・ジャコメッリ写真展が開催された。同館のミュージアム・ショップで展示作品のポストカードが多数販売されていたが、ここに取り上げた《Per poesie》という連作は文字通り詩的昂揚に充ちているにもかかわらず、残念ながら一点もポストカード化されていなかった。

［ともすればスクラップ・アンド……］＊

Undo lives 'end.Slain.＊
James Joyce《Finnegans Wake》

ともすればスクラップ・アンド
スクロール・アンド
スキャン・アンド
眼球・アンド
ゴーグルよ眼光・アンド
眼精疲労にして眼帯・アンド
たび重なるフォネーマの雁行の影を
思いきりバックドロップ
アンド・随意筋を不随意にクリップ
セピア色の眼窩にすっかり描き込んで
カミソリでぎりぎりまで
camisole de force を削り取るやまた再びの
やおら耳スクラップ、
蟬しぐれにせよ好物貝のしぐれ煮にせよ
ノスタルジックな動詞の蛇行につづいて
コンマを重ねていったんは柔らかい耳朶を消去し
消しゴムによる涙ぼろぼろなれども抹殺には至らず
末梢神経の苦痛色彩的《ペインティング》に
ゴッホの耳＝消火栓の上で大童
ともすればスクラップ・アンド・スクラップ
ちぎれた片肺の飛行で死語クラック・アンド
deaf 演劇的にはやはり Goya の惨劇が最適だろう
それでも隻腕で地を這うような
投球術で疑問符の耳連鎖をつがえろ！
擦れたセルロイドの発火寸前の画面上で
放火魔のお祭りマンボにいそしむどころか
彼女みずから三年前の京丹後市における所在の手負いで

ありながら
運河に浮かぶ《彼女》の無色のあるいは無臭の痕跡を辿
　ろうとすれば
蛻の殻のスーツケース（これまた贋ブランド品）のよう
に
生活臭は（アンドのd語尾のように）喉の奥に消えてい
　た消されていた
そのセルロイドが欲望ないし情念の種火で引き攣る
小文字でetかそれともet ceteraの後方には水たまりの
　うしろ影
敢然とスクリーンに登場するE.T.か
たかる蠅であれ燃えさかる窯であれその画数をことさら
　競わず
海の狩人は延縄で懸命に最新のクラゲ図譜をすなどれよ
殻に鳴るまでの《蛻》の昆虫学的意義めがけておお一筋
　の月光がケンザン！

［補註］
＊［ともすればスクラップ・アンド……］＝詩篇《京浜運河殺人事件》の序章に相当する独立したパート。

＊Undo lives 'end.Slain.＝ちなみにこのエピグラフとして引用したジェイムズ・ジョイス《フィネガンズ・ウェイク》所収のフレーズを柳瀬尚紀は《命流《いのちなが》れ果《は》てまで。果《は》て殺《さ》て。》と訳している。

京浜運河殺人事件＊

花冷えの発覚でどうにも意気消沈しがちだから
熱血のスクランブルド・エッグをぱくつく
そんな自画像の窯変を想像して
どんより土気色の運河の水面をただよう
ことさら青空を背景にしたカラーの本物のパスポート写
　真の
含羞を鮮明に解凍した夏のはじまりを銘記した
スネアドラムの撥でぎとぎと磁気嵐を劈開するリズムで
数々のS字カーヴをスクラップ・アンド
じょりじょりブリキで背肉を切りさばかれているような
スカルプ・アンド、スカルペル・アンド

愛用のeyeglassにして砂時計よフェルマータの眼を
かっと見開けば眼底・アンド・真っ赤な出血を志願して
　のこと

大辞林一九八八年版によれば、二四〇五ページからの
引用だが、蛻《もぬ》けるとは、字義通り
〔①抜けて外に出る。脱する。抜ける。
②セミやヘビなどが脱皮する。〕さてこの項目の執筆者
　よ、《など》の厳密な内訳は？
蛻《もぬけ》の殻とは、〔①人の抜け出たあとの、寝床や住居。
②魂の抜け去ったからだ。**死骸**〕（傍線やブロック体は
　たなか）

ほぼダイヤ通り走行中の路線バスの車窓から
ふと一瞥すれば向日性のグリーン・グリーン
今や時空の間氷期に匹敵するみどり滴る*空き地だ
空トランクも当然《枢》仕様の空っぽの水槽で
稲妻の縮毛と同じくロシア語のпустота*（＝プスタター）
　も水濡れ厳禁なのに
明暗を問わず運河を飛蚊症のように翻転中。

置き去りの新聞紙の最新文字たちが蹲る駐車場のコンク
　リート地面の端を割って
介入した三本の花首《くき》が不揃いの薊の花が微風にそよぐ
開花してまもなく夏空にすっかり吸収されてしまいそう
　なのだが
たとえば《恋あざみ*》印のアイスクリームでは南方の白
　熊の毛並み以上に
いかにも脳天を突き刺しかねない、薊の遺言はそこに未
　収録でも
とりあえずＧＢ《花言葉*》をさらにはセラフィーヌ・ル
　イ*画凶眼《薊》を参照のこと。

もっぱら想像するに《彼女ら》の食卓までのざあざあ流
　通アンダーパスには
八戸産の《鮭の骨》缶、銀色に跳びはねる骨には金色の
Calシール、
ある日はいわば月並みなエメラルドグリーンの海でいち
　だんと黄色く
みずからの勇姿をどこからでも披露する鯖たち、

その翌る日は空想裡に空中《ブランク》へと身を乗り出して折り重な
る
乾燥マカロニは一見して食器棚で解体された金管楽器の
くすんだパーツと化す

（第四連に非連続的にリンクして）
あらゆる《空き地》をともすればスクラップ・アンド
スクロール・アンド
スキャン・アンドのしうねく餌食、
ジーメンス製補聴器ごしにとぎれとぎれに全面的《空
白》をスクラップ・アンド
あえてスカルプ・アンド
スカルペル・アンド

トリヴィアルな消しくずをいとわず
消しゴムを眼の縁で右往左往させる
机上や卓上で収集する報道のインクの多重の染みは
必ずや多少なりともデフォルメされている
たとえば jazzy な記憶の、ポロック点滴中*のキース・ジ
ャレットの

背中から光跳び献呈されるギフトさながらに
七月の雨脚はお互いの顔面に思わず速度の急発進をうな
がす
典型的なエセ情事の、この暗合の雨脚がこともなげに運
河をたたく
殺風景なその水面でくろぐろともつれる雨条その他の幻
肢
こんな波打ち際におけるリンゴの破砕面の流体力学的へ
ビーユーザーは何者か?
行く手の闇から闇へ殺風景の閾をG・マーラー的には凌
げない、この七月の
雨脚が脱輪する滑走路から《彼女ら》はもう祖国という
dystopia へ飛び立てない。

（この事件の発覚するきっかけ
パスワードとなる誰何のキイワードは
相次ぐ《失踪》だった、たまに寛いでは
生身の全面的に消失したその la vie en rose 願望の本文に
も余白にも

あらゆる文字も夜闇に乗じた伝言も跡形なく
じりじり時間の埃のみ時間の単位を越境しつづける）

［補註］

＊京浜運河殺人事件＝この詩の序章に相当する独立したパートの全詩行は詩誌びーぐる第33号（澪標2016・10・20刊）に「ともすればスクラップ・アンド……」という表題で収録された。

＊みどり滴る＝かつて私が六年間通学した三重県の大井小学校の校歌からの引用。みどり滴るという陳腐なフレーズしか覚えていない。かろうじて掘り出された陶器片のように。

＊ロシア語のпустота＝ロシアの未来派詩人（＝ブージェトリャーニン）たるヴェリミール・フレーブニコフ（一八八五〜一九二二）の詩学の鍵語にして鍵概念である。フレーブニコフが「プスタターならびに敬虔なるページ」と一行清書するように書き留めた太罫紙が残っている。それはゲンナージイ・アイギ『遠距離会話』（二〇〇一年サンクト・ペテルブルグ）に収録されている。プスタターの意味はといえば、空っぽ。空虚。空無。いずれも両面価値的に。

＊《恋あざみ》＝《恋あざみ》という表題のじっとり盗汗をかくような演歌。二〇世紀末までの二〇年間、場末のストリップ劇場でのダンサーの登場曲の定番だった、パステル画の脂粉をふりまくように。

＊GB《花言葉》＝ジョルジュ・バタイユが一九二九年にドキュマン誌に執筆した《花言葉》という短いながらも濃密な論考。この詩行を半ば気まぐれにここに挿入した。

＊セラフィーヌ・ルイ＝［往年の野球graphicsにおける魔球の球筋のような……］の補註に前出。伝記『セラフィーヌ』（二〇一〇年未知谷）の著者フランソワーズ・クロアレクによれば、セラフィーヌはしばしばセラフィーヌの後に父の姓ルイを付けて名乗ったとのこと。

＊ポロック点滴中＝一九一二年にワイオミング州に生まれ一九五六年ニューヨーク州スプリングスで亡くなったＵＳＡの抽象表現主義の画家ジャクソン・ポロック。彼は一九四〇年代半ばに《ドリッピング》や《ポーリング》なる画法を創出し、画面中に絵の具を散布したり、チューブから絵の具をじかに搾り出しては噴射するように描いて一世を風靡した。

［春景の補遺としてまずは……］

春景の補遺としてまずは
眼球のとかげが
すなわちカラヴァッジョ画の筆触が
眼球のとかげの増補版として
すなわちカメラオプスキュラによる激写が

視覚的に待機しつつこれを機に採択されよう
砂埃が割れたガラス片のように飛び散る寺山忌の爪先で
闘鶏よりも俊敏に舞う砂鴉もキサスキサス
この浜昼顔の吃音は順不同で
浜風にのけ反る花びらチェーンソー
この《浜昼顔》は寺山修司の抒情演歌《リーリカ》であるにもかかわ
　らず
Sony Music House からようやくリリースされた
二枚組ＣＤ寺山修司〔作詩＋作詞集〕には
残念ながらこの楽曲は収録されていないが
それでも誰でも口ずさむことは容易にできよう
気紛れに含羞の浜風にのって
それとも口を半開きに競馬場の土埃を追尾してみればよ
　い

血まみれのチョリソへワープして
蜃気楼の喉にはいきなり懐郷の火酒を呷って
久しぶりにその名もずばり干天ノスタルジーだから
点々と埃まみれの沿道シャッターズシンドロームの
久しぶりにひとりで指先確認をしてみようか
何年も使い慣れた辞書の例文通り

さあ前方よし！　さあ後方よし！　ヨコ位置も忘れず
これで準備万端整いあるいは整え
これで本日本番のフェルマータがはじまる
この浜昼顔の花びらのさえずりは
折りたたみの小さな羽根のように
今日こそエンドレスのノイズを聴覚の境界例に綱渡り
ひらひら浜風になびく
そのうしろ姿をなんども砂の釦で装幀しなおす
浜辺の再生画像の過剰をいとわず
スティック糊のようにいつでも中断できそうな
往年のピアノ施術者たるサティの指先のときには脱臼的
　打鍵を
享受しつつピアニズムの軟体動物に
歯と刃物をすなわち科学博物館なら
マンモス仕様のセラミックスと薄刃のステンレスを
浜風とすっかりパラノイヤばむパラソルにうんと近づけ
　ようか
重力をやおら実物大の骨格見本のしなりで梳りつつ
ＭＲＩによる背骨の二六段の階梯の画像に
さらに一段一段尖鋭に鑢をかけるような

あえてスティールドラムの熱演の汗に思いを馳せつつ
ゴヤのやおらカプリチョスの黒色火薬とせめぎあう
奇数の酔いどれ素面の奇しくもナイフが
たとえばカフカースの山麓の偶蹄類の宴に招聘される
かのように交差する極彩色の記憶よ*
ほどける宴の円陣における偶然の一致として
五線譜上で《貸したお金は戻らない*》なんて
うそぶく歌手の伝言を石洗いの、そう脱色した紺色のだ
ストーンウォッシュトの
ジーパンの昔のポケットにまるで落とし卵《ア・ポシェ》をするかのよ
うに
いつか火山灰の無数のパトローネの持ち主に伝えてほし
い
たまには夜通しブラックアウトでどうどう巡りするも同
然に
港湾の雪の貯木場に散乱する鴉の死骸を
黒い渚に置き去りの黒い流木ともども大半の頁に
鴉のひしめくモノクロームの写真集*から
いずれここに文字通り累卵的に呼び寄せよう
空っぽだああ空無の木っ端微塵なればこその
一気呵成にこなごなダストシュート-ing で
ほうらギチギチ本が一丁上がり！
なおかつ路上は数え切れない粉塵だらけだからここら辺
で
ここら辺はつい最近まで砂上の楼閣だったから、昼夜を
問わず
逃げ水のさあ耳許で《fade-out しちゃったら》

［補註］
＊極彩色の記憶＝セルゲイ・パラジャーノフの複数の映画を合成したレミニッサンス。
＊《貸したお金は戻らない》＝北原ミレイが低音で歌う《大阪ロンリーナイト》の一節。作詞は吉岡治。
＊鴉のひしめくモノクロームの写真集＝深瀬昌久写真集《鴉》（一九八六年蒼穹舎）。

《エンドレス・コラム》

［十指では指折りフォロースルーしきれない……］

Nevermore——E.A.Poe《The Raven》

十指では指折りフォロースルーしきれない鴉たちよ
空中《ブランク》や木立をその生息地にもしくは宿営地にして
三々五々集う鴉たちをなんとかカウントすれば指の失意
　は解消されるだろう
ときには港湾の倉庫群の殺風景から逸脱してももちろん
　構わない
都市間の鉄塔を結節点とする電線に必死に塀で挑みかか
　るのに
遭遇するたび感電死するんじゃないかと気が気じゃない
黒に黒をびっしり hook するモノクロの夜空の目印は無
　数の
発光する鳥の目かそれとも幅広のV字状を呈する鴉の翼
　の群れ
晩夏の蟬しぐれよりも格段の生命力を発揮するのが市井
　に飛びかう鴉たちの啼き声だが
小学校の生き物学習の一環として（後々の英語教育にお
　ける鴉詩人 E. A. Poe の
死せる Annabel Lee の演じる役柄は別にして）学童たち
　が兎と同じく餌やりして
鴉を当番制で育て上げたなんて美談は聞いたことがない
現行の2円の通常切手の図柄はなんの変哲も幻惑もない
ラヴェンダー地に白抜きの兎だが待望久しい Kafka（＝
　コクマルガラス）*切手として
私見では胸部がふっくら丸味をおびたコクマルガラスの
　ふさふさ
黒くビュランでへつる図柄がうってつけ（その形状は
　『カラスの教科書』*所収の
ドローイングを参照のこと）主要六種の鴉切手の発行を
　夢想するわが philatelist
にとってコクマルガラス切手の実現だけでも朗報だろう

（ここで鴉へのキックオフ、
共演のマリンバがしだいに首筋を攻め上がり、ここで鴉
　にとって
《空は迷路》*だから児童の声にのってそれは頸椎に浮き
　立ち頸椎をつつく）、近頃
たとえば学習ノートの表紙は動物の攻撃性からけなげな
　植物写真に改変された
通りすがりにＤＰ屋の呼び込みの《周波数》にシンクロ
　するかのように
鴉の羽根の光沢の有無を鴉との出会いがしらの誰何の
フォーカスに据えてみたらどうか、羽根が無光沢の鴉に
　はなんだか気勢をそがれるが
鴉がここぞと集う画題として卵殻を透かして黄身を透視
　する筆勢の賞味期限ぎりぎりの
卵黄よ液状化スリルを満喫するためにも
酸敗スパイラルへの滑舌の陥落防止のためにも
砂上のロープどころかうかつなジャグジー滑降は禁物だ
北方の風になびく首なし鴉よ仮設のリングの宙に舞うア
　バカノヴィッチ地*タオルのような
寒晒しの鴉の羽根二、三本のびゅんびゅん骨への斜線の
　オマージュよ
夜目にも黒い羽根の黒光りは鴉明かりと換言できようそ
　のまますくみあがれば
その色はgraphiteの黒灰色に行き着くチェルノブイリ
（永遠のニガヨモギでもある）の
廃炉の名状しがたい灰色は釣瓶落としの灰色グラデーシ
　ョンのどのあたりに
転位している／いくだろうかどっとメルトダウンしたマ
　ッスの廃闇は転々と
のたうつ防毒マスクの埃の堆積が回廊の奥から手招きす
　る灰髪バレッタならぬ
これまた鴉の相次ぐ死骸のような降灰だ灰色のだんだら
　噴出だ
《鉄の錆びた灰色》*いわく二五時頃の鴉の数を（小樽新
　港の倉庫の屋上でも脳内の
旧ヨットハーバーでもきっちり数え直してみたいもの

その出現の頻度順のグレーゾーンよ
集合意識のいわばＬＥＤ電球のような眼光を恒久的に研
ぎ澄ますソルジェニーツィンの大冊*の
ホリゾントを横切ってざらつくゴースト画面の鴉たちさ
ながら黒い枝振りにまぎれた
鴉のスフレ闇の血色はいかがか代替のケチャップによる
字面ディップの血だまりは
しばし海老反りながら舌鼓はドラムスの endlessness に
もっぱら与する

［補註］

＊ Kafka（＝コクマルガラス）＝ちなみにチェコ語の kavka はコクマルガラスの意。

＊『カラスの教科書』＝松原始著、雷鳥社二〇一三年刊。同書の18～19頁にコクマルガラスを含む主要六種の鴉のドローイングが収録されている。

＊《空は迷路》＝都会のカラスの動静をテーマとする阪本繭子の童謡詩。この詩を含む5作品にもとづいて吉岡孝悦が作曲した《童声合唱と4人の打楽器業者のための「5つの歌」》を、二〇一六年十月二九日練馬区光が丘のＩＭＡホールで聴いた。《空は迷路》は5つの歌のうち二番目に登場する。

＊アバカノヴィッチ地＝マグダレーナ・アバカノヴィッチはポーランドの彫刻家。二〇一七年四月二〇日ポーランドのワルシャワで亡くなった（享年八六歳）。代表作の群衆シリーズをはじめ立像や座像はすべて首なしだ。一九九一年、今は亡き池袋のセゾン美術館で開催されたアバカノヴィッチ展の展示会場は森閑と静まり返り、すべてのオブジェとじっくり対面できた。彼女は織物やひもを積極的に作品の素材に活用した。

＊《鉄の錆びた灰色》＝バーバラ・ローズ「生命の探求」（KAWASHIMA32 特集アバカノヴィッチ一九九二年川島織物刊に収録）からの引用。

＊ソルジェニーツィンの大冊＝二〇一〇年モスクワのアストレリ社から刊行された一巻本のソルジェニーツィン『収容所群島』は一五一六ページに及ぶ。ロシア語ではワタリガラスはヴォーロン、鴉一般はヴォローナ、コクマルガラスはガールカと言うが、ちなみにヴォーロンのスラングとしての意味は《囚人護送列車》である。無数のキリル文字がこの大冊中に密集しかつ乱舞している。

二〇一六年七月版《光の唇――20枚のスナップショット》テクスト*

旧知の詩人セルゲイ・ビリュコーフに

second version

1）どこか郊外にて
まるで折れない釘
太陽の歯を
ぎりぎり軋らせるかのように

2）たとえば
鉄塔武蔵野線だ、
視えない境界線上を
真昼も真夜中も疾走する

3）流氷はやんやの三倍
増感されて暗闇の
根室花咲港に
着岸した、来夏のテレビ画面を待ちきれずに

4）北行するエクスプレスの車窓から
どんどん遠くどんどん深く
‥
消失点に至るまで

5）八戸港の低空を
鴎たちが乱舞する、すなわち
てんでにオーボエを奏する
廃液の大童

6）太古の森を抜けて
天塩川へ、木彫の
もっぱら素材木に関わる
オトイネップを起点にして

7）これはこれで地形の宙返りに挑む
ニッポウなる幹線の鉄路だ
（漢字で表記すれば日豊本線の）ぐねっと
沿岸のアーチをぎりぎりまで引き絞れ！

8）尾道の小路を
歩く女のうしろ姿が
よぎった、旅情なれした蝶の飛影どころか
その後方には水たまりの影

9）これは《無色》の切断面から失踪した
だんぜんデュラス的な意味での
静謐なる公園だよ、ぼうぜんと
最北端の街に佇む

10）旧志免炭鉱には、精巧なる maquette よろしく
福岡県のこの産業遺産には
いまや文字通り干天をどうぞ
いきり立つ草いきれを！

11）着陸寸前の
飛行機の機内からごく普通に
撮影した、ジュラルミンだらけの羽田空港の機首を
とりあえずみごとに狙い撃ち《シューティング》

12）ほら無音の安閑と
殺風景の醸し出す殺気だ
殺伐としたその現前だ、
弘前市の緩傾斜の路上にて

13）真っ白い船舶が
新潟港に停泊中、
様式的にアールデコのポスターが
壊れやすい蝶類のコレクターの垂涎の的さながらに

14）蒸し上がる暑気の
風景、ぎらぎら
まずは長野県の
植生的に敬虔なる上田市にて

15）ブラキストン線を臨む小さな橋である、
なんだか久方ぶりの複雑性っぽく
かつクリシェっぽく言えば
迫りくる黄昏時の

16）ダンテ仕込みの
雲また雲の
折り重なる
雲行きだ、埃っぽい脂肪なだれもどきの

17）冬枯れの荒れ地《ゾーン》
として
の、おおアンドレイ・タルコフスキイよ
冬たけなわの待てば海路の焼け焦げて黒い柩なり

18）ほら函館港にて
現出する水面の銀蠟
音なく着雪して、ピンホールに浮かぶ油滴のように
発光する埠頭

19）北の駅の
雪明かり
は、そう
蛍火のようだ、急遽ゲスト出演した歌手の喉元に屯する

20）言葉のひび割れのない歌
無音こそ水滴のしわざ
これは空間だ
名付けの拡がりを欠く

［補註］

＊ロシア語のインターネット詩誌《ポエトグラード》二〇一六年第三五号に寄稿したエッセイ《…日本の壊れやすい影…》においてセルゲイ・ビリュコーフ氏はこのテクストの20（first version でも同文）を引用している。

画家パーヴェル・チェリシチェフ*への追伸

ブラインドフィールド行きの、いまや光速走行の
フレーブニコフの《蛇列車》に飛び乗って
Starbucks coffee で途中下車した、
思わずコーヒーのレシートの裏に描いたものだ、
愛用のシュテッドラーの lumograph H で
宇宙の金属的引っ掻き傷の迷宮を、

熱砂のナミビアで採取されたギベオン隕石の表面上をな
　ぞるかのように
どの文字もどの絵の具も常に海鼠《トレパング》としての外科用穿孔器《トレパン》
　である。
ただちにじっくり観察してみろ
《メルクリウス》というタイトルの口絵を、これは
五〇年ぶりに繙かれたTylerの古書に収録されてある
脳の内外の光の血液循環を
すなわち永続的な光の先取りを！
すなわち新たな光学的トポロジーの奪取を！
（画集《チェリシチェフの楽園》に所収のイナシュヴェ
　等々の作品を参照のこと）
さあ、光の《最後の晩餐》を満喫しよう。
それはダリ作絢爛たる《ガラの晩餐》、十二皿の肉皿か
　ら成るこの連作とも異なる、
チェリシチェフの静物画を囲む枠の内外で
色彩論的に言えばタナトスが生き生きと＝
いざりながら躍動中で、たとえば葡萄もチューリップも
カンブリア紀の化石をほうふつとさせる。
両者を見て同様の興奮に駆られるのは
両者の共棲のしわざ、チェリシチェフの《隠れんぼ》
　（エスキス）
ならびにオルドビス紀のpromissumのしわざ。
ところでチェリシチェフの描く人物たちははるかに腐蝕
　的である、
アルチンボルドの野菜と果物から成る顔面よりも、
（予告ポスターに大書されたアルチンボルドの《謎》へ
　の期待値よりも）、
チェリシチェフによる数多くの解剖図譜はもっぱら
コーノノフの一九八〇年作の詩篇《バラード》における
解剖用メスの至上命令を想起させる、《解体しろ！》と
　そそのかす、
またもや脳の内外で《日没間際の光はざわめいた》（と
　推理小説の一節が不意によぎった）
ほら彼の絵画（＝光の神経都市）への光の飢餓の介入だ。
ほら夢の過剰投与だ、
エデンの園におけるしつこい盗汗としての
時間の埃の点滴としての

［補註］
＊画家パーヴェル・チェリシチェフ＝一八九八年ロシアのカルーガ州ドゥブロフカ村で生まれ、デニーキン軍に地図作製者として従軍した後、トルコのイスタンブールに脱出。パリでディアギレフバレエ団の舞台装置を担当し、ガートルード・スタインやイーディス・シットウェルの文学サロンに出入りした。第二次大戦直前にUSAに亡命し、一九五七年イタリアのフラスカティで亡くなった。彼は神秘的シェルレアリズムの創始者で、美術評論家アレクサンドル・シューモフによれば《サイケデリックな錬金術師》である。代表作に《現象》、《隠れんぼ》、《未完《イナシュヴェ》》ほか。

ラスト

Rustよこれが《バロック的壮麗さ》の剽窃のラストシ
　ーン
なのではない、これは粉末のRたる先導獣のedensの痕
　跡で
冷めきったたんまりL字形lust氏の激情の関連施設だ
《ラストベルト》というタイトルに
ようこそ眼球も錆びつく、工場群のdoorsのドアノブの
　うろ覚えの
鉄錆をざらざら半開きで舐めていくテレビカメラの差し
　出す
画面上で、ざらざら滞留しては反転する時間に何層も巣
　くう闇の埃
――これらの放置された装置、いわば埃の密度の高い鉄
　肺
《忘却の靴》をはいて錆空間を彷徨する
時間の埃はレンズ面でも錆びる、ましてや半透明のガラ
　ス面でも
錆びた粒子よテレビ画面の錆と眼球の錆（＝グリ・ド・
　ヴェール）
があからさまに擦れあい錆の耳もとでじゃりじゃり尖っ
　た砂利の
灰色の果てまで灰色のグラデーションの角を突く
一陣の風の闘牛士は内心の（鶏卵の）真紅のケープで
空間を浮遊する錆また錆を躱すかし模様の目をマクラ
　メるんだ
やおらメディアに登場した《ラストベルト》の所轄の市

長は
見た目に青っぽい作業ズボン姿でこう嘆く、
《工場内のおんぼろ設備の残骸を
きれいに撤去する費用なんて全くありませんよ》と
それゆえ錆、錆、錆の氾濫はどんどん出血して黒ずむば
かり
このフィルムを収納した荷物には
公的に fragile すなわち発掘品のお詫びの《正誤表》で
はなく
念のため可燃性の壊れものを告知するラベル
もちろん剝きだしのままでの郵送は厳禁だ
スティールの鍋底の錆びた地肌を a brining sculpture* の
痕跡と
みなせるか、要木枠の壊れものとしての fragile という
ブロック体の字幕の文字たちは、
菌糸状の眼にも絢な高圧線の鉄塔《ピローヌ》
青黴がぬめる水道栓のように燃焼材を、翻訳すれば
放火魔のびらびら焚きつけるほら《a pyromaniac game》*
を呼号する
フィルムに定着された炎上する炎の塔をそのまま大気圏
外へと
たとえばブランクーシの宇宙へ伸びる鉄塔《エンドレス・コラム》を燃焼させた
らどうか
放火魔のゲームであれ pyromaniac とピー音が先導する
ことに
変わりはない、鞭打ち《フラジェラン》の壊れやすい fragile という文字
たちの
かつてのエルテの装飾性をかなぐり捨てた裸形の炎が
いきなりガソリンを浴びてフィルム内で揮発を重ねる
ヴェルフリの葬送の造語詩篇の単調な音声や音律が際限
もなく響く
その会場で唇を逐一弾いてひたすら読唇しようとする
破壊のバーナーの唇を

[補註]

＊ a burning sculpture ＝二〇一七年四月二九日～六月一八日東京ステーションギャラリーで開催されたアドルフ・ヴェルフリ展の会場にて、連日上映された一七分半ほどのフィルムの後半に宙空めがけて炎上する火の彫刻パーフォマンスの主役で登場するスイスの現代彫刻家ベルンハルト・ルギンビュールの、このフィルムに鮮明に収録された a burning sculpture。このフレーズ

は英文字幕からの引用。同じく《a pyromaniac game》もそうだ。

初出誌一覧

これらの詩篇は未発表の二〇一六年七月版《光の唇――20枚のスナップショット》を除いて、詩誌《虚の筏》、《repure》、《紙子》、《詩の練習》、《eumenides》、《しるなす》、《びーぐる》、《pied》、《Ganymede》、《詩素》、《ポスト戦後詩ノート》及び《中央評論》に初出。詩篇によっては収録にあたって改稿した。
なお、この詩集《アンフォルム群》は詩集《イナシュヴェ》以後に書かれた31詩篇で構成されている。

3 4 5 6
63 TX 9 KODAK 5063 TX 10 KODAK 5063 TX 11 KODAK 5063 TX 12
9 10 11 12
63 TX 15 KODAK 5063 TX 16 KODAK 5063 TX 17 KODAK 5063 TX 18
15 16 17 18
5063 TX 21 KODAK 5063 TX 22 KODAK 5063 TX 23 KODAK 5063 TX 24
21 22 23 24
5063 TX 27 KODAK 5063 TX 28 KODAK 5063 TX 29 KODAK 5063 TX 30
27 28 29 30
63 TX 33 KODAK 5063 TX 34 KODAK 5063 TX 35 KODAK 5063 TX 36

網走北浜

第六詩集『静かなるもののざわめき　P・S：詩集』（アンフォルム群Ⅱ）（二〇一九年、七月堂）

アルテファクト

――ときには現代美術や先史時代の遺物の一角を占める人工物

埃のエデン

大都市の元・底なし沼のメタンガスのように肥大化する
《埃の木》
消えては現れる書籍の湖水のようにさまよう《埃の森》
触るなこの見えない部厚い《埃の手》にすっかり錆びた
　鉄鉤に
かつタツノオトシゴの止まり木たるピンクの綿棒に
アルツハイマー博士の歯周病にどんどん蝟集する
進行中の砂の薔薇たる忘却の塔が何本も屹立する
港湾の高速道路の登坂車線でナトリウム光線にぐねっと
　浸され
またもやデスペレートな砂嵐を巻き込んでネズミ＝《埃
　の鳥》が飛び立つ
このごろ鳴りを潜めていた小石どもがおもむろにごろま
く
恐竜いとしやゴビ砂漠にはわが夢の《地底旅行》という
　黄金が埋葬された
サップグリーン色にはほど遠い蠣殻《埃の森》は暗鬱に
　なるばかり

飛散寸前のこの埃の薔薇のブーケには触るな
pietra serena* すっかり寝静まった灰色石よ
引用の反芻胃を励起させよ斜めに抉れたブロンズの横顔
を
冒頭の＋R指定*のルーメンなる動物学用語も
取り急ぎダストシューティング！　埃の夢の盲野《ブラインドフィールド》で
　のたうつ
白昼斜陽のガソリンタンクの上で
虎稿の猫は埃ともどもまどろむあわや生ゴミ **garbage** に
は
たとえそのまま二、三時間経過しても
猫の銀色のヒゲは日向の渚をじんじんメタリックに造影

する
なにしろここでは針とび蜂の巣こてこてラルティーグ撮
　影の気球
ラルティーグ兄製の複葉機
じゃなかった逆光線とてやんやの喝采で
ぎらっと波形ブリキの声帯でマヤコフスキイ相貌の《声
　を限りに》
なにしろいまわの際の光とびだから
イヴァン・ゴル*の詩からの隕石の金属性を鏤めつつ
ギベオン隕石*めがけて矢印耳の鮮血の文字獣オドラデク*
Widmanstätten Structure* めがけて
さらにはその矢印耳の推奨物件めがけて
あらゆる紙の毳立ちやドライフルーツの翁皺みたいに
金属学的にトラヴァース！

［補註］

＊pietra serena ＝ルネサンス期の建築資材や彫刻資材に使われたトスカナ地方産出の灰色の砂岩。

＊＋R指定＝rumen《ルーメン》（＝反芻胃）はlumen《ルーメン》（＝光束の単位）と頭文字で対峙している。Jacques Derrida: VALERIO ADAMI le voyage du dessin からの引用。成人映画指定の轢断死体さながらに。

＊イヴァン・ゴル＝アルザス地方生まれの独・仏バイリンガル詩人（一八九一～一九五〇）。たとえば表現主義的作品《ソドムとベルリン》の表紙にはゲオルク・グロッスの絵画がいみじくもあしらわれ、また心底シュルレアリストでもある。その作品はパウル・ツェランに先行して注目された。堀口大学訳のゴル詩集が古書店の限定本の一角を占めていたのを思い出す。

＊ギベオン隕石＝ウィキペディアの《ギベオン隕石》の項によれば、この隕石は一四億五千万年前に地球上に落下したと考えられる。発見場所はアフリカ大陸の現ナミビアで、その破片が上野の国立科学博物館に所蔵、展示されている。その実物破片で《ウィドマンシュテッテン構造》を確認できた。

＊文字獣オドラデク＝カフカが創出した幻獣で彼の掌篇小説《父の心配》に登場する。カフカの自筆のオドラデクという文字の原綴は、拡大して図録《カフカの世紀》（ポンピドー・センター刊）に収録されている。

＊Widmanstätten Strructure ＝ウィドマンシュテッテン構造。ここではこのフレーズを詩的イメージの生成及び展開として用いているが、とりあえず《隕石コレクター》（築地書館、二〇〇七年）所収の用語解説をそのまま引用すると、《テーナイトに包まれたカマサイトの板でオクタヘドライト隕石の正八面体の面上に成長したもの》。

ラスト——second version

rust　①さび、（赤）さび色　②さびつき、無為
③（植）さび病、（植）さび菌、すなわち、さび病を起こ
す担子菌
（リーダーズ英和辞典第二版）

rustは生きもの
rustよこれが《バロック的壮麗さ》の剽窃のラストシー
ン
なのではない、これは粉末のRたる先導獣のedensの痕
跡で
冷め切ってたんまりL字形lust氏の激情の関連施設だ
《ラストベルト》というタイトル文字に
ようこそ眼球も錆びつく、
工場群のdoorsのドアノブのうろ覚えの鉄錆を
ざらざら半開きで舐めていくテレビカメラの差し出す
画面上で滞留しては反転する時間に
何層も巣くう闇の埃

——これらの放置された装置、
いわば赤みを帯びた埃の密度の高い鉄肺
たとえばＵＳＡ南部の暗箱《カメラオプスキュラ》からは
ニューオーリンズの写真家ラフリンが
《昆虫頭の墓石》を斜めに被って
うじゃうじゃ苔《モス・スウォーム》の群棲たる錆空間を彷徨する

時間の埃はレンズ面でも錆びる、
ましてや半透明のガラス面でも
錆びた粒子よ
テレビ画面の使い古しの錆と眼球の錆（＝グリ・ド・ヴ
エール）
があからさまに擦れあい
錆の耳もとでじゃりじゃり尖った砂利の
灰色のカオスまでそのグラデーションの角を突く
一陣の風の闘牛士は内心の（鶏卵の）真紅のケープで
空間を浮遊する錆また錆を躱す
rustは生きもの
累卵の骨身に染みるまで
素材を荒削りに削って

これからすかし模様の目をマクラメるんだ
急速メディアに登場した《ラストベルト》の所轄の市長
は
見た目に青っぽい作業ズボン姿でこう嘆く、
《工場内のおんぼろ設備の残骸を
きれいに撤去する費用なんて全くありませんよ》と
それゆえ錆、錆、錆の氾濫はどんどん出血して
新聞のインクで黒ずむばかり
このドキュメンタリーフィルムを収納した耐火ケース《マガジン》に
は
公的にあくまでも fragile 表示
rust は生きものだと
すなわち発掘品のコンテンツのお詫びの《正誤表》では
なく
念のため可燃性の壊れものを告知するラベル
もちろん剝きだしのままでの旧来の郵送は厳禁だ
映写幕《スクリーン》たるオールステンレスの銀ぎら銀鍋の曲面《カーヴミラー》では
なく

スティールの鍋底の錆びた地肌を
《a burning sculpture》*のギュメをはずした痕跡とみなせ
るか、
要木枠の壊れものとしての fragile という
ブロック体の字幕の文字たちは、
菌糸状の眼にも絢なす高圧線の鉄塔《ピローヌ》
青黴がぬめる水道栓のように燃焼材を、翻訳すれば
放火魔のびらびら焚きつける
脳内の rust も生きもの
ほら《a pyromaniac game》を呼号する
短時間のフィルムに収録された炎上する炎の塔を大気圏
外へと
たとえばブランクーシの粛々と宇宙へ伸びる鉄塔《エンドレスコラム》を
燃焼させたらどうか
火焔のバレリーナのトゥーシューズの爪先で
燃焼材の rust は生きものだとささやく
むしろ《カオスのマグマ》を内蔵した火の彫刻家たる
ベルンハルト・ルギンビュールのほうが
その辣腕を発揮するのではないか

かつてのエルテ誌の豪奢な装飾性をかなぐり捨てた裸形
　の炎が
いきなりガソリンを浴びてフィルム内で揮発を重ねる
アドルフ・ヴェルフリの葬送の造語詩篇の単調な音声や
　音律が
会場の出口付近で謎めいた絵巻物のように際限なくのた
　うちまわる

二〇一七年春、東京ステーションギャラリーで
唇を逐一弾いて読唇しようとする
rust の死にものぐるいで
破壊のバーナーの唇を
（身近なサイバー空間で垣間見た
ルギンビュールの作庭した鉄の公園のまさしく
鉄のオブジェ群の錆を潜望鏡にセッティングしつつ）
同時にあらゆる有機物の輪郭を失わせる炎上の唇を、
博物館の埃っぽい標本箱に安置された
タテ位置の灰色の直角貝 orthoceras* の化石を想起しつつ
灰色の火焔樹のように埃すなわち dust の唇を
英和辞書における rust の全語義の唇を

ちなみに、するめの徳利酒の皮を——iichico 酒の二〇
　一四年のCMに
よれば《ひと皮むいたら、錆びた私がいる》
rust は生きものだから
内包する埃《ダスト》の lust と相俟って
その背景色はべっとり火山灰ばむ血、血流は弾け、
やがて淡くピンク・ピンクの
隣接しつつあくまでもショッキングに
赤錆系輪舞はめらめら続伸中
どうして建築家たちは
い、い、い、気鋭の錆の影という影を
ほとんど活用しないのか*？

［補註］
＊ a burning sculpture ＝二〇一七年四月二九日～六月一八日東京ステーションギャラリーで開催されたアドルフ・ヴェルフリ展の会場にて連日上映された一七分半ほどのフィルムの後半に登場する。宙空めがけて炎上する火の彫刻パフォーマンス（ヴェルフリに捧げられた）の主役で登場するスイスの現代彫刻家ベルンハルト・ルギンビュールの、このフィルムに鮮明に収録さ

れた大いなる a burning sculpture。このフレーズはヴィデオの英文字幕からの引用。同じく《a pyromaniac game》も《カオスのマグマ》もそうだ。このヴィデオのシナリオのプリントは用意されていなかったので、フィルムを何度か見ることでこの眼に焼きつけた。

＊直角貝 orthoceras ＝博物館の標本箱に安置してある。化石状の静かなミサイル（の原型）を思わせる。

＊どうして建築家たちは……＝ロシアの現代詩人アレクサンドル・ウラーノフのフレーズ（どうして建築家たちは影という影をほとんど活用しないのか？）はウラーノフ《クラレンス・ジョン・ラフリン》からの引用で、詩行の傍点の《気鋭の錆の》という語を付加した。

憧憬論　second version

有働薫さんのポエジーに寄せて

艶めく鴉の羽の漆黒には
訓練中の盲導犬としての雪が色彩的に最適だとしたら
削がれたパンの耳のカンバツ系暖色には
オリーヴの実が寄り添いやおら停泊するだろう

あちこちの耕作放棄地の低空に滞留する
グレーゾーンの無風がじりじり雪辱を期す
《灰の厖大な拡がり》（アンリ・ミショー）だとして
例の《至高の灰色》には
bittersweet の両義的ふてぶてしさが
ヒーニー詩の古生物学的一節が
埃のエデンに乱雑に放置してあり
それははなはだはなればなれに介入する光の生傷
地中の地雷に似たエレーナ空域＊の《稲妻のダンス》
あるいはひび割れの勢いを増す渇水であれ
パスワードたるサイレン抜きのダムからの放流であれ
きまって濁流による傷だらけの河床だが
灰色のごろごろ比較的大きな石ころだらけ

（半世紀ほど前の遠足先の赤目四十八滝、
灰色に石のごろまく渓谷にロケした
谷底の見えない銀灰色のフィルムを参照のこと）
そんな記憶の泥流がぷつんと途絶えてしまえば
機能的にぐるぐる巻きの包帯めいたワセリンが
顔面の変形部分にわさわさ乗り上げて

連戦のボクサーの切れた目蓋の斜陽《ダークイエロウ》にも似て
いったんは切れ長のキアロスクーロの暗渠に
間一髪そよぐ《コヨーテの耳*》に
このほど震央に堆積中の眼球のデブリ
腕ひしぎ仕様で床の埃を逆鉾にかき立てては
華やぐ前世紀のダンサーたちの肺のアスベスト
暗闇のG線上で脂粉の不透明に重なるケーソン病*に極力
陥没しないようにとにかく眼帯を拐帯しないように
岩の輝く緑を（今もなお六甲山の登山口にて）振り絞
れ！

折からの無風のつづく後背地に
屠場の gutter* ＝動物のはらわたを抜いたような
天然色の雑草ともども、雑色という色はない
愛読する砂の本のキャプション*にいわく
《砂連。巨大な砂連の側面に
小さな砂連が形成されている》と。

こうした砂また砂のトゲがのびる砂上
MOZART版《楽興の時》集成よ

もっぱら酔いどれ草は
冬枯れの埃のように
あるいは浮遊する宇宙塵のように
すべてのエッジが毳立つ紙面以外に生えず
ラズノツヴェチェーニエ（雑色にして多彩）は
そもそもトートロジックに紙一重だが
コレグラフA・サヴィニオよ*太陽の舞姫《アポリニエンヌ》イサドラを
地中海のとりわけきらめく多島海の迷宮に召喚せよ
次いでサハラ砂漠に茶褐色がかったホリゾントを振り付
けろ

おお、危機一髪ピンポイントの塩ばむ犬《ソルティードッグ》よ
憧憬それ自体、へアピンカーヴ的に漂流するもの？

［補註］
＊エレーナ空域＝ロシア詩人エレーナ・シュヴァルツ（一九四八～二〇一〇）の作品には《稲妻のダンス》と称される粒ぞろいの詩群がある。《稲妻のダンス》とはエレーナ・シュヴァルツ詩の稲妻性に着目した批評家オレグ・ダルクによる命名である。
＊《コヨーテの耳》＝J・M・G・ル・クレジオ《氷河へ》からの引用。池田学にもペン画の小品《コヨーテ》がある。

*ケーソン病＝またの名は潜函病。

*屠場の gutter ＝本橋成一がチェルノブイリ原発のほぼ二〇年後に撮影した渾身の写真集《屠場》を図書館の片隅で見つけた。

*砂の本のキャプション＝マイケル・ウェランド《砂――文明と自然》（築地書館、二〇一一年）一九七頁からの引用。

*A・サヴィニオ＝イタリアの画家ジョルジョ・キリコの実弟にして作家兼画家兼作曲家兼コレグラフであるアルベルト・サヴィニオ（一八九一～一九五二）。有働さんにはサヴィニオの短篇小説のダイナミックな邦訳が幾篇かある。いずれも詩誌《オルフェ》に訳載された。

《失踪*》あるいは逃走

一世を風靡した《蒸発》という言葉と概念は
どこかへ文字通り蒸発した
もともとアナーキストの鍾愛した春三月だが
いわばシンボリックな失意のどん底もさらなる深化を遂
　げる！
このところのSNS全盛期にはもっぱら《失綜》が君臨
　する

まさしく法的失踪宣告なき失踪
未知なるKAFKA氏のペン先の巣箱から
体操のペン画がせっせと巣立つ
（《カフカの世紀》のなんだか掠れたモノクロームの採石
　場にて）
in the groove《のりのり》の喝采とは無縁の
失踪という静謐なミゼールすなわち惨禍の傘の下
個々の顔が消え失せて、ともかく完全にシャッフルされ
　る
大量の画素が収斂する傘になった

たんたんと透明なヴィニル傘ではなく
このTV画面を瞬間的に埋めつくすのは
埃っぽい傘よりやたらカラフルな傘ばかりの演出
以前なら後ろ姿の007をさらすところ、
堂々めぐりの日めくりトランプのようで
このごろは貧弱な語彙の傘頼み
ともかく当の失踪者は広場恐怖症だから
（すれ違いざまの耳にはマラルメしらずのおお骰子一擲
　のフォント

メシアンのピアノ曲アーメンの《幻影《ヴィジョン》》が飛び込んでく
　るが
往年の新宿地下街の名物マイムのように
彼らは歩きながら遮音して無音でべらべら）
アモルフな時代の時化に臨む演出家の凄腕の見せどころ
的確に挿入される雨で路面は濡れていても
からからに乾いたカラフルな傘の下
もっぱら傘傘傘、傘の下

ともすれば海底のレオノール・フィニーの日傘とも雨傘
　ともつかず
当事者の顔にはきまって稚拙なざらめのモザイクが施さ
　れる一方で
天文学的規模で流失した個人情報同様、今秋まで
かつてのパリダカラリーの砂粒並みの双極性よ
厖大なヒューマンエラーズの砂粒にまみれつつ、今やす
　っかり
ネクタイ姿のＣＥＯ（例えばザッカーバーグ）*の挨拶の
　アルテファクト
表情のとぼしい顔の筋肉（＝紙肉）は当面は露出するに
　至らず
脳裡を覆う豹柄の挫傷どころか
ル・クレジオの《悪魔祓い》の当該頁で
舌平目の干物のようにあてどない後退線をたどる
その歩く足の骨密度測定はお済みですか

全面的にモノクロームでのけぞる豹の皮も
半開きのトランクひとつと生身もひとつ
無口という雄弁のほかに手負いの蟻の一徹
いつかフィルムで見た雨模様の倒壊、倒木や流木であり
　ながら
あくまでも千年来のほとんど頭部無欠のミノタウロスよ
あなたの大好物は何ですか常日頃
持ち歩いているじつは壊れやすいバッテリイは健在です
　か
自身に差し入れた極薄のリンツのチョコレートをかじり
湯水のように現金《ありがね》をはたく展望は当分なし
またもやロックオンさりとて新フレイバーのカロリイメ
　イト探しを
モノローグやモノトーンをずるずる引き伸ばすどころで

はない

ところが映画づくりの鉄則通り
画面上の雨で路面はびしょ濡れだった
記憶の中の廃材置き場もびしょ濡れだった
水たまりでくるくる反転するトランプ札の裏と表
ラム肉ならずも冬隣の岩塩の矢印を着脱しつつ
乾燥したoff-roadとてこれぞoff the grid*（＝網の目につ
　かまらぬように）
花屋の店先にはようやくジョージア・オキーフの画布か
ら
雲霞もどきの浮遊する宇宙塵のまといつくピエロの柔肌
放心した一九五八年作の宙づりの《月へのぼる梯子》か
ら
しばらくは油性臭の消えない白いcallaが幾株か出現し
た

たとえばゴーギャン画のぼってりしたハムの肉塊の
卓上の前景へのプレザンスとは
草上のマネ最新版とは触覚的に異なって
ビロード地もどきの白っぽい花々の相次ぐ炎上よ

連日のニュースの片隅で無造作に繰り返される
《命に別状はない》という広範囲の常套句に乗じて
その命運をかける綱渡り芸人たる由縁を早急につきとめ
たい
ましてや放火に類する命綱のたわみ初めの行方を、
愛読書の地層を欠いたじつは見えない埃だらけの空室
《失踪》には実年齢相当のオッカムの剃刀の切れ味はあ
るか？
虚実皮膜もどきの手品師愛用のビロードのシルクハット
を
ときにはカフェのテーブルに置き去りにしたまま
窓辺の日向で眠りこけ弛緩していく彼女の未来進行形
埃だらけの床をノイズさながらなんども這いずる
オクシュモロンの奏でる無伴奏チェロソナタの運弓のよ
うに
地球の夜更けは淋しいよ*とあやうく
《冬隣*》は季語の喉から滑落しそうで必死に持ちこたえ
る

失踪という一種のレイムダック*と隣接する
《冬隣》曲にのっけから登場するお湯割りのように投げ
　やりで
その分大人っぽくて、もっぱら傘傘傘、傘の下
この番組のエンディングでは使われず、おごそかな
とはいえオルガン前奏曲なら全長何キロメートルにわた
　って冠水する?
ほどなく安価にソルティードッグが滑走するや
単独に自然発火する
今や体内時計の黄昏時に
presque rien*（ほとんど何もない）を《心のすきま》
と反訳するのは
けだし名案である

［補註］

＊《失踪》＝NHK総合TVのドキュメンタリイ番組《失踪――消える若者》は二〇一八年四月八日夜放映された。

＊ザッカーバーグ＝個人情報のあまりにも桁外れの厖大な流失が報じられるたびに、フェイスブックのこのCEOの名が新聞報道からネクタイピンのようにスクラップされる。

＊off the grid ＝ Jeffery Draver: The Broken Window からの引用。

＊地球の夜更けは淋しいよ＝吉田旺作詞《冬隣》のラスト4行からの引用。

＊《冬隣》＝ちあきなおみの創唱曲。杉本眞人作曲による渾身の物憂い曲想、吉田旺作詞の、死と隣接すると同時にエッジの立つ絶妙の曲名。ちあきなおみ以外にも何人かの歌手が思いの丈をぶつけてカヴァーしている。

＊レイムダック＝語のニュアンスとしては役立たずというよりは死に体。

＊presque rien ＝たまたま購入したカナダのピアニスト、アンドレ・ギャニオンの《Eden》というCDアルバムの収録曲。

深夜の百足

Le Noir est une couleur
（《鏡の裏側》という美術誌の表紙ロゴ）

《新幹線》走行を先取りした百足には寿命があるのだろ
　うか
自分に振りおろされる金属製シャベルには
ぞんぶんに百足は抵抗しうるだろうか

深夜二時半頃に私は類百足ともいうべき百足に遭遇した
類と仮称するからにはそれなりの理由があって
一見して体表が劣化して老いぼれているのだから
たかが20Wの照明のせいとばかりは言えない
こうして黒い産毛にびっしり苔のように覆われている
黒色とはいえ起爆性を秘めたダイナマイトの艶はない

ダイナソー*の何億年もの黒い艶もない
この百足と遭遇したのはいわば《鏡の裏側》で
深夜のトイレの床と壁のL字形の部分にて
斜めにそれは新種目ボルダリングのように安静にへばり
　ついていた
ついロールペーパーを片手にそいつにつかみかかった
ご老体のはずがその虫は機敏にくねくね動く

指腹で紙ごしに触るとその体内に金属棒が入っているよ
　うな堅さ
思わずレスリングの反り投げをくらいそうになる
指腹で思いきり潰してやろうとしたら
反転して五月のまぶしい視界をかすめて
（二〇一八年のスポーツ紙の色刷りの見出しに登場する
広島カープのホームラン打者のような）
起死回生の反撃をくらった
要は過現未の jam session に翻弄された
これじゃあとっくに注射針の領分と化している
もはや傷口はうかがい知れず闇雲に痛い、痛いと声に出
　す始末
刺創というにふさわしい結末？
（ところでここ白昼の脳内カフェのフライパン上のパス
　タには
こんもりアンチョビ臭が絡まる）笑気ガスの使用が取り
　沙汰される

注射針はといえば先日受診した
採血時の針の堅さも貫徹する痛さも今回と瓜二つ
ヴォルスの画面上に置き去りの《詩人の頭蓋》（一九四
　四年）と
深夜の百足は《ぴくぴく隣接する》
これは破線の渦巻く百足デッサンである

P・S（1）櫛よ！* 櫛よ！

毛並みは極細でヴォルスの画面によれば
毛の本数はとうてい数え切れない
ところで今度は五月二十日の白昼堂々
キッチンのシンクに百足が意気揚々と出現した
その横位置の発条はもちろん溌溂としているが
熱湯にはからきし弱いらしい
そのフレームの左下隅からとびはねるようにはみだそう
　とする
いざ百足の動線は《ねじれの効果》めがけて
beak beak!

P・S（2）もっぱらbeak beak!

江戸時代の《変わり兜*》のひとつ　《百足前立南蛮鎖兜》
　においては
百足はリアルに遊戯的に誇張され
この百足はアルテファクトとして科学博物館の標本のよ
　うには
体表は白く脱色されているわけではない
あるいはまたbeak beak!
と時空をえんえんと遡る
ムカデ類発祥のダンスよ*

［補註］
＊ダイナソー＝ディノザウルスの英語読み。
＊櫛よ＝ヴォルスの一九四二年のペン&水彩画《櫛》は百足の精密な実写を髣髴とさせる。
＊《変わり兜》＝《赤瀬川原平の日本美術観察隊　其の1》14頁に収録。二〇〇三年・講談社刊。一見すると、死がぐねぐね這いずるキッチュな《変わり兜》！
＊ムカデ類発祥のダンスよ＝《メゾンクリークからはムカデ類の歴史上最も初期の化石が産出している。それがラツェリアLatzeliaである》（土屋建《石炭紀・ペルミ紀の生物》技術評論社、二〇一四年）。

ダリアの祭典（あるいは色彩の《切迫流産》）

波立つ後頭部また後頭部が再三切り裂く《叫び》の薄命の両刃よ
（二〇一八年晩秋のムンク展にて）

赤い空・赤い縞唇を先導する
ダリア戦線の赤い鱗すなわち赤い花弁の封筒たち
魚の赤い鰓にしてど真ん中の切手に相当する黄色の大団円
ぐるっと赤い目打ちの魚たち、アストラッド・ジルベルトゆかりの浜辺で

心ならずも老年性の殺気立つ彼の赤茶けたレンガ積みを思え
首を伸ばしては傾げるレンガ工のキリンのような
いまや瓶のオカピ喉首のように希少性のきりっと引き締まった
はたして鬣の花束か花のか細いペリカン首か
いきなり藍色のスパニッシュフェイク瓶か
地球の緩傾斜《スロープ》を駆け下りる車＝ネズミはけだるくミュートを震わせて
あるいは海水面上のピアニッシモもどきにぐねっと割り込む
こうした輻輳する破綻の結末を当局が疑うきっかけはスクラップし損ねた
被害者の《胃の中に不自然に多量の砂があった……》こと、
遠浅のあの日を境に発条のほどけはじめた海砂のオルゴールのように
アナウンサーのニュース原稿の棒読みの音声が半世紀ぶりに
ジャージャー地球の宵闇迫れば耳をうつノスタルジア極まる傘の骨

それでもやはり《赤い色の雪の結晶》*だ／アミロイドβは
それでもやはり《赤い色の雪の結晶》だ／おまえの脳内に
それでもやはり《赤い色の雪の結晶》だ／うんと滞留し

ているか？

天候が漸次色褪せる前に、気ぜわしい紙面でもラジオで
　も目下
念のため7Bの鉛筆で告知する、じつは去年の潮干狩り
　は中止でした
リピートすればお湯割り楽曲冬隣には逆さ棘だらけの巨
　石が安置されている
じっに気紛れな気象のedgeが《叫び》を背負う銀円球
　のクローズアップが
安息角でふんわりクラゲの星雲と化す、あるいは草原の
　静かなざわめきの訪れ

横一線でヒョウ・チータ・ジャガーの表皮の紋様は同じ
　ヨーイドン片だろうか
それともTully'sの陶磁の珈琲カップの内側に黒く印字
　されたロゴ
《違いをそれぞれ味わい分けよう《テイスト・ザ・ディフェレンス》！》と同じく
あるとしたらその差延《ディフェランス》はフィルムのノイズのどのあた
　りに屯しているか

無防備な表皮のグリッドをばしゃばしゃ撮影すればいず
　れ分かること
宙吊りの赤と緑の沖縄産すずめうりのように数本はラジ
　オからの白線流し＊
最寄駅の新着チラシはしきりにおまえに目配せする
町田市では常時満開のダリア園がつとに開園中だと。

［補註］
＊《赤い色の雪の結晶》＝《Snow Crystals》の写真家ベントレイにちなむロシア詩人アンドレイ・セン＝セニコーフの連作詩篇《雪の結晶のための鍵》からの引用。邦訳はZUIKO創刊号（二〇一八・十二）に収録。
＊白線流し＝長崎出身の歌手さだまさしが歌った楽曲、その名も《白線流し》。甘酸っぱい五線譜の時代を想起させる。

《夥しい埃のedens》

エニシダという細身の揚羽蝶もどきが
血に飢えて生花市場からカットソウ
かつてないほど埃っぽい鏡に映り込む

この花名を dusty miller と命名直後に早速
dusty mirror と（蛾を鏡と）誤読したくなる
そこではずむ無音のHの hiniesta yellow*
リンゴが埃っぽいアトリエで
もっぱら vampires の歯牙と等号で結ばれるとき
その前夜に黄まだらのリンゴは
暗赤色の頸部に変容する
リンゴは血を噴く、
ほら一九三〇年代ミュンヒェンの闇の印画紙上を斜めに
　しぼれ
それでもリンゴは血を噴く
セラフィーヌ*の《葉の付いたリンゴ》でさえも
鈴なりのリンゴの皮しだいで暗赤色が
あるいは脳裡の黄色が
あるいは黄緑が
リンゴの実をかじってはかむ
そのかじかむ歯間で岩漿の血に染まるブラシよ
リンゴの芯は血の空き箱の把手だとしたら
このリンゴがたとえば駱駝の単峰《ひとこぶ》へと変形しかけている
脂肪なだれの理由はなにか

この頃は視点の異なる路上に
おいそれとは針金はぐねぐね転がっていない？
トロツキイが永続的に標榜する革命の頭上にばかりか
permanent なる形容詞を
そっと被せる色名表示の黄色に集光しつつ
集合住宅の通用口の尖端がさびた有刺鉄線以上に
血はリンゴの表皮にどっと流れだす
まさしくフーコーの振り子がメタリックに咬む地は
濃霧の盲野であれ
まぎれもない科博の一角であれ
脳内ならいざしらず
この頃は花屋の店先で黄色く紛糾の種の金蓮花
僧帽弁《ミトラル》のもっぱらかげぼしの血の空き箱や針金すら
残念ながら地面には落ちていない

キリンないしオカピの縞模様の長広舌の標本もまた
血の臭いを恣にして
リンゴの果肉はπの字形に海辺の歯槽で仮眠する
依然として埃っぽい鏡はアフリカ大陸の大西洋岸では

黄熱のスネアドラムにやんやの撥さばきで反撃する
コンゴ民主共和国でのエボラ出血熱の攻勢を
喜望峰廻りで小耳にはさむ

リンゴの憂鬱を描ききる
まずはその習得作業をこそ思え
白日のしらじらと遺留分《レゼルヴ》を
さすがに揚羽蝶もどきの展翅模様のむせるジャングルに
　腐心するまえに
とはいえあれかこれかではなく
推理小説で掘り出されるリンゴ酒の古樽も
岩木山を望むリンゴ酒工場の仕込み
往年の弘前駅・駅裏の店頭のいびつなリンゴの座位も
元素のブロマイド写真としててらてら
砒素やセシウムの*《爪が引き裂く時間》の舌の根も乾か
　ぬうちに
その残響から取り急ぎ流失しようとして
ヴェネツィアのとある運河の濁水面にも浮上する
潜水夫の頭部なら虎刈りの《釘のレリーフ》
《光り輝く水《アッカ・ルミノーサ》*》よギュンター・ユッカーの岸辺なき釘庭は

芽吹きのぎざぎざに血を抜栓する
ほーら、発掘現場の羽休め……　とて、
ぼろぼろ骨肉腫の《夥しい埃のedens》よ
無名の鶴のクルルィーによりかかれば
もっぱら細心にクールダウン
しかもポテトチップス仕様の雲の綿毛は
青灰色に喰いちぎられて流れるその果てまで
暗赤の油煙が充満する《グラジオラス》の画家ハイム・
　スーチンによれば、
白皙の生郷《ベラルーシ》の《スミロヴィチの村、…見上げる空はほと
　んど毎日、
どんよりした灰緑色であった。……》
それとも地球上を覆う《灰色のカオス》か？
谷底のフレーブニコフ石*は（加えて白昼堂々尖峰たる文
　晁の石*は）
しきりに横殴りの風のedensを欲するのは本当だ、
無風の連鎖だとベンチの石の目がぜん瞠目して大気に
　映り込む、
なんだか息苦しい、寄港中の

バナナボートに乗り込む死魚である
燻し銀のペーパーナイフの重力のように

［補註］

＊hiniesta＝（ヒトツバ）エニシダを意味するスペイン語の植物学用語。当然ながらHは無音である（＝イニエスタ）。

＊セラフィーヌ＝アール・ブリュットに属する画家セラフィーヌ・ルイ（一八六四〜一九四二）。代表作は《楽園の樹》。無敵の（サン・リヴァール）女と自称した。四一歳で絵を描きはじめ、七八歳で亡くなる十年前に精神病院に転院するまで、独特の密集的に精緻な花や果実や樹木や葉っぱの絵を描きつづけた。

＊砒素やセシウム＝科学博物館で販売している元素の絵葉書で、砒素は金色でセシウムは銀色。その毒性をいずれも管楽器状に誇示している。

＊《光り輝く水《アッカ・ルミノーサ》》＝ギュンター・ユッカーのヴェネツィア作品集（2005, Chorus-Verlag）。同書の巻頭にユッカーの《釘のレリーフ》という作品が収録されてある。

＊フレーブニコフ石＝ロシアの未来派詩人ヴェリミール・フレーブニコフ（一八八五〜一九二二）にちなんでアンゼルム・キーファーは谷底に転がる岩石を描いた。一九九三年池袋のセゾン美術館（今はもうない）で《メランコリア＝知の翼＝アンゼルム・キーファー》展が開催されたが、たまたま誰も観客のいないときの展示室でのこの絵の存在感は圧倒的だった。

＊文晃の石＝上野公園の藝大美術館方面口に設置してある。フレーブニコフ石はキーファーの絵画空間の谷底に転がっているのに対し、文晃の石のほうは現実の公園内にどっしり設置されてある。

25篇のアルテファクト

（あるいはアンフォルム群 seccond version）

甲高い声という発熱のボラーニョ桟橋*を通過中の《昼でもなく夜でもなく》
ドクターヘリのローター音から晩夏の救急搬送のトリアージュまで轟音が着地する
既視の刃の両面をぎらぎら駆け下りるバルパライソかどこかのベイサイドまで
風穴洞のエンドレスノイズの最先端よりもステンレスの刃先の最接近よりもするどく

＊

小皺ばかりのフィヨルドの切れ込み銀色の残滓としての焼き魚

火事の現場で断裂するラインハルト・サビエ*の痛恨のブ
　レード顔貌の痕跡よ
今でもヴォルス作品の画面上に普段着の襞をギャザーし
　て
バンクに置き去りの神経叢にぴくぴく隣接する競輪選手
　の動体視力

＊

密猟される穿山甲《せんざんこう》の密閉ジッパー《うろこ》を何体もゆらぐ乱視界
　におさめ
料理人のカメルーン女性が即座に太鼓判を押す
皮剝ぎナイフ片手に《そりゃ食べますよ、おいしいんだ
　から》
穿山甲はといえば大好物の蟻に舌をせっせと伸ばす

＊

耳について離れぬ《非破壊検査》株式会社という社名の
　砂の谺自体
大雨に捩れる壊れもののBS歌番組のCMとしてうって
　つけ
あるいはパリダカラリーの逆巻く砂粒のタイヤへの波状
　攻撃なみのインパクトを有する

ブラジルの鉱山*の擂り鉢の底に蹲る銃弾大《キャノンボール》のトラックと
　同じく

＊

思わず踏み抜きそうな鰯雲に覆われた消失点をねらう眼
　球で、さあ
タッチダウンだ舞台上のjarry腹《わた》*のタップダンスで《粥》
　と語れ
一世を風靡した各種スパイスをわが味蕾を密偵《スパイ》しつつ
まずは《酸っぱい》とささやけ

＊

昨夜来の半島からのジャミングも雨あがりの路上のレミ
　ングも
もっぱらミモザ作戦やコブラツイストの連続技であるこ
　とで
蔓も地衣も海藻類のウェットスーツもいずれも退屈な
　《恐怖のオアシス*》
自爆的にプラスチックスープも海原をぷかぷか移動する

＊

さてボゴタの黄色*よ、過剰な黄色よ、ゆうやく延伸する
　二等辺三角形の刃先よ

砂利ばむ無水酢酸のキーファー印ブリキ缶のぎらり暗黄《ダークイエ》
色《ロー》の
相次いで沿道の枯れた白樺の樹皮へと骨ばむ野ざらし紀
行
すっかり黄ばんだ無風がじりじりかじる廃屋のコンクリ
片の裂傷よ

＊

ともすればアンダーグラウンドからの埃まみれの逆光線
を
いっきに駆け上がる動詞の勢いが流民たる変異体ビジア
コ*
この地形の急勾配を登りつめる手負いの健脚は稲妻のヒ
ゲだろう
ここで豹皮の焦点を炙りだすメタボ＝メタリックな闇は
だだっ広い

＊

迷子石のロックンロールの果てに自然発火する青空残土
よ
まぎれもないアトミックホラーの首が空無のデブリにな
びく

既製の時間鋏にスクラップされた夢の原因物質は岩の巨
大なかけらとして
さんざん氷河期からごろまいてNYセントラルパークの
片隅をめざす

＊

ともかく白日だった——鰭脚類の皆さんにも
光の環状列石だったわれこそはアシカ・セイウチ・オッ
トセイなりと名乗り上げ
やがて暮れなずむ歩行も歩測もそれ相応の黒ずむ石にな
る

＊

なんども耳からもがれている風のデブリの記憶よ
晴天つづきでもガルガンチュアお気に入りの《蝸牛は、
今月一杯が旬*》
ロイ・リキテンシュタイン記念のTシャツの微笑の
草色の地に黄色の印字、線路の置き石もどきに
朱色のハンバーガー台地の縁取りをどうぞ

＊

グスタフ・クリムトはといえばもっぱら眩いか眩しいか
画像も額縁もことさら金きら金の金襴緞子だ色彩的に八

朔ゼリーは間もなく出現するだろうか
白色も緑色も金色含み、したがって生と死もましてや三
　つ巴の《希望》の懐胎も――
さて美術館のロビーに設置された大型扇風機の羽根だけ
　はオレンジ色にたたずむ

＊

あくまでもキリンの首の脂肪のような無添加のモナドが
　踊る胎内抽籤器
ライプニッツ動物園の型抜き動物バタービスケットたち
水陸両用戦車の歯触りも舌触りもバツグンの、空気の閂
　が
赤と黄のほどよく《登坂車線》として乾燥していればこ
　そ

＊

水彩の千切れたボタンとも彼女の端切れの布地ともつか
　ず満月にはカミソリ負けに至る
七〇年代のホルスト・ヤンセン書簡集のドイツ語綴りの
　毬・毬プラス
August Kotzsch* 撮影による一九世紀後半の断頭台であっ
　けらかんと今や歯科診療室で
断ち割られた岩石にパイナップルを活けた写真《もうひ
　とつの城》を添付する

＊

《画家パーヴェル・チェリシチェフへのP・S*》からの
　引用のざわめき。
ことごとく裂けるコードの先端にてざわめきの火花が飛
　び散る。静かに爆よ爆！
弾痕フレーズを列挙すれば《フレーブニコフの蛇列車に
　飛び乗って、途中下車》いずれ
《彼の絵画への光の飢餓の介入》にして《promissum*の
　しわざ》《夢の過剰投与だ》。

＊

そもそも殺風景であればこそ実景もフィルムの断裂も漂
　流するもの
絵の具の皮靴を履いたブッリ*の底なしの亀裂《クレッティ》をどう採取
　するか
錆びかけた釘だらけのデシベルの頭部をなんども咬み
ひからびた塗料がびらびら内転する電動ジューサーにお
　けるゴム輪の威力

＊

あるいは思い起こせよさきほどは驟雨だった
水棲の小さな雀たちが真夏の電線に身を寄せ合い
緊急避難した、とはいえいくつかの島状地がきらめいて
かつてモンペリエの前衛ダンサーだった八月の水滴たち
を

＊

通りすがりの少年たちの口々から高性能な補聴器を通じ
て
耳寄りな話の炎天下のトランクルームの猛烈な照り返し
《なんだかアレはパラシュートの布地みたい》
耳が砂漠の空気摩擦で火ぶくれ刺創

＊

何年も前から休廊中の駅前のギャラリイ。暗緑の部厚い
　ショーウインドウは埃の天国で、
大いにデッサンの意欲をそそる。無人の画廊内ではマー
　ク・ロスコの《悲しい色やね》調
ともいうべき抽象画が内壁に斜めに掛かっている
　breakdown のオブセッションに駆られる。
西日のあたる外階段にみしみしスピノザウルスの気配が
　する今日この頃だ。

＊

いつもの交差点を渡りきったところで、巧みに撮影機材
に
レインコートを装わせ、9月の雷鳴を合図に駅出口から
　横殴りの雨と真っ向勝負で
駆けだす無謀な乗客を数秒間のテレビ放映のため好アン
　グルで撮影しようと待ち構える
ポジショニングに長けたヴェテランカメラマンは雷鳴に
はびくともせず

＊

俯いた男の視線の先にマンホールの蓋
そこには《合流》の二文字が盛り上がるアンダーパスの
《酸素欠乏危険場所》からザオ・ウーキーの濃紺の奔流
が
ラーゲリ群棲地跡の広大な地図上のレナ河とオビ河と同
　じく貫流した

＊

どろどろぎらぎらしたタール状のブラックアウトがつづ
　く、
電脳ブリザードの吹きすさぶアトミックホラーを内蔵し

たホワイトアウトは回送中《アウトオブサービス》なのか。
その気になればテイクアウト可能な《直角貝》の機影が
　油田の歯槽に飛来する、
そのバーンアウトの瞬間的画像が何度もテレビ画面上を
　揺曳しているのはアパシーの極みなのか。

＊

いくら秋波を送っても知らんぷりのあの犬は主人待ちの
　やはり老犬ではないだろうか——
イタリア未来派の動体コンセプトを援用すれば敏捷さは
　あの犬にはてんで
なさそうだから。それともマイブリッジの動体写真を下
　絵に起用したフランシス・ベーコンの
作品モデル役をキミに演じさせるのは酷だろう。おどお
　どしたキミの目玉を見たらなおさらだ。

＊

少しでも傾ければべとつく指紋だらけのタブレットの画
　面をいとわず
ＬＣＣ＊の片肺飛行で飛び交う車輪の頬寄せて《ああ》と
　か《おお》の群れ
それらの濡れ手に粟でもバナナの褐色の斑点でもなく鱈
　の白魚よ
詩人リッツォスの歯間には果たして何色のレタスの葉が
　ふさわしいか

＊

ない窓に灰色のサッシが横並びにきちんと嵌まっていて
　も、無限大に歯ぎしり
チェーンソーどころか、もはや火の蟻のうごめきは破断
　寸前、脳天の空色には察知されず
ない窓の蟻のヨットセーリングは暗夜の蜜の味えんえん
　と暗渠のシロップ漬にどっぷり
肌色の夏服とちょこんと束ねた後ろ髪とて口腔内の微風
　にそよぐ火事の現場

［補註］

＊ボラーニョ桟橋＝ロベルト・ボラーニョはチリの作家。代表作の長篇小説《２６６６》をはじめ散文作品の大半は邦訳されている。桟橋はといえば、そうしたボラーニョ作品を所蔵しているある公共図書館の前の人造池をとり囲む木の板に晩夏の雨が全身を叩きつけていた。演歌の定番の雨の日の桟橋のように。《昼でもなく夜でもなく》は　ジュール・ド・バランクールの絵で、ボラーニョの《２６６６》の邦訳の表紙画に使用されてい

る。
＊ラインハルト・サビエ＝ノルウェーのアンフォルメルの画家。二〇世紀末にアトリエが全焼後、作品発表はもっぱら電子データに頼っているとのこと。
＊ブラジルの鉱山＝写真家サルガドによる一六トントラックを含む鉱山労働の活写。
＊jarry腹《わた》＝アルフレッド・ジャリの抱腹絶倒劇《ユビュ王》の主人公の太鼓腹を想起せよ。どんな太鼓腹に仕上げるかは振付師の腕の見せどころ。
＊《恐怖のオアシス》＝シャルル・ボードレールの詩篇からの引用。
＊ボゴタの黄色＝ジャン・ボードリヤールが撮影したボゴタの鮮明な黄色の建物。ジャン・ボードリヤールの《消滅の技法》（PARCO出版）に所収。
＊ビジアコ＝bisiacoとはそもそもイタリアのビジアカリア・ゾーンの住民あるいはその方言を指す。この語はクラウディオ・マグリスが指摘した通り、《bisiacoという語は亡命者、流民を意味する》。ちなみに小学館の伊和中辞典には収録されていない。ところが指小語尾を加えてビジアッコ（bisiacco）になると《奇妙奇天烈》を意味する。
＊《蝸牛は、今月一杯が旬》＝ラブレー第一之書《ガルガンチュア物語》（岩波文庫）からの引用。
＊August Kotzsch＝一九世紀のドレスデンの写真家。《もうひとつの城》というかれの写真作品は、ボラーニョの長篇小説《2666》のフランス語訳本（クリスチャン・ブルゴワ刊）の表紙に採用された。
＊《画家パーヴェル・チェリシチュフへのP・S》＝ロシアの現代詩人コンスタンチン・ケドロフならびにエレーナ・カチューバの主宰するモスクワの詩誌《Пo（ポ）》に、二〇一九年三月、この詩のロシア語ヴァージョンが画家パーヴェル・チェリシチェフ特集の一環として掲載された。日本語ヴァージョンの全文は詩集《アンフォルム群》（七月堂、二〇一七年）に所収。
＊promissum＝オルドヴィス紀のコノドントの化石で、実物は色合いや形状からしても現代美術作品のようだ。
＊ブッリ＝イタリアのアルテ・ポヴェラの画家Arberto Burriのこと。これまた代表作のcretto, cretti（イタリア語のタイトル）は亀裂のこと。英語ではcrack, cracksである。基盤のまさしく破砕、破砕音。
＊LCC＝近年増加しつつある格安航空。

《ビオモルフィスム》

1　世紀末まで

こんな不安定な土壌中を潜航蛇行しつつ

ストラヴィンスキイの《春の祭典》を根こそぎ聴きとり
　ながら
この晩春に池田龍雄の一九七〇年代・八〇年代画に
多数の浮遊物体・曲線浮遊体を目撃した
瞠目する眼球や蛸や烏賊が横臥したもの
（とりわけ踊る蛸については
クレタ島出土の葡萄酒甕を比較参照のこと！）
宇宙卵そして胚、胎生する浮遊体
絡まり合う球体にして胎児、おお紐扉
博物館の陳列棚にて埃っぽい瓶詰めの
フォルマリン地獄の幻臭を幻影に嗅ぎつつ
弓なりに闊歩する胎児大文字のBRAHMANシリーズ*
湾曲して折れ曲がる鉤や爪
画面には抒情性を剥奪された六角形の雪華
（ここでベントレイのsnow crystals*の写真の隊列をいっ
　たんフレークせよ）
十一月の跳躍の波打ち際には断続的に
いくつかの変哲もないテトラポッド（青空のマンタの傷
　口よ）
画面の配色はテラロッソ系よりはむしろグレイトーンで
　進行中
アレサ・フランクリンの生前の衝迫的な歌声を
闇雲にボーダーレスに流したくなる

2　レトロスペクティヴに

過現未パラレルテクストの
アンモナイト図鑑の安息角からくるぶしが
オディロン・ルドンの《不格好なポリープ》の単眼に
（なおかつ池田龍雄の《化物の系譜》の多眼性に）トポ
　ロジックにワープした
後頭部と前頭部――まさに後ろ前に描かれ（簾頭！）
食いしばった歯は汚れたまま生えそろってはいても
ネメグト渓谷で発掘されたタルボザウルス*の歯列そっく
　りの
有刺鉄線もどきの歯列であえて
歯を磨かず歯ぎしりも凄かったろう
ポーラ美術館の《ルドンひらかれた夢》展のチラシには
ど真ん中でべろんとサーヴァルA*の舌に正対しつづける
単眼の義眼にして上目遣いのボールベアリング＝虹彩だ

箱根はなぜか遠すぎて今も私は観覧できず当のチラシ圏
　内にはぎとぎと
蜘蛛のぷっくらお腹や屋根なし《センツァテット》*太陽の黒点もどき
コブラを召喚する砂漠のポピーの群棲の真紅の膨らみ
極東の一部上空でうごめく秋雨前線のもとで
砂岩の《火焔崖》*での恐竜の連続歩行跡を幻視しつつ

［補註］

＊BRAHMANシリーズ＝二〇一八年に練馬区立美術館にて池田龍雄展が開催された。一九七一年から一九八八年まで一章につき三〇点制作された池田龍雄の絵画BRAHMANシリーズ。全十章で《梵天》《宇宙卵》《球体浮遊》《螺旋粒動》《点生》《気跡》《結像》《晶華》《褶曲》《場の相》という詩的にエキサイティングなタイトル群からなる。

＊ベントレイのsnow crystals＝ウィルソン・ベントレイ（一八六五～一九三一）は生前五千枚ほどの雪の結晶体の写真を撮影した。写真集《snow crystals》は一九三一年にMcGraw-Hillから刊行され、二五〇〇枚以上の雪の結晶体の写真が収録された。snow crystalsはsnow flakesとも言う。

＊ネメグト渓谷で発掘されたタルボザウルス＝《アジアの恐竜》（国書刊行会、二〇一三年）によれば、旧ソ連の恐竜学者たちはモンゴル・ゴビの南西地域に位置するネメグトNemegt渓谷で《世界で最も豊富な「恐竜の墓場」を発見し、最も重要な恐竜の遺骸を掘り当てた。（……）たとえば巨大な食肉恐竜タルボザウルスtarbosaurusなど（……）》。

＊サーヴァルA＝アフリカ産の長脚の山猫servalでタテ位置のその姿はアルファベットのAを思わせる。多摩動物園でもチータ園の斜向かいで飼育されているが、颯爽としていると思いきや、観客の目にはなんだかぐったりしているように見えた。

＊屋根なし《センツァテット》＝イタリア語でセンツァテット（＝屋根なし）とはホームレスの意。

＊砂岩の《火焔崖》＝アメリカの恐竜学者ロイ・アンドリュースはモンゴルの南ゴビのエレン盆地の夕陽に染まる切り立った崖を火焔崖Flaming Cliffsと名づけた。その砂岩の崖は最も豊富に恐竜の化石を産出した。

詩的ポンジュのオイスター・バー

　　ポンジュ瓶の硝子ごしに

セピア色に沈む校庭のmetasequoiaのよそ事になる瞬間
　を予期して斜線で
ゲツシ類願望の実現をはかるプロフィールの赤色でも緑

色でも絵の具よ
もっぱら《バルトークSQ》暈倒の傾斜角はきびしい。
現行の闇の要木枠か
そもそも暗渠への driving-diving か案外滑り込むジュラ
ルミンケースの銀色か
思案の刺客の耳もとでは豹のタップダンスがじんじん檻
の床を踏みならす
まんじりともせず詩人ポンジュ氏の操る単純未来形を待
ち伏せれば
たとえば《冷却の緩慢なカタストロフ》の歴史*と度しが
たく
《永続的風化の歴史》は垂涎のポンジュ詩集が某図書館
の廃棄本でありながら
その相互のデリケイトバランスを動物園の白熊のように
黄ばんだ鍾乳洞で
《刃の欠けたナイフ*》をもはや単純に保持するしかない
だろう
マルドロール発祥のデブリの swing に対抗するには

間断なくじゃりじゃり（ラジオの音声を）ノイジイ・マ
ルドロールを
サッカー選手並みにリフティング、すかさず朱色のデブ
リに取り付く
いそいそとガレ場の歓待する剣山という退屈な類推の山
のディストピア
錆びた隕鉄の物体的意地は断続的捻挫&光の歪みとして
まずは快哉を叫ぶ
インヂゴ地にグレイという錆迷彩の非常線の裏をかく雑
色の腸《わた》とて《抜去》
鶏頭デブリの小首を傾げる間もなく解体された消火栓、
これほど励起する
静かな修羅場における不機嫌とファイト機運は果たして
森林浴のヴィスか
近頃やたらと不眠症をかこつボクサーにも、フェアトレ
ードのバナナを
投入せよ、体内に潜入直後の元Kサーカスのブランコ乗
りもびゅんびゅん

間断なく絶食（＝減量）のスウィングドアを煽る超絶的
オクシュモロンは

［補註］
＊《冷却の緩慢なカタストロフ》の歴史／《永続的風化の歴史》
＝ポンジュ詩篇《小石》からの部分的引用。
＊《刃の欠けたナイフ》＝ポンジュ詩篇〈牡蠣〉からの引用。

［空地を遮光瓶に捕獲せよとささやく……］

second version

Ⅰ

空地を遮光瓶に捕獲せよとささやく晩夏の空
驟雨は空の舌の根の抜栓
あるいはざあざあ夜来の食器の底へ
空地と空隙の差異はなにか
湧水池はどうして押し黙って間投詞をさんざん
投げつけては煌めかせるのか
あるいはざらざら鬱血晴らしのコンクリートであれ
当座の砂利であれ空地の鉤括弧であれ
画集《november》＊に滞留するホルスト・ヤンセンと化
す
乾いた草いきれよ磨り減ったタイヤの破れ目をのぞく埃
　の眼光よ
もっと光の飛散が進行する前に
もっと光を剣山もどきの尾根に回収できればいい
空地にやがて草は密生する

水上の湧昇にか
それとも陸上の島状丘《インゼルベルク》にか
全貌は見えないからこそビュンビュン
季節外れでも枯草熱の電流は横っ飛ぶ
その対岸には時間の焼け焦げたマッチ箱
火花を背に煤けたグラス
いくたびか光跳びを起こしたＣＤ月面宙返りの胸騒ぎ
たまたま埃っぽいゾッキ本の頁に見つけたのは

NYハルマゲドンの落書き*
あるいはフライドチキンの油をとばして錆を肩甲骨に召
　喚せよ
フライパンの平底から今しがた強火でどんどん残水を錆
　の檻に追い込む
怒り肩のチキンレースはしだいにトートロジックに消耗
　する

これらの檻の格子から調律師にしろ彫金師にしろ
たとえば絵葉書の鳴門海峡の渦潮よろしく
丈高いセピア色の草いきれよりもすばやく
脳内の稀覯本の花綏ルーペによるアラベスクまで
夜来の窓ガラスに《びしょぬれの羽毛》*プラス
羽ばたきの水滴の気まぐれな着地
視覚的には揮発せず
移動しつづける水滴の爪先に

［補註］
＊《november》＝ビルギット・ヤコブセンに捧げられたホルスト・ヤンセンの画集。一九七五年 Verlag Galerie Peerlings 刊。とりわけここに収録された密生する丈高い枯草の写真が圧倒的だ。
＊NYハルマゲドンの落書き＝二〇〇一年に刊行されたベアトリス・フレンケル《九月のエクリ》に収録された。
＊《びしょぬれの羽毛》＝シェイマス・ヒーニーの詩篇《沼の女王》からの引用。

Ⅱ

ここは北国の橋上のゼロ番地*だと告げるブリザードの蝶
　番
無理を承知で
牙関緊急に棲息する錆の蝶番
ぐるぐる渦巻くゴーストの蝶番
鉛色の時空へと急発進した
写真家チタレンコ*の画面では
湿気と呼気と雪の浮上させる illusions が
スクラッチ&ノイズもどきに
なんども交差した
空気を削った

歩きだすや静止した
濃霧の運河の湿気にじかに接触する腕で運弓する
チェリストの肘がスキューバ狂のように
ショスタコーヴィチの楽想の靴音を削りだす
たとえば耳の鉄路に入線してくる
JR貨物の《青い稲妻《ブルーサンダー》》号の連結音よ

ここはペテルブルグ近在の採石場からでもほど遠い路面
あるいは鉄のてすりのぶらんと折れかけた小階段
そもそもは河岸段丘の空地への発吃トラップ音のしなり
　よ

ペテルブルグの運河の網の目で爪弾かれて
北国だからこそ
はやりの熱帯幻想よろしく
なんども珈琲豆のように挽かれて
ほどなく柑橘ターンする
たわむ肉桂
たわむ検眼表の黄ばみ
たわむ無音の桿状ヴィールス
ここはカミソリ刃を光源とする水たまりの水面

あるいは移動するにつれてひきつる銀紙のじゃらじゃら
影向ひきつるエクストラドライ
ひきつる嫌気性アルトー皺よ
鬱血のフリーズドライ
削られた空気は刃から刃へ跳びはねていく
どんどん灰ばみやがて鉄灰色に接近する
ショスタコーヴィチの弦楽が
チタレンコのモノクロフィルムとスパークリング
交差する瞬間にその画面は線影の蝶番になった
錆びた風の叫びの蝶番になった
どうにも剝がれない革手袋の裏地になった
吹雪の緩急自在の追憶になった
廃車をぎりぎり免れた車の走行音になった
あらゆる《可動域》のスクラッチ&ノイズになった
しかるに冷気は狼の裸眼のヤスリをとことん喰らえとば
　かりに
わが空耳に侵入してきた

［補註］

＊北国の橋上のゼロ番地＝たとえば国内でも実際に北海道の滝川市内の小さな橋上にも存在したらしい。
＊チタレンコ＝アレクセイ・チタレンコはロシアの写真家。一九六二年レニングラード（現サンクトペテルブルグ）の生まれ。代表作は戦慄的な連作《影の都市》（一九九二〜九四）、同じく連作《サンクトペテルブルグの黒白魔術》（一九九五〜九七）。写真集に Alexey Titarenko Photographs（サンクトペテルブルグ、二〇〇〇年）がある。

ヴェリチコヴィッチ＊に寄す

I　濃霧のプラグを引き抜いて

頬骨の突き出た元高校教師はハスキーヴォイスの持ち主
　だった
埃っぽいおんぼろ扇風機ほどではないが不意に彼女の首
　筋が緩んだ
カフェでよく見かけた頃は同窓の夫はもう寝たきりだっ
　たのか、
今や老女優の迫真の演技のみならず
死別の覚悟が彼女を気丈に見せていたのか
血まみれの鉤の動向を幻視する痰の滑車の《上昇》も
　《下降》もだ
血痰の括弧をはずした双方のヴェクトルを追え
半身を捻っては叫びおもむろに死を積分して
指紋の括弧をはずした小柄で無防備な
ギリシャの透明なウゾ酒《Eleni Karaindrou》曲なる
雨期のスプラッターもどきころころした体形の《ソリプ
　シスム》＊の
括弧をきいきい歌姫ヨゼフィーネさながら各カタストロ
　フの仰角を
喉のアポストロフに季節外れの喪服のほつれを思いきり
　全力疾走だ
これが同窓の校庭の metasequoia の他人事になる瞬間を
　見計らって
ゲッシ類願望の実現をはかるプロフィールの赤色でも緑
　色でも
《バルトークSQ》暈倒の傾斜角はきびしい、闇の唐変

　木か
そもそも暗渠への投首か滑り込むジュラルミンケースか、
思案も投首の斜影の耳もとでは
豹のタップダンスが檻の床を踏みならす

II　《時間鋏》の鏡片

いきなり考えろ（think）よ気色ばむ脳内キッチンの流
　し（sink）よ

油井弁よ、当然ここでは時間測定はバンジージャンプで
被覆されるジャンプによる、おお決死の bungee cord*
すなわち蒸し上がる空無におけるネズミ計時は
紛れもなく赤褐色とセピア色のせめぎあい
の溢れを未然に防止せよ、延長コードは盲腸線か

やおら死の毳立つネズミは滑車のリフティング
鮮紅色の悪循環やら色彩的デラシネよりも
味蕾をふさふさと戦がせるチェーンソウの刃こぼれ
ツェランの《鏡の中の鏡》という昏迷、《筋肉の束》を
　つつく

ツェツェ蠅切手よ逆V字バランスの連続体をばツェラン
　ともども
《鉤》の夜は黄色のポールを画面の左サイドに立てかけ
　る
おおヴェリチコヴィッチの直筆による、血腥い画面にし
　て
時間の蜜の罠《ハニートラップ》からの血みどろの解放を、無音の斧《アシュ》の浜辺
　よ、
大至急、色彩のあえて消音器付き銃弾 cannonball を同時
　代の画家
アレシンスキーなら《極地の夜》と名付けそうな《場
　所》から
退屈な時間の高性能の釣り竿めいた黄色のポールを
画面右斜めにも立てかける

III　マルドロール発祥のデブリの swing に対抗するには

間断なく（ラジオが音声を振りまいては）マルドロール
　を
リフティング、すかさず蹴り上げる《呼吸できない空無

の
雲間で》（《散瞳》）いそいそと岩峰の歓待する剣山とい
う
類推の山のディストピア
着地は断続的捻挫もしくは光の歪みは鋸歯状に快哉を叫
ぶ
張り巡らされた非常線の裏を狙えよマルドロール

鶏頭の原色の小首を傾げる間もなく解体された消火栓
こんなに静かなる修羅場における
不機嫌とファイトははたして同義語だろうか
ちかごろやたら不眠症をかこつボクサーもさすがに不戦
勝嫌い
サーカスの元ブランコ乗りも健在のジュークボックスの
ように
びゅんびゅん間断なく絶食（＝減量）のスウィングドア
を煽る

IV　ル・クレジオ／ヴェリチコヴィッチ《散瞳》あるいは
《時間鋏》の鏡片を想起せよ

《視線の奥底にはこれらの石しかなかった
　　　リシア輝石
瑪瑙　　金紅石　　硬マンガン鉱
　　　鋼玉《コランダム》
方鉛鉱　　方解石
黒曜石
　　　　　緑玉髄
　　　　　燧石
　　風信子鉱《ジルコン》　　金緑石
碧玉　　　辰砂　　　　苦礬石
紅玉髄
　　　　玄武岩
　　蛇紋岩　　ウラン鉱《ウランフェーン》
石英《クォーツ》にして水晶《クォーツ》だ　石英《クォーツ》にして水晶《クォーツ》だ
石英《クォーツ》にして水晶《クォーツ》だ　石英《クォーツ》にして水晶《クォーツ》だ》
（ル・クレジオ詩ヴェリチコヴィッチ画《散瞳》fata
　morgana刊、一九七三年
　四九～五〇頁から翻訳して引用）

[補註]

*ヴェリチコヴィッチ=一九三五年セルビアのベオグラードの生まれでフランスで活躍する画家ヴラジミル・ヴェリチコヴィッチ。哲学者ミシェル・オンフレによる出色のヴェリチコヴィッチ絵画論《カタストロフの壮麗さ》(二〇〇二年ガリレー刊)には一九点のカタストロフ画が収録されている。作家J・M・G・ル・クレジオとのコラボ本《散瞳》には、ヴェリチコヴィッチによる七葉のうち一種のトレーシング・ペーパーに眼球などの解剖図の版画5点が収録されている。

*《ソリプシスム》=哲学用語としては独我論。

*bungee cord =写真で見ても悪寒を催すバンジージャンプの命綱。

クラッシュ、そして plastic soup 紀行

モノを砕くクラッシュには
うなりをあげるクラッシュ時には
卓上で風をともなう、ふわーっと頬を撫でる風を
はじめて新潟港の埠頭でフェーン現象に遭遇したときの
　ような
気象学の教科書を肌で繙けば確かに生暖かい風、
ぶつかるモノが金属製であれプラスチック成型によるも
　のであれ

《詩人 Ritsos* の即座のR音出動こそ
直射日光を鋏の眼のように差し招く
レンズ豆は無数の変異体インヂゴの海底からの盛り上が
　り(…)
スカイブルー仕様で裏ごしされたインヂゴという色彩よ
空気が非銀のザイルでふちどった
イン di ゴの傾斜をなんども滑って滑って
(…ここでカスタネットを小気味よく鳴らして)
varech! varechii!* ――《海山火事》も多重に漂着するぞ――
――vvvarech!》

日本海の水深九一〇メートル
マリアナ海溝水深一万八九八メートル
海面のポリ袋片も海中のプラスチック片も
イソギンチャク(=海のアネモネ)の
びらびらの fragile fragile 壊れものに要注意!
花弁もそれらの海底への穿孔もいずれも

イヴ・タンギーの画面の衝迫力を上回る
biomorphique* たる画面のシュルレアリテの構成要件とし
　ても
色彩的なレアリテとしても
なんだか迷彩的に擬音化している
（私はこの二枚のカラー写真*をスクラップして
取り急ぎ習いたてのアクリル画を仕上げよう）
いまは本の山に埋もれて見えない文字だらけの Sciences*
　の当該ページ
ハワイ沖の海底に浮遊する、あるいは砂地まで吊されて
海洋の plastic soup に関する続報をプラス
雲散霧消どころか
一帯の聾片を
透明なポリ袋片も旋回させつつ
成形肉よりも多彩なマイクロプラスチック片も旋回させ
　つつ
もっぱらそれらの水中ダンスもばらばらに
海底図形へ着地するコブラツイストの漂着物あり――

その場でまたふたたびクラッシュ！

雨天の図書館内できまって
窓外の濡れた路面を悄然と眺めつつ
一九三四年《君を待つ》とタンギーは語る
君待てどもじゃあじゃあ雨期なんだから
もっぱら biomorphique に言いつのる
そこは晴雨兼用の《巨大な石切場》というより
むしろ無限大《アランフィニ》の海底だろうに、
砂粒大の文字の集う紙面であれ
たとえばマリアナ海溝の海底に漂着する
プラスチックスープともども

二〇一八年晩春に
テレビ画面上で
提示されたビーカー内のマイクロプラスチックスの
ぷかぷか片頭痛のかけら
（フレームの枠外にて幻視する
ぶらぶら導火線のような黒い線*、
先端が白くシュルシュル火花のように裂けたコード）

この裂けたコードをデリダ的に褐色の濃淡で描き出せ！
点々と実験動物もどきの回転木馬みたいに
水を澄ませば色とりどりの
そのビーカーをすばやくスケッチした
ケーキのトッピングのように
、、、
風立ちぬ不凍液の泡のように？
真夏を病む珊瑚礁における
赤の／緑の《褐虫藻》*
ますます褐色に貫入する《褐虫藻》…
そして二十一世紀版褐色混じりのカンディンスキイ*へと
　延命した
タイムリイエラーの更新画面よろしく
クラッシュの色彩は全面的に滴るのみならず
急激に飛び跳ねる

［補註］

＊詩人 Ritsos＝ヤニス・リッツオスはギリシャの現代詩人（一九〇八〜一九九〇）。一九七五年にパリで刊行された濃いレンガ色の袖珍版の仏訳の愛読詩集 Papiers。

＊varech＝ヴァレックはフランス語で漂着した海藻を意味する。varech という表記はその原形のゆらぎと海藻の褐色を髣髴とさせる。詩篇《ギミックサラダ》からの不確かな部分的引用。

＊biomorphique＝字義通りには有機的形態造形を指し、たとえば絵画的には、イヴ・タンギーなどの作品に言及する場合に用いる。ビオモルフィスムとも言う。

＊この二枚のカラー写真＝二〇一八年五月一五日付の朝日新聞朝刊に掲載された海底のカラー写真。

＊Sciences＝二〇世紀末ＮＹで刊行されていた科学誌で、毎号誌面にはモダンな芸術作品が、単なるイラストの域を超えて点在していた。この誌上の文字だけの報道で plastic soup という用語と論評にはじめて接した。

＊導火線のような黒い線／裂けたコード＝ジェラール・ティトゥス＝カルメルの現代美術作品《ポケットサイズのトリンギットの柩》。ジャック・デリダは《カルトゥーシュ》でこの作品を論じた。サドの《ソドムの１２０日》のような白く湯気立つ柩の上で急激に軋るゴムのタイヤの焦げ臭さとともに変容する、ほぼ同数のコード付き闇の箱のドローイングを想起させる。

＊《褐虫藻》＝珊瑚の幼生のエサとして、一定グラム調合して与えられるマイクロプラスチックスの色彩的に褐色に劣化していく《褐虫藻》。二〇一八年七月二八日付朝日新聞夕刊の当該記事を参照のこと。

＊褐色混じりのカンディンスキイ＝諫山卓弥の撮影した東京湾のプラスチックごみの写真。二〇一八年七月三一日付朝日新聞夕刊に掲載。

五月のBud Powellを聴きながら旧石器時代を化石紀行、骨紀行

《沖縄の旧石器時代が熱い！》

二〇一八年春国立科学博物館企画展

われら両生類、極細アメイジングにホルストガエルの化石
われら両生類、極細アメイジングにナミエガエルの化石
われら両生類、極細アメイジングにイボイモリの化石

ドイツシーメンス製補聴器よりも小さい
耳の化石はガラスの展示蓋に少年のように一瞬白く鼻息で描く
線刻の文字列も同然だ
雨天のハシブトガラスの黒い骸の化石には
骨の空洞。いわば骨のフルートの三万年分の埃のエデンが
斜めに不定形に顔を覗かせて（吹き鳴らす）

大太鼓のずしんと腹に響く音を体現する
《礫器／石器》は見た目にずんぐり《亀背》なるフレーズをまとい
部厚い石のハムのさらなるスパム化をはかる

亀の化石はまさしくクリップ状の楽器
すなわちその楽器たる片鱗はミニアチュアの蟹殻
反海老反りの半月刀のカーヴならびに釣り針の見事なサンプル

板上の猪の化石の配列は漣痕にそっくりだ
たとえば風車《かざぐるま》は爪だろう、逆も真なり――いずれも爪のせせらぎ文様だ
骨の、石の（すべては風の…）あるいは彼の音階、ぐしゃっと風雪流れ旅よ
発掘された旧石器人の人骨は石英にそっくりの白い煌めき
コブラのようにしきりにツイストしていた、その都度

板上にころがされた人骨は期せずしてドロップスやビー
ズ玉の形状を呈した

博物館をそぞろ歩く無防備なアキレス腱はあえて風の食
用痕に着眼する、
フラッシュ嫌いの人骨に風はそれぞれ自前の文体練習を
そよがせる
風は生き物だったという伝承の痕跡をたえず実証せよ

絵の具の荒れ地の地層のような三万五千年前の《咬耗の
進んだ》琉球鹿の食用痕
指腹になじむ画用の木炭のように胸騒ぎの焼け焦げた調
理痕
波に乗り上げた爪の文様よ爪のというより漣痕に確かに
相当する

P・S（1）脳内で《灼熱のトランペット独奏《ソロ》*》を奏する前にサ
キタリ洞窟*にて

フェルマータだと知らせるためにモクズガニの鋏の先端
には角笛を
フェルマータだと知らせるためにモクズガニの鋏の先端
には角笛を
フェルマータだと知らせるためにモクズガニの鋏の先端
には角笛を

脱ぎ捨てられた大小さまざまの靴音の音列は蟹の鋏の開
閉音
脱ぎ捨てられた大小さまざまの靴音の音列は蟹の鋏の開
閉音
脱ぎ捨てられた大小さまざまの靴音の音列は蟹の鋏の開
閉音

P・S（2）ボールペン（ヴェトナム製）の使用法について

亀だ・きらっと貝の釣り針・猪の歯——の輪郭を逐次ボ
ールペンでなぞり
蟹という漢字を構成する極細の骨また骨
俯きかげんに右脳に左脳に骨の先端の微細動
尖った打楽器のスティックのようであり

このボールペンで聾という漢字の耳もどきの線刻に率先
して
ピン先で青灰色を塗り込める
いわば眼帯で血の滲むような筆順空間か？
マヤコフスキイの声をかぎりの慟哭の
鉄骨の錆と同じく衝迫的…

［補註］
＊《灼熱のトランペット独奏《ソロ》》＝エレーナ・シュヴァルツの《稲妻のダンス》と称される珠玉のチクルス中の一篇。一九九七年の作品。邦訳はGanymede vol.39, 2007に収録。

エレーナ・シュヴァルツ（たなかあきみつ・訳）

灼熱のトランペットソロ独奏

踵の下には放電――
赤い流れが体を放り上げる、
血管を疾走して
頭の灯火を点灯する、
ここにふわふわの蝶々の
群れが飛来し、
蝶々らは灯火を喰らいたがり
炎も飲み干したがる。
氷島の灯台は
瞳のように極点へ飛び、
波はといえば灯台に語りかける、
その腰をつかんで引きずりながら
分かっているよね――何年間地球は
樹陰をさまよったか？
駆ける踵めがけて編み紐を引っ張りながら
哀しい乙女は憔悴した。
彼女は芯から掘り返し
じぶんはマントをかじった。
未知の海域で
灯台が打ち震えまたたくように。
いったいどうしてこの汗まみれの労働なのか
地球やおんぼろ血管の？
身軽な嫌々の群れが
燃え尽きて塩や埃と化すようにと
血管という血管はぱちぱち弾け、髪の毛はその火花できらめく
……
天空はなんとわれわれに注目していることか！
地球の愛はなんと
消耗していることか――何が這い上がらせ
かつ歌を椎骨で送り届けようとするのか、

地中から、床下から、
闇の中から——汝の耳に届いているか
灼熱のトランペットでの
わたしの息継ぎなしのソロ独奏が？
＊サキタリ洞窟＝沖縄の後期旧石器時代の遺跡、二〇一八年国
立科学博物館の《沖縄の旧石器時代が熱い！》展で貝器やモク
ズガニの出土品が展示された。

静かなるもののざわめき

P・S（a）goggle はといえば文字の歯間ブラシのように
視界不良のあらゆる曇天を度外視した
goggle の原綴には二本の立棺
あのボスポラス海峡の両岸を跨ぐ膝蓋骨
&頭蓋骨、極細の鳥の骨よ
真夏でも白い息を吐く《冬隣》の変哲もない巨石*が安置
　されている

街頭で《おいしいよ》を連発するケバブの回転塔
じつに気紛れな気象の edge の軋るＧ線が
安息角でミズクラゲのポリ袋状のサイバーダンスにいそ
　しむ
あるいはうかつにも水中のカモノハシの水掻きの動線の
　ように
すっくと二本脚で歩哨に立つプレーリードッグ*のように
あるいは東京のもろダークイエロウに暮れなずむ
工事現場の《安全＋第一》という楷書体の表示板を
口腔内の風船もどきのキシリトールガムとてちぎれた舌
平目
音韻的にニーチェの《悪循環*》を介して
ヴィスの原綴を内蔵した*
オルドヴィス紀のウミユリのそよぎ
新参のフィクサチーフの噴霧を吸引した絵の具の jiggle
　よ jiggle よ
奇しくもラヴェンダー色のでこぼこ地の展伸とて、しう
　ねくゴルの妻*もどき

脳内で《とげの森》FM放送のきりっと邦楽の垂れ流し
　音声をも
やおらgoggleの主は横目に見て、車内の空席をカウン
　トするでもなく
病院通いの送迎車の運転手は概して無口で無表情だ

[補註]

＊変哲もない巨石＝当面は札幌市資料館前に設置されている島袋道浩作の巨石。十トンを越える自然石《幸太郎石》。表面は石の逆鉾だらけ。二〇一八年六月一〇日付朝日新聞《アートリップ》欄に掲載の写真を引用。

＊プレーリードッグ＝ナショナルジオグラフィック誌日本版一九九八年四月号収録のプレーリードッグの写真をもとに、色鉛筆でタイムトライアルもどきに毛並みを細密にスケッチした。ちなみにロシアのザバイカル地方に棲息するシベリアマーモットはプレーリードッグと全く同じポーズをとる。（増田隆一『ユーラシア動物紀行』の口絵33を参照のこと）。

＊ニーチェの《悪循環》＝黄色の表紙の初版本であるピエール・クロソウスキーの出色のニーチェ論《ニーチェと悪循環》。次項のヴィスと音韻的にリンクさせるために悪《ヴィス》（悪循環）の好意にすがる。原題の《と》を詩行の《の》に改稿した。

＊ヴィスの原綴を内蔵した＝フランス語のヴィスと悪は同音で、綴りとしてはordovicien（オルドヴィス紀）には、むしろ悪《ヴィス》が内蔵されており、一方、悪とヴィスは同音なのでヴィスを内蔵したとここで言っても間違いではない。詩的にはそのほうが興味深い。

＊ゴルの妻＝詩人イヴァン・ゴルの妻はクレア・ゴル。詩人パウル・ツェランに対し、盗作の疑いで何度も訴訟を提起した。

P・S（b）生命の楽園はといえば

《…その姿が見えるより前に、皿がばりばり割れるよう
　な音が聞こえてきた。
カンムリブダイの群れがサンゴを食べる音だ。藻を摂取
　するために、この魚は
サンゴをかみ砕いて食べる》、ちなみにカンムリブダイ
　の《体重は90キロ弱、
体長は約1メートルにも達する》
（David Doublet《サンゴが育む生命の楽園》*からの引用）

[補註]

＊《サンゴが育む生命の楽園》＝原題はcoral eden（National

Geographic, january 1999)。ちなみにこのほれぼれするような訳
文は同誌日本版からの引用である。

P・S（c）隕石学的には

星の傷《アストロブレーム》、星の繭《ステラーコクーン》を
やおら経由して——爪先立つ無数のコンマを散布する
砂漠のタイヤ痕の延長線上の流星群まで
乾ききったあのいびつな《ひまわり》の消印を
かつてデヴォン紀にてヒトデのぐねっと腕のlaceで縁
　取られた
その名もヘリアンサスター*環ならびにパレオソラスター
　環を
相次いで羽ばたかせる閉鎖中のギュメ
ヴァン・ゴッホの画面の太陽の縞唇
あるいは良質の黄色の絵の具で畝々と
その夥しい鴉星羽＝びらびら絵の具の鞭毛からも
屋根なし《センツァテット》太陽よグッドラック
日めくりの豪勢な緑色という壁の植生
に加勢してゴッホ書簡集の一角でまたたく黄色のランプ
ばらばらとパラサイトとニッケルを召喚せよ

［補註］
＊ヘリアンサスター＝《デボン紀の生物》（技術評論社、二〇一四年。ここではdevonianなのでデヴォン紀と表記）によれば、《生命史上、最大級のヒトデ。大きなものでは直径50cmをこえることもある》。パレオソラスターは《直径25cmをこえる大型のヒトデ。腕の数が25本以上ある》。

P・S（d）ぐねぐね暁の死線《デッドライン》どころか、辞書の断層

と題する初冬のダークイエロウの辞書の斜態を描いた一
　葉のスケッチ
なんども褶曲してヒトデの腕の目的地＝見出し語までペ
　ージをめくる
極地探検家の残存指紋だらけにもかかわらず
もはや記憶のページはホワイトアウト、

辞書はシガレット仕様のインディアンペーパー
なおさら汽水域のねぐらのように顔面と上半身は
カーニヴァル専用のピンク色対水色のジグザグ縦割り塗
　装でもこもこだ
そこでは未知の微生物のような死語やスラングだらけの
わざとメスカリンの極小文字で印字されたシカーリン
《黒い蝶》*も
まぶしいアンダーグラウンドの鱗粉を星屑のシャワーで
　貪る
あるいはてらてら色ずれしかけた《アンモナイト》図鑑
日射しの無造作に射し込むアルファベットの学名を字義
　通りに解読するために
よもやくるぶしの化石をアンドロメダ星雲の図版と誤読
　しないために
まずはこの葉書の絵柄のストロークをじっくり参照のこ
と。
コヨーテ掲載紙の配達先にさりげなく佇む
池田学の描く《コヨーテ》*の耳をいずれ担架に輮すだろ
う

[補註]
*シカーリン《黒い蝶》＝ロシアの文芸誌《ウラル》二〇〇〇年九月号に所収。
*池田学の描く《コヨーテ》＝池田学《The Pen》（青幻舎、二〇一七年）に収録。

P・S（e）銀色と薄緑色の手品師《ジャグラー》として

満を持しての、ざわめき。砂糖はきざらか金平糖、
漂流するウィドマンシュテッテン構造の担架に
矢印はといえばたとえば希硝酸処理の《ノイズを含有》*
　しつつ
のほほんと宙空に静止したまま——
これら《正八面体の面上に》隕石学語彙集のざわめき
にプラス Erik Satie の海鼠
オイスター・バーの《灰色のカオス》*
そしてジュラ紀の樹林帯で躍動した始祖鳥の化石のよう

に
今宵こそコヨーテの耳を欹《そばだ》て
散在する発音記号の群れ

［補註］
＊《ノイズを含有》＝堀江敏幸《存在の曲線を棒グラフにしないこと——イケムラレイコの世界に触れて》からの引用。このエッセーはイケムラレイコ展カタログ（国立新美術館、二〇一九年）に収録。原文の《ノイズの含有》を、ここでは《ノイズを含有》へと改稿した。
＊《灰色のカオス》＝フランシス・ポンジュ詩篇《小石》からの引用。

P・S（f）　ヴォルスが未完のオクシュモロン＊を奏すると
脳漿の雨で路面はびしょ濡れだった
カフカの世紀の廃材置き場もびしょ濡れだった
ところがヴォルスの乾燥した破線の傘傘傘、
広場恐怖症の日傘とも雨傘ともつかず
画面内を失踪中の傘傘傘もっぱら傘の骨

砂塵や砂礫や砂漣の漂流する砂粒の日々
埃の腐蝕した深夜の古本屋の書棚で
アモルフに本の函が照明焼けした山尾悠子なる角砂糖＊

神経叢で渦巻く赤褐色の流砂
線条のからから酔いどれ **off-road** とて
これまた埃のキッチンの **off the grid**
（＝網の目につかまらぬように）

錯綜する星羽の路線図を浮遊する宇宙塵が
ヴォルス線描の断片にまといつく
ノイズは盛んにチェーンソウばむ
ノイズの《海山火事》現場で眠りこける前に
またもや断続的に自然発火する
破線の群れよ未完の地滑りを

オクシュモロンのかすれたノイズを踊れ
星の傷の断裂のように
おお今日もエクストラドライ

［補註］
＊オクシュモロン＝詩学・修辞学的には撞着語法を意味する。
＊山尾悠子なる角砂糖＝山尾悠子歌集《角砂糖の日》（深夜叢書社、一九八二年）

P・S（f＋）アイギ作品《ヴォルス》（一九六七）への追伸＊

ヴォルスが未完のオクシュモロンを奏すると
脳漿の雨で路面はびしょ濡れだった
カフカの世紀の廃材置き場もびしょ濡れだった
ところがヴォルスの乾燥した破線の傘傘傘、
広場恐怖症の差しかける日傘とも雨傘ともつかず
画面内を失踪中の傘傘傘もっぱら傘の骨

砂塵や砂礫や砂漣の漂流する砂粒の日々
埃の腐蝕した深夜の古本屋の書棚で
アモルフに本の函が照明焼けした限定版《歌姫ヨゼフィ
ーネ》なる苦い角砂糖
神経叢で渦巻く赤褐色の流砂
線条のからからに乾いた酔いどれ off-road とて
これまた埃のキッチンの off the grid
（＝網の目に嵌まり込まないように）

錯綜する星羽の路線図を浮遊する宇宙塵が
相次いでヴォルス線描の断片にまといつく
ノイズは盛んにチェーンソウばむ
ノイズの《海山火事》現場で睡りこける前に
またもや断続的に自然発火する
破線の群れよ未完の地滑りを追走せよ
超絶的オクシュモロンの掠れたノイズを踊れ

ヴォルスよアイギの詩行＝字幕《タイトル》《深夜：《消音装置》：あ
る無名歌手の歌声》を
一九八一年の《大空——大火事に》文字通り晴眼のビュ
ランで刻み込め
星の傷の断裂のように
おお今日もエクストラドライ、
昼下がりのしじまも無風の釘も

古生代の河岸段丘のような反アルテファクトである

飛べブラインド・フィールド上を埃の蝶番は
部厚いヴォルス画集ベルン版の全空域を浮遊する
差し向かいで線の釘の群れを
無風の相貌に
若きヴォルスの《詩人の頭蓋》の内部に
そしてカフカの鱗粉の叫喚を招来する脳の皺に差し向か
いで、
これはカフカの石切場のセピア色の発破ではない。
ランボーがついにディープレッドの太陽を発見した海上
は
今や（海の辞書の例文通り）濃霧で視界不良なれど
このほどここ東京の文具店の店頭に
チェコ共和国製の画用鉛筆STABILOが登場した

（二〇一九年四月三〇日）

［補註］
＊この《追伸》は、モスクワにおける二〇一九年アイギ・プロジェクト参加作品。ロシア語ならびに日本語ヴァージョンで参加した。

ゲンナジイ・アイギ（たなかあきみつ・訳）

ヴォルス

捉えがたいものがすべてを貫く

ところが傷だらけの傷口を蛇行して
すりこまれた血‥
これら静まり返った道筋は
土埃により
死亡が——密命をおびた見張りにより——告知される‥
そのくすんだ余白ともども——われわれは置き去り

（一九六七）

P・S（g）冬の旅の（喉ごしに）

冬枯れの荒れ地《ゾーン》の
生き餌として

の、おおアンドレイ・タルコフスキイよ
指先に重い海藻色のガラス瓶とて
埃のゾーンはぎらっとレンズに照り映えて
もっと北方へずらされた

冬たけなわの待てば海路の氷結びより
焼け焦げて鼻濁音の黒い柩なり
これも吃音の空の黒い裂け目
どす黒い氷の賭ゆえに
あたふたとレリス&ベーコン*の鉤爪で
絵の具の《歯や骨片や鍾乳石や石筍を*》
ふっくらした白い耳にネジこもうとする疑問符

漏洩したバクーの原油のようにどろんと
（タイガの薄暗い倉庫内さながらぎろっと）
マンモスの牙が折り重なって横たわる
ここは極北の海墓場ではないのに
間延びして砂利つくBGMのラウンドミッドナイト
セロニアスよ文句《モンク》があるか彗星のめくるめく徒手空拳に
て

亡命先のレマン湖畔で越冬する昼下がりのカフェに響く
女友達どうしのロシア語会話 dadada の coda

［補註］

＊レリス&ベーコン＝作家・詩人であるミシェル・レリスはフランシス・ベーコン論を展開する一方で、画家ベーコンの作品モデルをつとめたこともある。

＊《歯や骨片や鍾乳石や石筍を》＝ミシェル・レリス《フランシス・ベーコンあるいは叫ぶ真実》からの引用。

P・S（h）釘男《くぎお》ギュンター・ユッカーへのオマージュ

意味よりももっと純粋に（アイギ）

blind vis field めくらめっぽう
反物質の《爪が引き裂く時間》
の舌の根も乾かぬうちに
そこから取り急ぎ流失しようとして
見る者の眼圧のかかる青緑のどんより
運河の濁水面で急激にデフォルメされた
ゴンドラのドラゴンが浮上させるアナグラムの浮き輪

日だまり釘の水玉模様を標榜する水都ヴェネツィア、冒
　頭から
《ヴェネツィアは水のために滅ぶかもしれない》
釘男ギュンター・ユッカーの釘庭《釘のレリーフ》は
芽吹きのぎざぎざに血液を抜栓する
昼間の星の繭《ステラーコクーン》でも、ほーら、謝肉祭の仮面*の発掘現場
　の羽休み！

羨望の要木枠の壊れものとして運ぶ
釘だらけの頭部がシュッと擦るピアノ
たとえば夜間の訪問看護のようにことごとくピアニッシ
　モ

イッ挙動で突き刺さる釘だらけの椅子
おしなべて地形的には河岸段丘のような
昼下がりのしじまも縞柄の展示品《アルテファクト》である
ジェラチン・シルヴァー・プリント同然の blind field,* 飛
　べ蝶ナット《ヴィザパピヨン》
ふわふわと oh vis
of blind cord*

［補註］
＊謝肉祭の仮面＝F・クーリチ撮影のカーニヴァルの白塗りの仮面。フェルナン・ブローデル《都市ヴェネツィア》（岩波書店、一九八六年）に収録。
＊blind field＝盲野。写真用語。
＊blind cord＝フランシス・ベーコンの作品の画面に何回か実際にぐらぐらしそうな感じで登場する。

P・S（i）　マリーナ・ツヴェターエヴァの長篇詩《鼠捕《クルイソ》り《ロフ》》の消失点まで
《ネズミは人間の影のような存在だ》（エマ・マリス）*

ぼつぼつ灰色まだらの石畳の下から眇でうかがう
二〇世紀末のベルリンの広場に棲息する
鼠の赤黄色の眼、*
よもや間一髪逃走しようとする
これはヨシフ・ブロツキイの小さなサーチライトにして
まなことという海鼠《なまこ》よ

かつてハーメルン近郊のヴェーゼル川へ
大挙して失踪した鼠たちの生き残りの
（Zaniewski＊によれば、インド西部のビカネルのカライ・
　マ寺院から
数千匹の鼠たち＝死んだ詩人たちが失踪したという
もう一つの鼠伝説があるとのこと）
見えない攻防の光芒だろうか、失踪鼠の近影ながら
《影を呼吸する》印画紙の紙背に徹しての乱反射だろう
　か
もっぱら背伸びして鼠たちのごみディナーの準備のため
変装イザリウオを数ショット挿入して後
熟れたトマトや紫紺のナスを数本地割れの後ろ手にころ
　がして
薄情な皿のピストで恭しく空気感染する柑橘類の様子が
　ミモザ色で
即物的にこの写真集 for when I'm weak I'm strong（Cantz）
にはまざまざと収録されている、あるいはネズミが相次
　いで
駆け下りるマンハッタンの暗緑の金属製ごみ箱の表示板
　には
大文字のNO HOUSEHOLD TRASH NO BUSINESS
　TRASHが錆びつく
ネズミたちはといえばネズミ算式に排水溝中をふさふさ
と右往左往
ヨゼフィーネよもっとネズミのキイキイ《弱音》を
それとも埃が錆びついた蝶番のギチギチ君が大好きか
ほら、皺くちゃのWatネズミ＊もキイキイ泣きじゃくる

［補証］

＊エマ・マリス＝一九七九年生まれのアメリカの環境問題のライター。

＊鼠の赤黄色の眼＝この詩の冒頭のヴォルフガング・ティルマンス撮影のワンカット。ティルマンスはドイツ出身でロンドンを活動拠点とする写真家。主な作品集にfragileなど。二〇〇〇年にはターナー賞を受賞した。

＊Zaniewski＝一九三九年ポーランドのワルシャワ生まれの作家アンジェイ・ザニエフスキ。Ratという小説で作家デビューした。

＊《影を呼吸する》＝ジュゼッペ・ペノーネの二〇〇九年のインスタレーション《影を呼吸する》のこと（豊田市美術館）。

＊《弱音》＝カフカの短篇小説《歌姫ヨゼフィーネ》からの引

用。

＊Wat ネズミ＝Wat（本名Chwatから後3文字watを抽出しペンネームとした）は一九〇〇年ワルシャワ生まれのポーランドの詩人。未来派詩人として詩的出発をしたものの、共産党の月刊文学誌の編集長を経て、第二次大戦が勃発するやポーランドに侵攻したロシア軍に逮捕されロシア国内に移送され抑留され、後年釈放後はフランスへ亡命をよぎなくされるなど、ひとことで言えば数奇な運命を辿った。詩人チェスワフ・ミオシュとの対話を全篇収録した回想録《わが世紀》を残した。ちなみに彼には《ネズミになること》という詩篇がある。

P・S（・j）駒井哲郎の《阿呆》の線よ

愚者ではなく一九六〇年作《阿呆》と記銘された脳波の
　破線
脳ミソの流動体ではなく黒い脳の索状痕を追尾《チェイス》せよ
眼科医が聴診器を当てる
応挙の氷図は右から左へのきびしい斜線だが
駒井の《阿呆》の静かな横暴線は左から右へ
脳の皺のばしであるとは欲動するπの仕業、
眼球のクリノメーターで《阿呆》線の引込線の斜度を
きちんと測定しようにも
当の美術館の慢性的《予算不足》はempty spaceに直結
　する
かくて開架の成否を問いつづける二人称の観客も感無量
　だ。
あるいは阿呆なるものの軌跡は《殺されたわけではない、
生きたまま森の枯れ葉の海に埋め捨てられた
冬眠者たちはその後どうなったのだろう》（山尾悠子＊
　「銅版」）
さらにあの駒井limitedマルドロオル＊の
half-angel＊（半ば天使）half-ogre＊（半ば人喰い鬼）として
　の
凄絶な無彩色の腐蝕する銅版画時空の
一九五一年の苛烈さを忘れることなかれ
あるいは不世出の登場人物マルドロオルの《イマジン》＊
　を、
たとえばこわごわ重なり合う《手》の
廃残の手袋のような線形のひきつれを

ときには金属ブラシの
それともハリネズミのごわごわどっさり
その名も《Poison ou Passion 毒又は魚》を
S字形に結縄せよ！

［補註］

＊山尾悠子＝熱狂的な読者をもつ幻想文学の作家。ちなみに《銅版》はちくま文庫の《ラピスラズリ》に収録されている。

＊マルドロオル＝版画家駒井哲郎ならびにフランス文学者青柳瑞穂の両氏の表記による。音引きではなくO音の、いわばヒーローの名付けにともなうガラスケース内の有酸素運動である。

＊half-angel／half-ogre＝バルセロナの出版社から英文で刊行された、ミシェル・レリスの《ベーコン》画集の解説文からの引用。

＊《イマジン》＝このビートルズの絵の複製はかつて一時期出入りしていた喫茶店の壁にれいれいしく貼りだしてあった。

P・S（k）静かなミクロコスモスとしての

ざわめきの刃先は

珈琲カップの宙空に静止したまま
オールステンレスの銀色の鍋、銀ぎら銀の
真正面の曲面《カーヴミラー》に映り込んだ二個の完熟トマトを
まるごとF6の画用紙にワープする

かつて凹版の賭博図柄のセザンヌ切手＊を貼ってパリから
　郵送されてきた
フンガロトン盤＊、バルトークのピアノ曲集ミクロコスモ
　スは
忘却の蠣殻の粉末として機能する
今やハウスダストも同然の切歯扼腕！
すっかり枯れ草のそよぎを聴く、
ビルギット・ヤコブセン嬢の髪の毛が
わらわらと闇に沈むホルスト・ヤンセン画集《十一月》
　に収録された
往年の作曲されなかった枯れ草のそよぎを褐色の風のパ
　ートとしつつ
火花が反射するそのCD盤は行方不明のまま
完熟の身を潜める、

食卓に放置された昔日のマッチの、
闇のコショウを荒挽いて後
発語するもっぱらドイツ語の毬・毬プラス
ピンセットも髪留めも
黒色と黄色の不完全燃焼の焦げ跡のように
やがて中南米のタテ割の食虫植物のくびれを公然と曝す
実物の完熟トマト特有のディープレッドはその日暮らし
の
ホルスト・ヤンセンのしうねく萎れかけたアマリリスの
　花弁の残照よりも
暗いバーナーの《カオスのマグマ》を所望する

ぷかぷかたぎるπの字を早速虜にして真っ逆さまに
ぐんぐん巻き込む銀色に黒くぬめる
やがて消火栓のホースになる、銀鍋の曲面《カーヴミラー》に
火焔の重力の確かさを捨てずに水面にデフォルメする
博物館の食肉類の歯のコレクションに
リンネの植物標本とは
微妙に角度が異なるV字体の群れに
もっぱら4襲歩《ギャロップ》で空っぽの空域に
縞模様の救急車がスタッドレスタイヤを装着して背筋を
　伸ばす

［補註］

＊賭博図柄のセザンヌ切手＝パリのレコード・CDの通販業者にしてみれば、顧客の歓心を買うための常套手段にすぎないだろうが、極東の切手党を自認する当方にはたまらないぐらい魅力的サービスだった。

＊フンガロトン盤＝社会主義時代からのハンガリー国営のレコード・レーベル。ラインナップの中心はもちろんバルトークやコダーイの楽曲。

P・S（1）画家ヴェリチコヴィッチのタナトス

満月を見つめること（アレクサンデル・ヴァト）

セルビア出身のヴェリチコヴィッチ直筆の
血煙の括弧をはずして油煙のたなびくヴェクトルを追
え！

《鳥よ蟹よクマネズミよ》*と半身を捻っては叫び、
叫んでは今度はZ字型に一挙動で嵌入する

とっさに指紋の括弧をはずして
スプラッターもどき、ころころした体形の《ソリプシス
ム》
の《スノッタイト》*点滴の括弧をきいきい
カフカの歌姫ヨゼフィーネさながら
終始カタストロフの仰角を、頸椎がはずれそうなほど
喉のアポストロフに季節はずれの喪服のほつれを思いき
り引っかけ、
それでもまだ見ぬ《メタセコイヤの並木道》*へようこそ
とは
微苦笑を禁じ得ない——若い身空で
実景を模したアナログの新聞広告に乗じて、
CG嫌いの油彩の死臭が今日もあたりに
ディープレッドに立ち込めるますます累乱の
《鳥よ》《蟹よ》《クマネズミよ》
喉をかきむしるような
なんとも不気味なベオグラード奇譚を
（彼の一九点のカタストロフ画連作を
多重露出に曝される追憶であれこう名づけよう）

［補註］
＊《鳥よ蟹よクマネズミよ》＝ポーランドの詩人アレクサンデル・ヴァトの作品《ネズミになること……》からの引用。邦訳は詩集《イナシュヴェ》に収録。
＊《スノッタイト》＝洞穴の天井や壁から垂れ下がる石筍に似たバクテリアのマット。この語は一九八六年の新語とのこと。
＊《メタセコイヤの並木道》＝大手不動産会社の売り出したニュータウンのキャッチコピー。小学校の校庭に植えてあったメタセコイヤを想起すると、このミスマッチがなんだかおかしい。

P・S（m）プリピャチ*の草緑色の壁の前には
浮遊しつつ立ち尽くす往年のガイガー氏のどす黒い内臓
に
潜り込むマイクロシーベルトという放射線量の単位の発
熱

ぞんざいに銀髪を垂らした人形が
ちょこんと学童用の木の椅子に
腰を下ろしているスナップショット&あたりの床一面に
は
ヴィスのようなコンクリ片がぎっしり&
足首も散瞳もぐらぐらだ、アンダンテ・ノン・トロッポ
どうにもじゃらじゃらせわしない、セシウム等の放射性
　突起よ

さて緑よ、過剰なる緑よ、
緑なす歯ぎしりの底辺から
宙空でのヴァニラ・シュノーケリング、じりじり熱をお
　びる無風

無限大にどの写真の灰色にも
コンクリ片のデシベルの歯牙が乱雑に放置されてあり
それははなればなれの異語の光の爪痕
あるいは岸辺なき生傷（砂利ばむ雷鳴の花卉……）
針千本よあるいは渇水期であれ増水期であれ
傷だらけのレンズの河床だが、
熱風による眼窩陥没にも似て漣痕のほつれよ

キアロスクーロの土管内さながらよもやケーソン病に
かつてのダンサーたちはアスベスト禍をいとわず床を這
　いずりながら
G線上で肺が陥没しないよう岩の輝く緑をふりしぼる
ふりしぼるからには、折からの無風の後ろに
雑色という名の色名表示はない、

Alberto Burri の底なしの闇の亀裂《クレット》よ、
地峡のますます《オーヴンの熱》で黒ずむ亀裂であれ
やつぎばやに真っ白に白《しら》ばっくれる亀裂であれ画面は
ならびにプリピャチの廃校の教室の床《フロア》景のスナップショ
　ットには
今でも防毒マスクの群れが、なしくずしに死鯨の大群が
《灰色の浜辺》も同然にぐしゃりとごった煮のよう
——エコツアーの観覧者の眼球に
粉ごなに割れた不確定性のガラスが飛び散る

［補註］
＊プリピャチ＝一九八六年旧ソ連のチェルノブイリ原発が発災
したあと、廃市になったウクライナ共和国の都市。二〇一一年

以来チェルノブイリツアーの拠点になっている。同じころ写真家 Gerd Ludwig がプリピャチの廃校や雨ざらしの遊園地などを撮影した。

P・S（n） 彼自身による事件の起き抜けの慌ただしい現場検証に代えて
マックス・エルンストの断片《ピクトポエム》の掉尾を文字通り翻訳すれば

…わたしが目撃したのは
ひと番いの白鳥たちの飛翔だった
壮麗なるかな鳥たちは

（訳註）フロイト博士の聴診器がとらえる欲動《トリーブ》の鼓動に今もって注目！

P・S（o）《爆よ爆《ヴゾルヴァリ》》* アシッド*・ノスタルジーよ

しきりにノイズが、 爆よ爆《ヴゾルヴァリ》
大気に粒だちあらがうとしても《欲望の背後》 へ
（……バスタブの蛇口で《水の括弧》内で
油彩のアクセルをふかせてはクレモニーニ*よ
あの部屋の壁に油彩の血が滲むまでそのアクセルをふか
　せては
クレモニーニよ背中いちめんのプールでにわかに健康増
　進のため
たっぷり水をかきあげ泳ぎつづけ
何日か前に注ぎたされた水の記憶を
クレモニーニよたっぷり油彩をディップし時間鋏に
　……）
ここ《太陽のスクリーン》で爆よマチエールの全格子
ここ《影絵のスクリーン》で爆よジャンクスの全豹皮
盗汗のクレッシェンドにして風呂場のタイルや
シャワーに滲む血の泡のデクレッシェンド
ことさら acid jazzy に壁いちめん
少年たちの泡立つ石鹸のみならず
屋外の《夏の残骸《デブリ》》よ
そのあたりでは三頭の犬が
ごろんとハンスト中

［補注］
＊《爆よ爆《ヴゾルヴァリ》》＝ロシアの立体未来派詩人クルチョーヌイフのザーウミ詩たる《взорваль（ヴゾルヴァリ）》。
＊アシッド＝皮膚感覚的にはひりひりした感じ。
＊クレモニーニ＝レオナルド・クレモニーニは一九二五年ボローニャ生まれのイタリアの画家。海辺の光景やバスルームやプールの人物たちを好んで描く。とりわけ水や血の滲み出る空間を。《爆よ爆》以外のギュメ内のフレーズはいずれも Cremonini（Grafis Edizioni, 1984）の収録画の表題の引用。

P・S（p）《青い稲妻《ブルーサンダー》》号篇

土に時が深くもぐる
まさに土偏《とぐろ》の時を巻く
日夜ＪＲ線のレールを疾駆する
ＪＲ貨物の《青い稲妻《ブルーサンダー》》号をご存知ですか?
上部三分の二がターコイズグリーンのガソリン車を
何輌も牽引するあの怪力の機関車を
車椅子が移動に欠かせなくなってもうだいぶ経つあなた
は
この機関車に眼前で遭遇したことがありますか
定刻通りにうねうね入線し
フォームから発車するときの《青い稲妻《ブルーサンダー》》号の車輌の連
　結音は
まさにボーダーレスのレクイエムもどきガソリン車の絆
そこで耳にするあらゆる音の中でも
マイファイヴァリットサウンド
これはもちろんノイズではなく、
フルサイズで伸縮して
脳内にとどろく例の《赤道*》
協奏曲顔負けですごいですよ
じつに壮大なんだなあこれが
ほら、もっともっとスネアドラムを叩け
さあ適宜楽器としての鞭を打て

［補註］
＊《赤道》協奏曲＝作曲家アンドレ・ジョリヴェに関するウィキペディアによればこのピアノ協奏曲の注目すべき楽器編成は次の通り。楽器編成：ピアノ独奏、フルート3、オーボエ1、

イングリッシュホルン1、アルトサックス1、クラリネット2、ファゴット2、ホルン2、トランペット3、トロンボーン2、テユーバ1、ティンパニ、ヴィブラフォン、木琴、鐘、チェレスタ、小太鼓2、スネアドラム2、バスドラム、大太鼓、中国風ウッドブロック3、マラカス、タンバリン、トムトム5（大中小）、ウッドブロック、トライアングル、クレセル、鞭、クロタル2、シンバルチャーレストン、シンバル、シンバル（大）、シンバル・フラッペ2、ゴング、タムタム、グルロ、ハープ、弦五部。

P・S（q）《トリンギット*の柩》篇

お互いきらめく含羞のアステリスク。
極めてストイックであるがゆえに
あまりにも突飛な思いつきではあれ
あのサド侯爵の《ソドムの120日》を貫く過剰とも言
　える
白く湯気立つ柩の上で
急激に軋るゴムの焦げ臭さ
とともに変容しつづける

日夜ほぼ同数のコード付きの闇の箱*
のドローイングを想起《トレース》しつつ。

コードの先端はことごとく裂ける、
火気厳禁でもぱちぱち爆ぜる。
大輪の火花の影印本のような
影向なる忍者フレーズのような
死のモノカゲよ。

どの電子機器も案外あっけなく壊れる、
不可視なるものにゲーマー本人ではなくとも
ひたすら高速バネ指なみに
ぴんぴん感電するコンマの隊列、
《酸素欠乏危険場所*》！
ざわめきの矢印は宙空で静止する。

［補註］
＊トリンギット＝アラスカやカナダに居住する先住民の部族。
＊コード付き闇の箱＝ジェラール・ティトゥス＝カルメルの現代美術作品《ポケットサイズのトリンギットの柩》。

＊《酸素欠乏危険場所》＝ＮＴＴの地下工事用竪穴の入口付近に赤い文字で表示してあった。

Ｐ・Ｓ（ｒ）《白日》＊の発掘作業

埃以外のコンテンツは
ほとんど何もないダンボールの隙間から
紙焼けを厭わず《白日》が再び出現した
耳飾りのようなアダミ＊の＋Ｒの文字からも
ジョイスの視線の動線確認で
伏し目がちの眼鏡の括弧をはずすと
《白日》の矢印はこう方向づけられる――

海辺の砕ける波であれ
窓辺の空っぽの椅子であれ
あらゆる衣裳《ヒトガタ》へ風が対向してくることは
いずれのクラッシュでも重力が炎上すること
……………
風景の撞着語法《オクシュモロン》の圏外へ

はたして《啞の決壊》はあるか

［補註］
＊白日＝三宅流氏が一五年前に監督し撮影した映画。手元にヴィデオがあったが、今は再生できない。二〇〇四年に映画と同時に同名の小冊子が刊行された。
＊アダミ＝一九三五年ボローニャ生まれのイタリアの画家。五〇年ほどまえに赤坂のあるカフェの壁に画家ヴァレリオ・アダミの絵を見つけて興奮し、渋谷の輸入ポスター店でオリジナルポスターを購入しようとして予約までしたが、結局は叶わなかった。

キーファーの渚にて――《安井浩司選句集》再訪

そこにはそれらの建物には
いきなり弦の断裂した《ヴァイオリン》＊には
ごうごう風の音ばかり、はらわたの
黒色がしらじらと剝きだしになった窓がいくつもあった
窓の内と外をぎりぎりへだてる強化ガラスはない

ないガラスには無のむすうの突起が
突き刺さるように映り込むそこには
いまはないむすうのヒトカゲは擬態にすらなれなくて
いびつなままかろうじてモノカゲを呈する建物の
かろうじて剝がれおちずにいる外壁とて
第三者による消しゴムの使用が極力ためらわれる窓間壁
　とて

黒つぐみよ黒つぐみ侵蝕によりひからびた血色の顚末に
あるいはちゃ褐色の鳥影もどきに
とっととフォルテが欠損しても
着火寸前のガソリンとかげのような媚態
あるいは火気をかみころす蛇ガソリンのような
揮発性の窓枠だけがある

鼠ゲージの《火事にまみれる》* 火気厳禁こそじつに《黄
　ナ》* ください

キーファーのブリキの無水の水槽から
やおら這い出した熱波のウシロカゲ？
奇妙に錆なまぐさい線路跡にひびく
《refugee's theme》* 七九秒間の闇の羽毛の擦奏よ

ともすれば擦過する砂利ばむ草いきれはシンメトリにあ
　らず
耳磁石なら能代へ
蛇紋岩を夢ぐるみ流水算でみちびけようものを
時間の河口へ緑のマグマに徹する輝緑岩は
シーニュ、シュスパンデュ* にして急げや急ぐ
うちっ放しの被写界深度の
よもやあらゆる形容詞の
はらわたまで果たせるかな
むすうの残骸の

［補註］

＊《ヴァイオリン》《火事にまみれる》《黄ナ》ほか＝〈はらわた〉〈黒つぐみ〉〈蛇〉〈鼠〉〈蛇紋岩〉〈シーニュ〉などの語とも、安井浩司氏の複数の句からの引用である。

＊《refugee's theme》＝ギリシャの音楽家エレーニ・カラインドロウ Eleni Karaindrou の楽曲。テオ・アンゲロプーロス監督の映画《こうのとり、立ちずさんで》のサウンドトラック盤に収録。

＊シュスパンデュ＝ギリシャ語からの池澤夏樹氏の名訳〈たちずさんで〉を再度フランス語に反転した語。

エルニーニョ・アンド

エルニーニョ＝白い人面だとしたら
否応なく白く回転する波のメリーゴーランドよりも
インギゴのゼンマイ仕掛けのジョーズ波の穴のほうがや
　はり優勢だ
白い渦の中心には金属的であれワンコインもどきの
圧倒的に押すな押すなのまるで骨のスタンプの盛況よ
往年のヘジャズ鉄道*の錆びた鉄路の盗掘者の
いわば角刈り用チェーンソウで
ごりごり失意の歴史学者T・E・ロレンスをば尖石骨ば
　む音よ、
無作為にヨルダン南部の砂利ばむ大気よ

消えない雪としてのバルトークの
暗中模索の《アンダンテ・ノン・トロッポ》
二〇一八年の最もシンプルかつエモーショナルな pilot
　万年筆の新聞広告
新聞紙面の天地の毳立ちをエンドレスにぬっての翁皺の
　リゴドン踊り*
あるいは紙・光の毳・自筆（インク瓶）の三幅対で雪晴
　れの空《から》のトランクの
あるいはいきなり耳をつんざく仙石線《せんせきせん》
赤茶けた海中の山体のあいつぐ潰走には要注意！
とある病院の中庭でホヴァリングしてはごうごう下降す
　る
ヘリコプターのローター音のノイズよ、ノイズの
白い雪《パウダースノウ》をワックスしらずの強引に鼻中隔へ
パレットナイフで伸ばしたざらざらの赤土色に変換せよ
ピンポイントで挑む指が吹っ飛ぶほどの痛さの拍手喝采

またしてもエルニーニョ＝白い人面の訪れだとしたら
もちろんインギゴの海流もアイギ詩の海彼も矢継ぎ早に
　見え隠れ
ふわふわ浮遊する白いちぎれ雲はときには遺体のようで
雲間にはツァイス双眼鏡を片手に綱渡りの足さばきに同《シン》
　調《クロ》させる
白い渦のアンフォルメルの線条痕に
濃厚なインギゴの口紅を塗り込めよ

待望のブランチには赤道近海のラニーニャ*の冷や水を
太平洋のブリキのバケツからなんだか朱色の縞唇を
晩秋の球面に乱反射する《叫び》の後頭部に浴びせろ

思えばサハラ砂漠の砂に半ば埋まった世紀末の
旅人たちの骨の黄土色の突出
先行的にセピア色に乾いてよもや隆起することもなく
彼らのあらゆる筋肉はとっくに雲散霧消している
たとえば名だたる石鉄隕石のうち
鉱物性のメタリックな矜持《パラサイト》を思え
重度の凍傷かつ麻酔の覚め際のトランポリン並みの
しごく当然の跳躍だこれは血液と共振中で
折からのグリム濃霧gnome*のプラグを引き抜いて
狙い澄ましたスラムダンクの矢印！

映り込むウイルスのトゲが白い渦さながら
でこぼこ生活空間のあちこちにのびる
無理からぬ準備行動とはいえ
徹底的にマスク嫌いの白い渦に
もっぱら血染めの赤い補助線をおまえは推奨する、ある
いは
作家イーゴリ・クレフのシベリア横断鉄道紀行*に
ぜひ伴走させたいのだが
海中の車体《ブルートレイン》さながらウルトラマリン空間の鉄路での
あくまでもトポロジック走行を思え

もよりの博物館にて極力ラスコー洞窟人のスタンスで
一心不乱にスケッチする手持ちのpilotボールペンの筆
圧で
ガラスの蓋に図上のボスポラス海峡もどきの
ひび割れを起こしそうな
化石の灰色の長い車列をいましばらく転写する
直角貝orthocerasのいわば輸送途中のロケット＝化石の
逆噴射とて
アンチ・ジュエリイ研磨的にさほど忌々しくはない

初冬のちょうど午後四時半頃には
目蓋の裏のこの一本道の消失点には
でっかい落日の黄金の民が仕掛けられる、何重にも
トム・ウェイツのしゃがれ声で《somewhere》*エルニー

ニョ・アンド
寒波の白い耳だけは黒ずみながら望外の銀色と化す
喉首に《灰色のコンマ》を鏤めたギプスのような
エルニーニョ・アンド雪上のかろうじて
いかにも死骸のない痕跡は痕跡でも
ワタリガラスの判読しうる羽ばたき痕の首飾りのような

coda

依然としてトレース三昧だ
ああ言えば単純にこう言い返すと
冬の寒空をえがく灰色それ自体にも寒暖差がある。

［補註］

＊ヘジャズ鉄道＝アラビアのロレンスが爆破したアラビア半島の鉄道。ヨルダン南部で残骸をさらす。ちなみにヘジャズはサウジアラビアの紅海沿岸地方。

＊リゴドン踊り＝スタンダード仏和辞典によれば、一七〜一八世紀に流行した舞踊、舞曲。呪われた作家L・F・セリーヌが晩年に狂気のリゴドン踊りを蘇らせた。

＊ラニーニャ＝海水の冷水現象で、暖水現象であるエルニーニョの正反対の現象。

＊グリム濃霧 gnome ＝語の意味と読みによる二重の言語遊戯。gnome はグリム童話の暗い森にふさわしい醜い大地の精で読みはノームである。

＊イーゴリ・クレフのシベリア横断鉄道紀行＝ウクライナ西部の都市ルヴフ（＝リヴィウ）出身の現代作家イーゴリ・クレフがシベリア鉄道のロシア号に乗車してモスクワ・ヴラジヴォストーク間を《移動する》様子を活写した。

＊《somewhere》＝FM放送から突如としてわが耳に飛び込んできたトム・ウェイツの歌声。

初出誌一覧

これらの詩篇は、詩誌《虚の筏》、《詩素》、《みらいらん》、《韻律磁場へ！》、《repure》、《Ganymede》、《job》、《2CV》、《白日》に初出。詩篇によっては収録にあたって改稿した。

なお、この詩集《静かなるもののざわめき　P・S》（アンフォルム群Ⅱ）は、《アンフォルム群》以後に書かれた詩篇で構成されている。

函館

第七詩集『アンフォルム群プラス』（二〇二一年、阿吽塾）

（アンチデューン）*

ぬめる痺れ鱏の画像から不穏なナイフのタムタム奏法で
不眠症の
氷河の群青のクレヴァスを差し引くのはボクサーのとっ
さのバックステップ
まさに色彩を抽出するため浮氷に純白を取り戻すため
たとえば鋏と爪の強度のせめぎ合いはホップステップに
加えて順当なら
痺れ鱏入りポリ袋を引き裂く激情に欠かせないレッサー
パンダのジャンプ
ぬめる痺れ鱏の攻防は大空に浮かぶ暗黄色のマンタに匹
敵する

［補注］
*アンチデューン＝antidune　後退砂波。急流の上流側へ移動
する砂波。（リーダーズ英和辞典）。

（ギラッとその流星）

すなわち青空の死者の眼底に魚の目でも魚眼レンズでも
なく
埋設されていた眼帯の吊り紐のみ風にゆれ
このごろ二五時の時空を超えてしばらく
単独でギラッとその流星
アスパラの乳歯とてガスタンクの寸胴の――
当地ではガーゼの象皮なみの皺皺皺とたたみかけては
蟬しぐれは金属的にかすれやがて地中へ羽の細密画面の
瞬間移動だ
……この可燃性の底光りのするフィルムに
撮影時にぽつぽつ空いた塵口径の穿孔は
徹底的に無色であるがゆえに数えきれない浮遊物質のし
わざ

（どろどろぎらぎら）

どろどろぎらぎらしたタール状の
ブラックアウト曲線がつづく
電脳ブリザードが吹きすさぶアトミックホラーを
内蔵したホワイトアウトは回送中《アウトオブサービス》だろうか

その気になればテイクアウト可能な the white hotel*
《直角貝》の銀鼠の機影が油田の歯槽に飛来する、
そのバーンアウトの瞬間的画像が何度もテレビ画面上で
脱輪しているのはそもそもフォールアウトの極みか。

［補注］
* the white hotel ＝自身がアンナ・アフマートヴァをはじめとするロシア詩の翻訳者でもあるイギリスの詩人・作家のD・M・トマスの、一九二〇年代のヴィーンを舞台とする《性的幻覚小説》。

（スパイクした）

古代文字の波形を砂地へのプリントと同じく
スパイクしたひょうひょうたる二尾並列の鯵
赤紫色の傷口から今も鰓呼吸する内臓にてまさに《時は
　止まったまま》*
銀皿からはみだした竹箒のような尾っぽに菜の花をあし
　らって
葉っぱの黄緑からカドミウムの黄色への変色の穿孔プロ
　セスを横睨み
青灰《ブリティッシュグレイ》がかった波形の平行線から
銀色のきちんと幾何学模様の縫合線が浮上する、とはい
　え
竹籠の生暖かい手技線も散歩中に聞こえるフェンス上の
　大鴉の野太い発声の
民家の窓への動線と同時に声帯の波形をスパイクする、
　刺す――さりとて
舌つづみに供される二尾の鯵は雪華ほどはほどけ易くは
　ない

［補注］
＊《時は止まったまま》＝常磐線の全線復旧を報じる二〇二〇年三月二二日の日テレの報道番組で福島県富岡町発のナレーションからの引用。

（**平熱のクラゲ**）

前を行く親子連れのスキップする女児の双生児
の後ろ髪はクラゲの足のようにゆらゆら揺れる、
タイムスリップした海遊館で何回か一番人気のクラゲの
　群泳の撮影に
トライしたが、フラッシュの群来など何の工夫もしなか
　ったくせに
焼き付けてみるとポジが暗黒画面だったのはショックだ
　った、
いわば平熱でのクラゲ撮影だと意気がってはみても
水耕栽培の水草のようにどろっと両眼から血を流し
白抜き文字のように平然と――浮き草暮らし！

（**破断**）

何年も前から休眠中の駅前のギャラリイ。
暗緑の部厚いショーウィンドウは埃の天国で、
大いにデッサン欲をそそられる。
無人の画廊の内耳ではマーク・ロスコの《悲しい色や
　ね》調
ともいうべき抽象画が脱兎のごとく色彩の羽繕いをすれ
　ば
誰が誰にかcommunication breakdown＊のオブセッション
　に駆られる
ともすれば西日のあたるスピノザ眼鏡店の外階段にみし
　みし
スピノザウルス＝Led Zeppelin飛行士《アストロノート》の気配がする今日
　この頃だ

［補注］
＊ communication breakdown ＝ Led Zeppelin の初期の楽曲。とりわけ第二節の歌詞をフルに引用すると《communication breakdown / it's always the same / having a nervous breakdown / drive me insane》ちなみに Early Days と題するベスト盤 vol.1 のＣＤにはメンバー４人全員の宇宙飛行士姿がある。

（火の海）

風も火勢もごうごう
素足では残骸の上を歩けそうにない
熔接の鉄仮面＝ゴーグルを装着したまま
地中でぶすぶす延焼中の火焔まで義足
森林の木々と下草が根こそぎ灰になるまで
くすぶり続けるのはアマゾンの焼き畑耕作跡か、
それとも放火によるものか不明のまま
ユーカリの油性ならびに世界中の見物客に媚びるまもな
く
《カンガルー島》のコアラの毛も骨もちぢれ燃え尽きる
まで
数学的クォッカ＊の死にざまに半端な
映像モザイクをかけ忘れたのではなく
ハスキイヴォイスのむせぶゴーストタウンで
さかんに発熱する《命火》＊も心身の棘も
喉の濃厚紫煙レトロの灰になるまで
ぶざまに夢と《またクラッシュしちゃった？》＊
あらゆる命火は今も石油灌でがんがん燃えているか
無時間の欲動や浴槽に降り積もる雪のように
海難事故からのホラスタッカートの合図で
またもや発火する電気柵

［補注］
＊クォッカ＝オーストラリアに棲息するコアラと同種の愛玩動物。《数学的な》生き物だと言われる。
＊《命火》＝いのちび、と読む。一九七四年にシングルレコードでリリースされた藤圭子の絶唱曲。
＊《またクラッシュしちゃった？》＝二〇二〇年二月一日一〇時から日テレで放映された連続ドラマ「トップナイフ」で病院スタッフの行きつけの飲み屋のカウンターごしの台詞。

（ドゥストのダストで）

ドゥストのダストで*半透明になった
反響しやすい強化ガラスの尾根を
折からの冷気をついばんでダッシュする駝鳥のくちばし
から
死斑のあちこち点滅する遊星まで
ハンス・ベルメールの球節状の力学がしなう
もっぱらせっせと禁漁区のワーキング・ポートレイツ・
オペレーション
海象《せいうち》／海豹《あざらし》／海驢《あしか》のたぐいの《油田労働者》
油性のひからびた遊泳が欠かせない
これらは魚類ではないが、思いきり黄昏の魚籃よ
それでも闇の不可食《シリカゲル》がかしゃかしゃ鳴っ
ている

［補注］ドゥストのダスト＝ドゥストはロシア語でＤ・Ｄ・Ｔなどの粉末殺虫剤を意味する。ちなみにダストは遊走性の埃、沈着しがちな塵埃を意味する英語。

（さてボゴタの黄色よ）

さてボゴタの黄色よ、米倉涼子の過剰なミモザ色のチュ
ニックよ、
せわしなく延伸する二等辺三角形の刃先よ
砂利ばむ無水酢酸キーファー印は滞りなく
ほらブリキのドラム灌のぎらり暗黄色《ダークイエロウ》の矢印、黒沢清映《フィ》
画《ルム》の
あらゆる反転攻撃《コントルアタック》はこのドラム灌で勢いよく燃焼する
（無水酢酸の化学式のドラムスをもっと叩け！）
皮は黒褐色まだらのバナナ、あるいは挫傷つづきのバナ
ナ・ボート
苦い果肉はいまや食べ頃の不思議さ！
ウゾ級ボートに《のみど》ゆられ焼き肉用グリルで皮ご
と焼くや

格段に勝負の甘みを増すという海燕の言い伝えがある
ヴィラ＝ロボスの guitarra はあらゆる生傷の湿潤療法を
　掻き鳴らす！

（当地の蟬）

当地ではこのごろ蟬は午前2時をすぎると啼きやむ
いびつな毬・毬による看護のかいなく、どころか
モノクロのいびつな空地からふと《眼をはなしたすき
　に》
キリンの首の脂肪分よりも長い
高速道路のナトリウム灯のタテ位置で

それは定点観測のショパンの雨だれではなくなり
プロパガンダの観測者の眼球たちはといえば
ある種の病名：メルトダウンを故意に失念したりあるい
　は紛失し
たまたましつこい咳や涙滂沱を高感度マイクが拾ったの
　は
沈黙のけばだつ高圧線の直下だった

（pyromaniac 用語解）

pyromaniac は辞書的には単に放火魔を意味するが
スイスの彫刻家ルギュンビュールのフィルムの作品ナレ
　ーションから
その語は耳に繰り返し届いた。その錆びた鍵穴から
その語は大空めがけて突きかかる獰猛な火の手
森の番犬の悲壮な遠吠えに似て、はからずもブーローニ
　ュの命火たる
ベーコン作品の下絵のマイブリッジの動体写真の舌がか
　りと同じく
いわば垂直に駆け上がるスプリンターの火焔放射だ
これも前衛生け花の攻撃性もレミング影の暴走《シンプリード》同然の
ガスバーナーの火焔のようなかわるがわる朱色と黄色の
　修羅
着火の風音、あるいはわいわいギニョルズ・バンドの表
　面張力

銀河系に浮遊するデブリの漆黒のはじける無数の火花と
は
パウル・ツェラン由来の苛烈なスパークリング《さくそ
はな》
ただ今この電車のパンタグラフは二分遅れで全面開花へ
向け運行中
こうして夭折者レキショの線描オペレーションはノイズ
の燃焼材になる！

（並立する奇数行として）

香月泰男の焦茶色の歳月《冬の川》*：なのにドナウ川の
漣で胸かき毟られる
とはいえその舞台上で軍靴のどてっ腹にひびく黄色の星《ほし》
羽《う》を凝視すると不眠不休
まさに十時間以上に及ぶ劇場＝ジップロック封入のあげ
く凍結の矢印だ
頭部が牛頭《ミノタウロス》の三分の一ほど銀紙の包装紙にぎとぎとと
削り出された
マグダレーナ・アバカノヴィッチの執念のwired：《鉄
腕》による
《ヨナ》*のブロンズ像が往時の暗黒舞踏の照明さながら
全身黒光りしだす！

[補注]
＊《冬の川》《ヨナ》＝いずれの作品も府中市美術館が所蔵して
いる。

（紙粘土の材料を）

紙粘土の材料を目の当たりにしたのは
最新式のシュレッダーがそくさと
紙礫の塊を排出口から吐き出した後のこと
含有物たる文字群はただちにドットの群棲と化す
それとも曇天の大空に浮遊する秒速の黒点の再現か
相撲の技でいえばこれはないないばあの猫だまし

あるいは取り急ぎスクラップされた新聞記事の
階段下を這うサングラスごしの火蟻の怒張した臀部か
火の気のないところ青海《あおみ》埠頭のコロニーから採取された
　火蟻を
取り急ぎ Van Gogh 製色鉛筆でスケッチするに当たって
眼球なみにふっくらした死骸の臀部だから
私は物騒な茄子紺色の《罪と罰》本の背中を選択した

（**ともすればアンダーグラウンドから**）

ともすればアンダーグラウンドからの、恋しかるらん
二重底の埃まみれの逆光線を
一揆へと駆け上がる動詞の勢いが流民たる変異体ビジア
　コ
《空き家》*だ、灰白色《アッシュグレイ》の額縁に《噛みつけ》*スタシス！
《白い歯》*でロ・ジンガレッリの言語地形の急勾配を登
　りつめる
手負いの健脚は稲妻のヒゲだろう

ここでマジック・アワーの豹皮の焦点を炙りだす
メタボ＝メタリック・シンドロームの闇はだだっ広い

削岩機がうなる
ガスバーナーが吠える
思いきりガス栓をひねっては
やつぎばやにコンマを召喚する
虚無的ずんどうのいまさら空洞なのか
それもこれも絵空事だから
徒手空拳で空を切れ

［補注］

＊《空き家》、《噛みつけ》、《白い歯》＝いずれもリトアニア出身でポーランドの画家スタシス・エイドリゲヴィチウスの作品名。いずれの作品にも二〇一九年秋、武蔵野美術大学の美術館で勇躍対面した。

＊《ロ・ジンガレッリ》＝定評のある現代イタリア語辞典。

（箱の中）

すっかり空き箱になる前にはこの中に
部厚い本が入っていた、連日のドローイングの素材にど
　うぞと
あらゆる文字が砂浜のように待ち構える、
空き箱がぐしゃっと変形する前に期せずして
米袋入りダンボール箱をしばるビニール紐は上下斜めに
　ずれて

壁際でザク切りの白い吐息を募らせ、
ザク切りのダンボールを切り羽のように貼り合わせる
この含羞のトランクにはフョードル・ミハイロヴィチ・
　ドストエフスキー本*が
ついに収納された、今宵こそ一九世紀から瞬間移動した
　厳粛な肖像画とともに
この空き箱ではびゅんびゅん文字の火の粉が今も密集的
　に吹雪いているか？

［補注］
フョードル・ミハイロヴィチ・ドストエフスキー本＝二冊本で計一三〇〇ページを越えるこの画期的な詳注版『カラマーゾフの兄弟』は杉里直人訳で水声社から二〇二〇年二月に刊行された。

（バンクシー物件）

神出鬼没のバンクシーにとって《酸素欠乏危険場所》と
　は
病院の廊下の防火壁《ファイヤウオール》であり、病院内をそろり走行する
　ストレッチャーには
酸素ボンベとディープレッドで刻印された重い物体が
もっぱら重力のうしろ影として搭載されている、
日夜トレーニング中の体幹そのものとして。
さてぴかぴかのタイルのインターフェイスの境域で
筆を咥えてガソリンネズミが身構える
新品のジレットカミソリも

息の合ったバドミントンのシャトルさばき、
混合ダブルスの選手さながら前に後に身も心もメッシュ
　しつづける包帯少女*
しばらくは片腕の白い三角巾*はサスペンダーAみたいに
　吊られる
曇天でも雨傘をさして映り込む眼帯少女*の写真盾《シールド》は
シャッター音のさらなる裂傷をいとわず——
かつてのシャッターチャンスの何倍も決定的に
増感した新宿の野犬がおもむろに首都の廃線を渡りきる

酸素ボンベとほぼ同じ寸胴ながらプラカード片手に棒立
　ち

バンクシー種のネズミの戯画はかつてのポーランド
《連　帯《ソリダールノスチ》》の
手書きの書体同然の印影をあえて同じく圧倒的血糊で塗
　り込める
たとえストックホルム響の《A Polish Requiem》*の厳粛
　な演奏であれ
重力に準じてあれよあれよとばかりに落下する画布の砕
　片であれ
やおら答弁に立つエロジェーナス国会議員の遁走スクラ
　ップであれ

［補注］
＊包帯少女、片腕の白い三角巾、眼帯少女＝Romain Slocombe
の写真集《tokyo un monde flottant》（Michel Bavery editeur, 1997）
に収録。フランスの軍港ナントの出版社の刊行。
＊《A Polish Requiem》＝クシシトフ・ペンデレツキ作曲の壮大
なレクイエム。Chandos盤CDのカヴァーは、地面をおおう旗
の四隅に古タイヤを置いた、まさに橋と石《ブリッジストーン》。

（見上げれば抽象画家マーク・ロスコの地層だった）

とうてい色褪せない**hors commerce**すなわち
非売品の絵葉書には、空洞の憂鬱なハレーシ
ョンたる無彩色のマーク・ロスコの鼻梁が通
り、闇の奥の空港に浮かぶ光源としてそこに
は夜来の空模様の棟梁に代わって折れ釘の頭
のような艀が一艘、たしかにピン留めが浮遊
するこの絵葉書をカルヴィーノによる世界中

の浜辺の《砂のコレクション》に加えたい、これをまずは地層のコレクションと銘打って《悲しい色やね》蝶の羽ばたき大盤振るまいの地層の堪忍袋に潰瘍性の群青のふちどりの眼球と耳を描き込む、遠景も近景も遠近両用の層状をなし、ナイフ・フォーク・皿の金属製動線をサウンドスケープにしてこれぞまるごと殺風景の火傷フェルマータ！この画面上セロトニンという物質がさまざまなフォント

で飛び交うアドレナリンのブーケがいっきに咲きほこる血溜まりからの流失先はごぞんじですか、例のカピバラ症候群との病名診断がいずれひとり歩きするのは恭しくも毒々しいあくまでも霜柱の畝も元来の地層もセレンゲティの縞馬までも血相を変える黒潮に巻かれる悲痛な魚群が今年もカランドリエの耳に侵入してきた、かくて埃好きのゲッシ類の歯の界面はぷるぷるぷるるるん……

第八詩集『境目、越境：詩集』（二〇二三年、洪水企画）

《夥しい埃の edens》

エニシダという細身の揚羽蝶もどきが血に飢えて生花市
場からカットソウ
かつてないほど埃っぽい鏡に映り込むこの花名を dusty
miller と命名直後に早速
dusty mirror と（蛾を鏡と）誤読したくなるそこではず
む無音のHの hiniesta yellow
リンゴが埃っぽいアトリエでもっぱら vampires の歯牙
と等号で結ばれるとき
ルカによればその前夜に黄まだらのリンゴは暗赤色の頸
部に変容する
リンゴは血を噴く、ほら一九三〇年代ミュンヒェンの闇
の印画紙上を斜めにしぼれ
詩人ウラーノフによれば《完熟リンゴ間で孤絶や静寂や
空虚を貯えつつ》も

鈴なりのリンゴの皮しだいで暗赤色があるいは脳裡の黄
色があるいは黄緑が
リンゴの実をかじってはかむそのかじかむ歯間で岩漿の
血に染まるブラシよ
リンゴの芯は血の空き箱の把手だとしたら
このリンゴがたとえば駱駝の単峰《ひとこぶ》へと変形しかけている
脂肪なだれの理由はなにか

革命の頭上にばかりか permanent なる形容詞をそっと被
せる色名の黄色に集光しつつ
集合住宅の通用口の尖端がさびた有刺鉄線以上に血はリ
ンゴの皮にどっと流れだす
まさしくトロツキイのひび割れた眼鏡を咬む地は濃霧の
盲野であれ
脳内ならいざしらずこの頃は黄色く紛糾の種の金蓮花
僧帽弁《ミトラル》のもっぱらかげぼしの血の空き箱や針金すら
残念ながら地面には落ちていないキリンないしオケピの
縞模様の長広舌もまた
血の臭いを恣にして、傷だらけのリンゴよ
リンゴの果肉はπの字形に海辺の歯槽で仮眠する

依然として埃っぽい鏡は黄熱のスネアドラムにやんやの
　撥さばきで反撃する
リンゴの憂鬱を描ききるまずはその習得作業をこそ思え
　しらじらと遺留分《レゼルヴ》を
さすがに揚羽蝶もどきの展翅模様のむせるジャングルに
　腐心する前に……
それでもあれかこれかではなくリンゴ酒の古樽もいびつ
　なリンゴの座位も……
ところでマンレイがりんごのへそで寝そべる釘を
一九三一年に活写している、埃の床景も一九二〇年に
いみじくも《埃の養生》と名づけて
撮影したぼろぼろ骨肉腫の《夥しい埃の edens》よ

フレーブニコフ鶴のクルルィーによりかかりもっぱら細
　心にクールダウン
しかもポテトチップス仕様の雲の綿毛は青灰色に喰いち
　ぎられて流れるその果てまで
暗赤色の油煙が充満する《グラジオラス》を描いたハイ
　ム・スーチンによれば、
生郷《ベラルーシ》の《見上げる空はどんよりした灰緑色であった》そ
　れとも地球上を覆う《灰色の
カオス》か? 谷底のフレーブニコフ石が（それとも
Central Park に漂着する迷子石が）やたら
横殴りの風の edens を欲するのは本当だ、
このほど古本屋で原色岩石鉱物図鑑と《石が書く》を購
　入した。
こんなにも無風の連鎖だとベンチの石の目ががぜん瞠目
　して大気に映り込む、
なんだか息苦しい、バナナボートに乗り込む死魚である
　燻し銀のペーパーナイフのように

埃のエデン——2

大都市の元・底なし沼のメタンガスのように肥大化する
《埃の木》
消えては現れる書籍の湖水のようにさまよう《埃の森》
触るなこの見えない部厚い《埃の手》にすっかり錆びた
　鉄鉤に

かつタツノオトシゴの止まり木たるピンクの綿棒に
(National Geographic 誌日本語版二〇一八年六月号参照
　のこと)
アルツハイマー博士の歯周病にどんどん蝟集する
進行中の砂の薔薇たる忘却の塔が何本も屹立する
港湾の高速道路の登坂車線でナトリウム光線にぐねっと
　浸され
またもやデスペレートな砂嵐を巻き込んでネズミ＝《埃
　の鳥》が飛び立つ

このごろ鳴りを潜めていた小石どもがおもむろにごろま
　く
恐竜いとしやゴビ砂漠にはわが夢の《地底旅行》という
　黄金が埋葬された
サップグリーン色にはほど遠い蠣殻《埃の森》は暗鬱に
　なるばかり
飛散寸前のこの埃の薔薇のブーケには触るな
pietra serena すっかり寝静まった灰色石よ
引用の反芻胃を励起させよ斜めに抉れたブロンズの横顔
　を

冒頭の＋R指定*のルーメンなる動物学用語も
取り急ぎダストシューティング！　埃の夢の盲野でのた
　うつ
白昼斜陽のガソリンタンクの上で(往年の歌ならガ、ソ、リ、
　ン、ア、レ、イで)
虎縞の猫は埃ともどもまどろむあわや garbage には
たとえそのまま二、三時間経過しても

猫の銀色のヒゲは日向の渚をじんじんメタリックに造影
　する
なにしろここでは針とび蜂の巣こてこて気球
じゃなかった逆光線とてやんやの喝采で
ぎらっと波形ブリキの声帯でマヤコフスキイ相貌の《声
　を限りに》
なにしろいまわの際の光とびだから
イヴァン・ゴルの《夢の草》の隕石の金属性を鏤めつつ
ギベオン隕石めがけて矢印耳の鮮血の文字獣オドラデク
Widmanstätten Structure めがけて
さらにはその矢印耳の推奨物件めがけて
あらゆる紙の毳立ちやドライフルーツの翁皺みたいに

金属学的にトラヴァース！

［補註］
＊＋R指定＝rumen（＝反芻胃《ルーメン》）はlumen（＝光束の単位《ルーメン》）と
頭文字で対峙している、轢断死体さながらに。

見なれた風景

《ヴァニラの木》をめざす

甲高い声という発熱のマテリア
救急搬送のトリアージュまで
既視の刃の両面をぎらぎら
駆け下りるボラーニョのベイサイドまで
エンドレスノイズの裁ち鋏よりも
端本のアキレス腱よりもするどく
そもそも殺風景であればこそ
どの風景も漂流するもの

錆びかけた釘だらけの
デシベルの頭部を咬み
ひからびた塗料がびらびら
内転する抱擁までの
距離の不確かさ

はてさて
今でもラジオ空間で陽水は叫ぶ
warp! warp! warp! と三連続で叫ぶ
それでも動じないマンホールの鉄蓋よ
めくるめくざら紙の毳立ちのように
彼のビロード声は雨中でも
宇宙塵さながら口ずさむ warp! warp! warp! warp!

詩的ポンジュのオイスター・バー

ポンジュ瓶の硝子ごしに

セピア色に沈む校庭の metasequoia のよそ事になる瞬間
　を予期して斜線で
ゲッシ類願望の実現をはかるプロフィールの赤色でも緑
　色でも絵の具よ
もっぱら《バルトークＳＱ》暈倒の傾斜角はきびしい。
　現行の闇の要木枠か
そもそも暗渠への driving-diving か案外滑り込む超ジュ
　ラルミンケースの銀色か
思案の刺客の耳もとでは豹のタップダンスがじんじん檻
　の床を踏みならす

まんじりともせず詩人ポンジュ氏の操る単純未来形を待
　ち伏せれば
たとえば《冷却の緩慢なカタストロフ》の歴史*と度しが
　たく絡みあい
《永続的風化の歴史*》は垂涎のポンジュ詩集が某図書館
　の廃棄本でありながら
その相互のデリケイトバランスを動物園の白熊のように
　黄ばんだ鍾乳洞で
牡蠣のレモン汁を満喫するには

《刃の欠けたナイフ*》を予め所持するしかないだろう

マルドロール発祥のデブリの swing に対抗するには

間断なくじゃりじゃり（ラジオの音声を）ノイジイ・マ
　ルドロールを
サッカー選手並みにリフティング続行中、すかさず朱色
　のデブリに取り付く
いそいそとガレ場の歓待する剣山という退屈な類推の山
　のディストピア
錆びた隕鉄の物体的意地は断続的捻挫&光の歪みとして
　まずは快哉を叫ぶ
インヂゴ地にグレイという錆迷彩の非常線の裏をかく雑
　色の腸《わた》とて《抜去《ばっきょ》》
鶏頭デブリの小首を傾げる間もなく解体された消火栓、
　これほど励起する
静かな修羅場における不機嫌とファイト機運は果たして
　森林浴のヴィスか

近頃やたらと不眠症をかこつボクサーにも、フェアトレードのバナナを
投入せよ、体内に潜入直後の元Kサーカスのブランコ乗りもびゅんびゅん
間断なく絶食（＝減量）のスウィングドアを煽る超絶的オクシュモロンは

［補註］
＊《冷却の緩慢なカタストロフ》の歴史と《永続的風化の歴史》＝ポンジュ詩篇《小石》からの部分的引用。
＊《刃の欠けたナイフ》＝ポンジュ詩篇《牡蠣》からの引用。

（ない窓に）

ない窓に灰色のサッシがきちんと嵌っていても、
乾いたサウンドが無限大へと突き抜けていく
鉄梯子にして《キュキュキュ》*ともっぱらチェーンソウばむ
もはや火の蟻のうごめきは破断寸前、
たとえばナマケモノの前身たるミロドンの頓挫する痕跡
ごうごう風の音やまず脳天の空色は底知れず
刻一刻銀色のカラビナを生やしたまま

ない窓の蟻の催眠的《キュキュキュ》はことさら凪いで
放浪詩人スナフキン*の夏草色の防寒着ごと
白夜の蜜の味えんえんと
早生のザボンのシロップ漬けにどっぷりつかり
メイズ状を呈するカタツムリの背中
旅立ちの肌色の夏服とちょこんと束ねた後ろ髪とて
口腔内の微風にもごもごそよぐ火事の現場、黒焦げの出棺よ

鉄のグローブが血まみれの雲間にない窓から顔を出す、
シベリア横断鉄道の路線図からせっせとスティンキイ*の針毛もどきに
ワープした尖った窓ガラスのかけらに浮かぶマリーナの童顔
そのシニョンのような後ろ姿の破片がきらめく、
ところで朝から解凍中の鮭の切り身は更なる刃先を待つ

新参者の骨ならば白く浮いたあばら骨の隊列、
その下には脂肪の白い隊列

［補註］
＊《キュキュキュ》＝村上貴弘『アリ語で寝言を言いました』（扶桑社新書）からのアリ語の引用。
＊スナフキン、スティンキイ＝いずれもトーベ・ヤンソン《ムーミン》シリーズに登場するキャラクター。挿絵はもちろんすべてヤンソンの自筆。

廃市プリピャチの草緑色の壁の前には
浮遊しつつ立ち尽くす往年のガイガー氏のどす黒い内臓
に
潜り込むマイクロシーベルトという放射線量の単位の発
熱
ぞんざいに銀髪を垂らした人形が
ちょこんと学童用の木の椅子に
腰を下ろしているスナップショット&あたりの床一面に
は
ヴィスのようなコンクリ片がぎっしり&
足首も散瞳もぐらぐらだ、アンダンテ・ノン・トロッポ
どうにもじゃらじゃらせわしない、セシウム等の放射性
　突起よ

さて緑よ、過剰なる緑よ
緑なす歯ぎしりの底辺から
宙空でのヴァニラ・シュノーケリング、じりじり熱をお
　びる無風
Gerd Ludwig の撮影したどの写真の灰色にも
コンクリ片のデシベルの歯牙が乱雑に放置されてあり
それはなればなれの異語の光の爪痕
あるいは岸辺なき生傷（砂利ばむ雷鳴の花卉……）
針千本よ渇水期であれ増水期であれ
傷だらけのレンズの河床だが
熱風による眼窩陥没にもにて漣痕のほつれよ
キアロスクーロの土管内さながらよもやケーソン病に
かつてのダンサーたちはアスベスト禍をいとわず床を這
　いずりながら
G線上で肺が陥没しないように岩の輝く緑をふりしぼる

ふりしぼるからには、折からの無風の後ろに
雑色という名の色名表示はない

Alberto Burri の底なしの闇の亀裂よ
地峡のますます《オーヴンの熱》で黒ずむ亀裂であれ
J・J*のやつぎばやに真っ白に白ばっくれる亀裂であれ
　画面は
ならびにプリピャチの廃校の床景のスナップショットに
　は
今でも防毒マスクの群れが、なしくずしに死鯨の大群が
《灰色の浜辺》も同然にぐしゃりとごった煮のよう
――エコツアーの観覧者の眼球に
粉ごなに割れた不確定性のガラスが飛び散る

［補註］
*J・J＝ギタリストジェフ・ベックのジェフと画家ジャクソン・ポロックのジャクソンの合成。

画家パーヴェル・チェリシチェフへの追伸*

ブラインドフィールド行きの、いまや光速走行の
フレーブニコフの《蛇列車》に飛び乗って
Starbucks coffee で途中下車した、
思わずコーヒーのレシートの裏に描いたものだ、
愛用のシュテッドラーの lumograph H で
宇宙の金属的引っ掻き傷の迷宮を、
熱砂のナミビアで採取されたギベオン隕石の表面上をな
　ぞるかのように
どの文字もどの絵の具も常に海鼠《トレパング》としての外科用穿孔器《トレパン》
　である。
ただちにじっくり観察してみろ
《メルクリウス》というタイトルの口絵を、これは
五〇年ぶりに繙かれた Tyler の古書に収録されてある
脳の内外の光の血液循環を
すなわち永続的な光の先取りを！
すなわち新たな光学的トポロジーの奪取を！
（画集《チェリシチェフの楽園》に所収のイナシュヴェ

等々の作品を参照のこと）
さあ、光の《最後の晩餐》を満喫しよう。
それはダリ作絢爛たる《ガラの晩餐》、十二皿の肉皿か
ら成るこの連作とも異なる、
チェリシチェフの静物画を囲む枠の内外で
色彩論的に言えばタナトスが生き生きと＝
いざりながら躍動中で、たとえば葡萄もチューリップも
カンブリア紀の化石をほうふつとさせる。
両者を見て同様の興奮に駆られるのは
両者の共棲のしわざ、チェリシチェフの《かくれんぼ》
（エスキス）
ならびにオルドビス紀の promissum のしわざ。
ところでチェリシチェフの描く人物たちははるかに腐蝕
的である、
アルチンボルドの野菜と果物から成る顔面よりも、
（予告ポスターに大書されたアルチンボルドの《謎》へ
の期待値よりも）、
チェリシチェフによる数多くの解剖図譜はもっぱら
コーノノフの一九八〇年作の詩篇《バラード》における
解剖用メスの至上命令を想起させる、《解体しろ！》と
そそのかす、
またもや脳の内外で《日没間際の光はざわめいた》（と
推理小説の一節が不意によぎった）
ほら彼の絵画（＝光の神経都市）への光の飢餓の介入だ、
ほら夢の過剰投与だ、
エデンの園におけるしつこい盗汗としての
時間の埃の点滴としての

［補註］
＊今は亡きケドロフの詩誌にロシア語で寄稿し、掲載された。その作品を日本語に訳した。出色の画集『パーヴェル・チェリシチェフの楽園』（二〇〇五年刊）を憧憬しつつ。

（ウナギのうしろ影は）

ウナギのうしろ影はもっぱら
鰓蓋もどきのレンズどうしだとしてもレアル
しどろもどろにメビウスの蝶結びが切断されて
その血がばしゃばしゃ滲む《レアル》の岸辺で

いつも摑み損ねていた
ウナギの行方については
Alzheimer 氏の記憶の遠い声はまったく言及しない
ウナギを追う眼光のカンテラの火影にも

ウナギの肉の動線はのたうちまわる鞭
いわば眇で撫で肩でやみくもに
夏の嗄れ声が回廊に与する、それとも
その頭頂部でもっと暗い稲妻はぎざぎざ弾けよ

ウナギののたうち、すなわちグイッツォの
ぬるぬるした質感についても放火の
記憶の消失が実景の焼失と折りかさなれば
ウナギの棲む川の水嵩はますます空荷になるだろう

ウナギの陽炎に最接近する《無題》という名の苛烈な水
　域
ウナギの流木、すなわち後年の旅路の友・鰻煎餅とて
脳裡の黄緑の沼地を蛇行するウナギ切手の図柄

流木の残水は無観客の頭部に刺さる折れ釘になる
やや細身の生物の元高校教師の脳内で
またもや健在の溶けない《氷の塔》の方位がずれる、
あるいはマンディアルグ氷河の火花散るアヴェマリアよ
シューベルトの喉の冬の《迷子石》のころがり係数はウ
　ナギのぼりだ

（ノイエザハリヒカイト）の読後感

ノイエザハリヒカイト《カオスモス》の読後感の
皿の上には
司法解剖の結果としての
取り出された臓器の名称と数値が載っている
たとえば盛りつけできたてフラクタル
オッフェンバックの矢印カンツウの拍手喝采
歯ごたえばつぐんのフランクフルトソーセージのように

加害者にして被害者の《脳一千三百八十グラム
同じく《心臓三百四十グラム
同じく《右の肺七百九十グラム
同じく《左の肺六百三十グラム
同じく《脾臓百五十グラム
等々と、真下で待ち受ける
》はぐらぐら宙吊りだ
本日もどんより曇天の息苦しくも
内耳空サーキットでの赤星得意の軽打です
あるいは低空の気球の籠のように

あるいは喜歌劇コウモリのダンスに合わせて伸縮すると
　覚しきモランディ印の瓶3本
スプーンはといえば青みがかった緑灰色の空中遊泳
右サイドから左へゆったりべとつく赤褐色の甘酒ロゴ入
　り瓶1本
この蜜蜂を描くとずんぐりむっくりだアルバータ州産の
　蜂蜜の瓶だ
そしてひときわ暗渠にして暗黄を鎮める古参パリーニ・
　リキュールの瓶のお出まし

夜来の《風倒木》やら画題のそれもこれも
ありていに言えば
june bride たる女王アリの巣を乗っ取る
端正なトゲアリの黒光りの
輝度を追え！　守一《もりかず》の草競馬のような蟻たちよ

［補註］
＊臓器の名称と計測値はすべてフェルディナント・フォン・シーラッハの《コリーニ事件》（創元推理文庫）六二ページからの引用。数値のもつ意味については同書では明らかにされていない。

境目、あるいは越境

（急性大動脈解離 stanford B でERに夜間緊急搬送されて後、1／11～2／15入院をよぎなくされ、そして2／15リハビリ転院して60日間に及ぶ入院期間中に、ベッド上やベッドサイドで読み散らした文庫本、雑誌、詩誌、新聞のスクラップから収集した文字の裸枝の束、くたく

たになった文字の群れ、を若干のコメントを添えてここ
に朝食にかじるビターチョコレートのかけらまがいに筆
写する、順不同で。）

《急激な内臓の押しあいへしあいにおそわれた》
（大江健三郎『芽むしり仔撃ち』新潮文庫から）

この事態を換言すれば――体内の尖ったプレクシグラス
の乱数がぎゅうぎゅう暴れまくる

《私はせめて億年ののちの人々に向って話そう、血を吐
くねずみなのだと》
（村上昭夫未発表作品から）(1)

もっと強迫的に述べれば
血まみれのねずみの骨！
じゅくじゅく血腫沼、ああ地獄のぽつぽつ脳の血栓
《冬の夜は無という黒いレンガで自身を塗り込め始めた。
無限の巨大な空間は盲目で音聞こえぬ岩へ、》

（マルツェリヴェロン（ブルーノ・シュルツ）「ウ
ンドゥラ」加藤有子訳、すばる２０２１・３）
《退屈、退屈、退屈。夜の魂のどこか深部で、孤独なひ
とびとが冬の暗い廊下をランタンを手に進む》
（ibid.）

これはハサミ・刃物・カミソリｅｔｃ持ち込み禁止の入
院生活の実感として最適
石巻〈奇跡の一本松〉の前でヴァイオリンの惜別の擦奏、
血涙奏をひびかせる、イブリー・ギトリス！　雲海に
映し込んで、演奏を青空残土に届けと(2)

今やセピア色になった小学校時代には初々しかったＮさ
ん、Ｕさんらとあわよくば口ずさむこともなかった
しれっと丸写しの泉鏡花の俳句をどうぞ

わが恋は人とる沼の花菖蒲
行燈にかねつけとんぼ来りけり
山姫やすゝきの中の京人形

すべて俳人岸本尚毅・選
白銀は招くよ沼・とんぼ・京人形からなる、はるか明治
　の小文字のマニエリスム(3)

上述のとんぼに関連して
350万年前の地層に幻想的に浮上し着地した
ホタルの化石の写真をじっとみつめる。(4)

うそぶくように
右半身に痛みが走る
肋骨が痙攣している
フラットに達するために
心緩めて
リリカを呑んだ

〈谷合吉重《リリカ》雨期76号〉

ちなみにリリカというロシア語の水滴のきらめきに魅せ
　られて、この6行を引用する。
アルセーニイ・タルコフスキイ詩のロシア語のレミニッ

サンスよ・痛覚よ!

《雪に埋もれ小山のような厳めしいエゾマツの密集した
　分厚い壁で獲物と私はまさに隔てられていたが、もう
　耳で聞いただけで分かっていた——獲物は普通の兎じ
　ゃない、奴は小心者ではなく、凶暴な生き物だ、胸の
　内側で心臓が早鐘を打つように鼓動し、肉食獣の無分
　別な焦燥感に突き動かされ、私は崩れ落ちた雪やチ
　クチクと刺す針葉や硬い枝をかき分けて進んでいった
　——》

〈ヴラジーミル・テンドリャーコフ「幻想への挑戦14」、
　内山昭一訳　モーアシビ第40号〉

※白い乱数表的な重装備のロシアの風土性そのものでは
　ないか、と単純に腑に落ちた!!

《漆はあの質感がいいんですよね……
　宇宙の果てから生まれて
　きたみたいな》
《なんと一度固まった漆は、

酸でもアルカリでも温度変化でも、
ほとんど劣化しないという、そのため
縄文時代の漆製品がほぼそのままの姿で出土したりする
そうだ……
《やっぱり、宇宙の果てから生まれてきた物体――》大
崎さんはしみじみ言うのだった。
（二宮敦人『最後の秘境　東京藝大』新潮文庫から）

ここでラストチャンス闇のダイオウイカの《触腕は切れ
て（しまいやすい）》、
したがってendlessnessの触腕は2本とも途切れている
……

ノスタルジックな最後の空色狼狽のチャンス！
ノスタルジーの柵の外へ(5)

P・S
（文庫、雑誌、詩誌、新聞のスクラップ――新聞はすべ
て自宅から届けてもらった朝日新聞を指す〔(1)1／20
（のちにコールサック社から刊行）、(2)2／10、(3)2／7、
(4)1／23、(5)2／16〕。ハサミ持ち込み禁止なので記事
の周囲を毎回指で引き裂いている。）

境目、あるいは越境　second version

ドクターが紙にすらすらと書いてくれた
心臓の解離図あるいは橋梁図――いわば会津バンゲ町の
在りし日の春日八郎の山の吊り橋にゃ
親子象の目のような
形状的には弓張月といえる素朴な図解をじっと見つめた
病棟の起床時間にちかい早朝の脳裡を滑走しつつ

深夜発症当時
ちっとも動けないのは金縛りというよりは、
体内でとがったプレクシグラスの群れが
これでもかとぎゅうぎゅう暴れまくるのだ

直後に読んだ《芽むしり仔撃ち》に
《急激な内臓の押しあいへしあいにおそわれた》という

記述を見つけた、
フィクショナルな絵空事ではなくギトギトやすりを研ぐ
　ような体内実感だった
――あるいは小坂淳のＣＧ「聖火災」を参照のこと
言うならばびらびらはねる紙肉の内臓だ(1)

急性大動脈解離 stanford B との診断名は
マゾヒスティックに気に入っている――こまった性分だ
が――
あるいは最終的な対のＡとＢの札のちがいで、死の解離
　図形はがらりと変わる、

ここでなぜか《エレニの旅》という
テオ・アンゲロプロス監督作品の遠ざかるタイトル・ロ
ールと
水面の青色と灰色の日輪をともにちりばめたスティル写
　真(2)を思い出した。

こうして朝食に思いきりビターなチョコレートのかけら
　をかじろうか、

朝食の準備がととのいましたという館内放送の始まるま
　えに――

Ｐ・Ｓ
――自宅から届けてもらった朝日新聞〔(1)２／25、(2)２
／５〕は、ハサミ持ち込み禁止なので、毎回指で引き裂
いている。

つねにＡとＢの幕間で　first version

これで万事休す、とするには
もう二、三時間しかない
まだ死ぬ直前ではなくとも
じっさいに死ぬ前に
どうしても描いておきたいと思ったのは
空色のまっさらな地面に
黒っぽい灰色のボールペンで
なんども引っかいた線条痕

ヴォルスの埃っぽい破線の群れとは
これはいい勝負だ！　空耳に付着した
うす汚れた生コンクリのバケツをぶっちゃけた
《壁の傷跡》[1]とは、
《ゴッホの線の黒い傷跡》[2]とは。

あるいは濃く黄色《ダークイエロウ》に
底光りし、なおかつ沈着しつづける
セシウム吸着装置——
乱暴すぎる黄色い池だった
そこにはどんな放射性レンコンが
成長しているかと
思わせる、あざやかすぎて
裸眼では目玉がたちまち潰れて
しまいそうだ——統計学上、
トホホのランダムウォークでこじ開けた
このダークイエロウの沈鬱なる頁を見ろ！

《そして羊歯の葉を這う蝸牛。[3]》の
静かなる恐怖！
急速に酸化する
妖怪リンゴの
芯の耄碌知らず！

［補註］
＊1＝2／27朝日、2＝（A・アルトー）、3＝（奥泉光）

つねにAとBの幕間で　second version

海市たつ噴ける未来のてりかへし（加藤郁乎）

たとえば長期療養中の大病院では
深夜あるいは小雨まじりの早朝
だれしも耳だけの存在になる
霧のようにますます深くなる
闇の痩身はやすり
そして口裂けトリガー

ぐにゃぐにゃ褐色の
大洪水であれ
ジグソーパズルの絵柄には
各ピースの紙マホガニイの耳がきっちりはまる
ジグソーパズルの得意な――
ＩＣＵ滞在中に悪夢のマイムに登場した
天才少女スイマーはあえて
ヒルベルト空間に飛び込もうとする

病巣の美しい羽の雀たちが――
ある日突然巣立って
多臓器のしじまに飛び火し
やがて脳みその一角に不時着するだろう
転移炎上ゆらめく火砕流！

今朝は霧が深くて
《ブルー・ブルー……　ブルー・シャトー》
一声ありがとうございましたと
なんだか退廃的な声がして
まるで **whip & wash** のセンサーさながら
ぽつぽつミニッツの砂粒は
減塩の流動食に砕け
劣化した爪痕のように
なんどもつぶやく、はり裂ける
本当はこれから何がしたかったのかと
傍らのやさしい若い女声に問いつめられれば
何かしたかったんだよなと
ただ言うばかり――
さあいよいよ２人して《雪中行軍》だ――

（2021.3）

［補註］
＊１＝半世紀以上前のグループサウンズ、ブルーコメッツ最大のヒット曲

移動祝祭日の朝、

頭脳は――空より広い――だから――
二つ並べれば――そこに空が入ってしまう
（エミリー・ディキンソン）

たとえば朝刊のナスダック市場に点在する
空き地にころがる空缶もどき
《空室》なる文字を空欄の四辺のように
わざとかすめる天変地異の煮こごりの地図
チモールのゴリ付近を
赤道またぎに思わず滑走する極楽鳥の頸

眼下の頁に漂着した
絶望の断崖を解読できない絵手紙の差出人の
ハンストによる原因不明死に
接し、病状は未解読ながら
おのずとしばらく涙がとまらない
無数のコンマの連打と同じく、
薄青く灰色がかつた窓から

いたたまれなく
《今日、私を連れて帰って》と――

たとえば
あの約束の場所へ
《月に行きたい》とうそぶきつづける
四月生まれの
宇宙飛行士ガガーリン少佐は
コスモス搭乗犬のように依然として行方不明、
ひからびたヒロイズムともども
波消しブロックの片隅に
溺死体が打上げられた、フェイクかもしれないとしても

ブロッコリイを蒸《ふ》かせばつややかな深緑の架線
カンタータの放送開始を前に
独特の句切れで、着水する宇宙デブリのように
――伊豆諸島、夜、雷をともなって
雨、はげしく降るでしょう

［追伸］

表題の二週間後の脳裡には、ＢＳプレミアムで放映された映画「聖の青春」に漂っていた、政治的ならざる主人公・聖（さとし）の病状の緊縛の冷気が焼きついた、画面の大阪環状線と海景もなんだか寒々としていた。

［補註］
＊詩行の最後の２行は４月29日の午前６時頃のラジオの天気予報の聞き書き。

（火の棘）――第２版

みるからにセピア色の唐変木じゃない
ワン・クリックで《雲火霧》
悪意の突出いかんでは
たてに《揺れながら》火花を収集しながら
炎は瞬時に巨大化するだろう
そもそも殺風景をかたどる
無残な花火のプロポーザルだとしたら

燃焼実験のほうはあくまでも
予定調和の冒険におのれの成否を賭ける
データ収集は快楽原則とは縁遠くても
尖鋭な《火の棘》の画像をもたらす
ルビンギュールの天辺への噴射とはまるで異なるが
絵画的に《火の棘》と称しても
あながち詐称とは言えないほどの
飛沫防止シート＊の瞬間的記録映像だった

透明なシートは
火事のあかあかと崖線の
後景に退くや透明性はひんまがり
魚の背骨の突起もどきを火焔のようにぶつけあう
暗赤地に黄色の魚の骨
たとえば出来たてほやほやの焼き魚の尾骶骨のように
不揃いのとげとげしい黄色の火花だ

あるいは噴火湾内に滞留するアルマジロの鉛色の鱗火花
かつて短語尾レアーレンだった
エルテ誌＊のページに陣取った禍々しくも

華麗なるアルファベットの火文字体を
ライン・ダンサーズ＝文字ドレスの炎上よろしく
あいついで想起したくなる。
火の《結び目》をほどくように

この画面の左右にぽつんと意味ありげに
黄色と茶金色の混在した二本のポールが
傾きながら立っていた
その間にはいくつかの四角い火球が浮遊していた
いまや色彩的に火急――
《じりじり》山嵐の剛毛全開
頭蓋に火事の《フィルム》が絡まる夢想家
《闇の中》火の鳥は茶褐色のインカワシ島*へ
はっしと飛ぶ――一万本のサボテン＝鞭上にバウンドする、
茶褐色の石油タンクを鉤爪で吊り提げて。

［補注］
＊飛沫防止シート＝枚方寝屋川消防組合が実施した飛沫防止シートの燃焼実験のカラーの記録写真。２０２０年7月16日朝日掲載。
＊エルテ誌＝アールヌーヴォーを牽引した豪華美術誌・ファッション誌。ロラン・バルトが現代美術論のなかで論評した。
＊茶褐色のインカワシ島＝ボリビアのウユニ塩湖に浮かぶ茶褐色の島。一万本のサボテンが林立する。またの名は《魚の島》。

（大鴉の目撃情報）

フェンスの上でじっくり羽が艶めく、そもそも
大鴉の羽が鑞引きされたのは、綱渡り芸人のサウスポーの妙技
真四角に区切られたロスコの窓に向かって wire cutter を開脚し
カアと啼いた、舐めると痺れるアジサイ毒はまだ咲かずとも

（影の格子）

当地の剝きだしの鮫の歯のようなムクドリたちはといえ
　ば
おそらくは手近な木立にうってつけの居場所を確保する
　たびに
地域住民の耳時空でガァーと濁音でがなりたてる
もしかしてこれは《何でも知っているカラス》の元祖
フウチョウの蘇りだなんて、忘れるもんか
たっぷりノイジイなＭＲＩ＝騒音音楽の祝祭！　震える
　頸椎！

（人の死に顔が）

人の死に顔が瞬時にデスマスクに定着されるとしたら
海辺の音楽室に安置されたベートーヴェンの石膏の胸像
は埃をいとわず青空残土にひびけと張り上げる不揃いの
　歌声を聞き届ける、
中学時代の音楽教師の cosmetic 流儀は熟年の整形に突
　入したからこそ
かつては男装の taxi driver 似にしてもっぱら《エリーゼ
　のために》だった風貌を
あわててその面影を探そうとしたら先生はつるんと無表
　情だったが、
雀斑彗星の軌道がさらに亢進する先生の指先はといえば、
　複数の新作変奏曲がじんじん
脳裡でひばりの夜汽車とともに焼け残る。晩夏の耳を聾
　する蜩のハンマークラヴィーア

（ある日の PHOTOSTORY の臨界面）

先行するメタレアリズムの
白抜きのレントゲン写真、*
白い防護服が
真新しい白い包帯のようにひらひら

白い屠場のおろしたての白銀は招くよ肉切り包丁
のように垂れ下がっている空間で
スクラップにいそしむハサミのたてる微風でもささやき
でも
激しく全身的にゆさぶられる
防護用フェイスシールドと同じ透明感に映える眼鏡をか
け
彼の匿名の肥満体をうかがわせる
白い防護服ごしの
ブルージーンズとサスペンダー
健康食に育まれた両手の肉色が
塗り立てのペンキ以上に生々しい
静かに重力にしたがう白い防護服姿の作業場にて――
ディテールを消した最終処分の作業途中で
たとえば急に尿意を催したら
どうするんだろうか、なんてこの写真の仕事人には
やっぱり大きなお世話か、それとも解せない白昼夢の末
端で
とにかく白づくめの影の隊列をなしつつ垂れ下がってい
る――

白日の空中から何度も白い紗をかける、積荷は希少動物
たち
一九世紀の大海原でのウォレス船《船火事》の読後感の
白煙を参照しつつ
文字通り火に油を注ぐような白い火葬場の
いわば雨脚の白いしぶきを
脳天で必死に受けとめる
しゃばしゃばしゃばと高熱の波打ち際の
まずは白い連写の波形を
忘れることなかれ！

［補注］
＊先行するメタレアリズムの白抜きのレントゲン写真＝ロシアのメタレアリズム詩の旗手だったアレクセイ・パールシチコフの一九九六年モスクワの書肆《イッツ・ガラント》刊行の詩撰集はレントゲン写真のフィルムに擬したトレーシング・ペーパーでカヴァーしてあり、加えて数枚のレントゲン写真（すなわち肺、肋骨、喉、顎、背骨のレントゲン写真）に擬したトレーシング・ペーパーが挿入してあるのにちなんで。

（**天然芝のトラさん**）

馬の屁《へ》に目覚《めざ》て見れば飛《とぶ》ほたる（小林一茶）

テレビでこのところ毎週お目に掛かるトラさん映画、
放映フィルムはディジタル修正版でもＣＭだらけでぶつ
ぶつ
途切れ興を削がれることおびただしい
映像の連続性ももちろん削がれる、かつての観光バスで
の
すりきれた映像の連続性に空洞ができたというか確かに
凹んで
感情移入の泥濘に思わず当時のねむそうな足をとられる
それでも画面に必死に食らいつくのは
どうしてなんだろう?
台詞まわしの寸鉄がギラッと発光するからか
死後《風天》という句集にまとめられた
トラさんこと渥美清の《絶唱》二百十八句をことごとく
《おいらの》唇に乗せてみたいもの——
ほうら一茶の唇で点滅するほたるのように。
ところでトラさんの静寂と不穏は紙一重
トラさん映画では海賊譚の寸劇も
いかなる感情の海山火事も
屁のかっぱ！　なあんて
風天いわく《ほうかごピアノ五月の風》
トラさんの何気ない仕草で
あるいは早口の声色の濃淡で
観客は誰でも《後腐れなく》破顔一笑だ
あくまでも鶴田浩二の後塵を拝することなく
雨天でもすくすくと《筍》みたい。

（**ロックダウン寸前の人影**）
メキシコ湾岸流の猛威を白昼夢の窓際で遠望しつつ
対岸の縞模様のシャッターの前を
歩く二人の通行人
の影、かろうじて肉づきの良いと判別できる
横顔とお互い腕ふりスローモーションショット

影の格子が逃走ロコモーションとて
黒ぐろと描き込まれた
同語反復的に黒い壁面あるいはワルシャワの地下水道だ
　ったか
ざらつく元・漏水画面を剝がせば
じつは打ちっ放しのコンクリートだったのか
そもそも年代物の石造だったのか
いずれにせよ現物の黒色火薬やオブジェの導火線の
褪色した被覆の色をさらして
隣接するそもそもは白銀のシャッターには
灰色と部分的にオフホワイトの残滓たる人物像
その右隣はその名も斜陽のバー《冬隣》の看板のように
灰白色の野鴨で、デパートの名前には
おもむろに死んだ兵士の歌を口ずさむ歌手の唇と同じく
ワインレッドの口紅を塗る
すわロックダウン開始とばかりに
闇のタータンチェックをぬって想像裡であれ
ウィスキーのチェーンソーが脳内を駆けめぐる
かろうじて肉色の刃と判別できる
身も心も直接性のぎらつく反撃はあるか？
それとも白くシンプルなスクリーン座薬を所望する？
こうしてシンクの水切りストッキング網から
鰺の目玉が平然とこちらを見上げる

あるいは冗談音楽のシリアスな試み――第3版

もっぱら虚数として
うっとりしてひっそり閑と
有刺鉄線状の斜線を見上げると
火箭敷のボードレールよ
ボタンひとつで熱砂スタンピードを呼び込む
無人のサイバー弾道空間へ
末広がりのぎちぎち君すらも
内心には空き瓶がころがっている、
もちろん草ぼうぼうの空き地
それとも草競馬のチキンレース中の馬脚に
鉛色の忍び返しをはたきつつ――
厚塗り満載の空洞化も
まいど絵空事の狼藉だから

死鯨じみた酸素ボンベがごろごろ
沿道の空き地にはとてもじゃないが
ロックダウンのマルメロ・ジャムをば
だんだらハイパーチャージおよび
砂埃の事前予約はいらない、

ティンパンアレイの
鼓膜の破れるような爆音を投下する地上では将棋倒し
《蝶番》の外れるような猪首の表層なだれ
ラニーニャの渦流のじゃじゃんかわいわい
はずれかけたジョルダーベーコンめがけてグアドループ
　島を出航する
超ロングボディーの油槽船！
今もちみもうりょうたる紫煙のたちこめる中
ヒッチコックによれば
《これはただのロープだから
《もう怖くはないだろう、
《ただし初版本の結わえ方だけは
《充分気をつけた方がいい――
鉤裂きが多重にうずくまる

白皙の腱たんぶりであればこそ
キングトーンズ・ギドラシリス形の山なみ、

路頭に迷ったキャプションもどきのクロノロジー&サウンドスケープの波紋

――マリー・シェーファー讃江

2021・8・14
暗い《瓶底なみの》水中眼鏡の眼球
ぐいぐいメタボリックに
デフォルメ態&半永久歯の残滓
プラス安っぽいコップにも反射する光線恐怖症
に対峙せよコックファイターズ

2021・8・15
単純に、八月の青林檎3個の
横並びに隊列を組む、
薄緑色研究の切磋琢磨
うんとスピンをかけようか

鶏頭メイクでぞろぞろチキンレース
これでオズマの問題の所在は
どうなる？

2021・8・16
安物のハンガーのT—シャツのTボーン架刑は
セミの尻切れトンボのような啼き声
灰白色の重力の表情研究にふさわしい！
プラスチック水槽内のバナナの可食性の可否に加えて
想い起せば
クレラップのCMに出演後のおしゃまな女児たちの行方
　はどうか

2021・8・17
スクラップ済のびらびら金色熱波、
近頃のギリシャの山火事連鎖
真夏の肌にゆれる金色の炎また炎の
テッサロニキ近影！　どまんなかの
丘の上のピンク・フロイドの楽曲の
脳内イコノロジックホールダップ

2021・8・18
動物王国の曲がりくねった木の人工関節と
ルリコンゴウインコならびにフタユビナマケモノの
のそのそ蝮の絡み合い！
解体途中のダンボールの伽藍＝ガラパゴス島ならでは
作業療法のスライダー＝肘グライダーを往復させる
実用新案特許を取得しないまま、
セルフメディテーションの添え木
白くふわふわｃｆの切れ間に
ラドガ湖のような青空のかけら

2021・8・19
掌中の
セルロイドの小球を見つめる
真剣なまなざしの刃先
かつて試合会場に
登場したときのまなざしは
もっと穏やかだった、
試合巧者の濃赤色だから、鮮やかにパレルモ

さて
銀杏の落下には不都合な
断裂の重ねがさね黒ぬり開示は
グロテスクな製氷皿

2021・8・20
おとといの雨に打たれたか
アパートの出入口に
セミの死骸が2体ころがっている
急速に干からびるのだと
鳥ガ騒いでいた気がするが――
面白い鳴きまねを自分もしようか
しきりに外壁をブラッシングするように
鳥が鳴く真夏の夕まぐれ
クァクァクァ――マネの《静物》の黄色だ

空の灰青へ
巻積雲の残映は
鱗状にあるいはレンズ状に
相次いでとびはねる
緑と赤と白と黒のグリッドを
すずめ蜂の刺創から蜂窩をつたって
白紙の天気図にむせぶ病巣に
白銀メタリックに招くよフェルマータの眼《まなこ》
晩夏の黒曜石の破片にくびれる
しつような湿舌へ
しかも乾燥した蹄鉄の錆を
ちりばめる、散布する
きなくさい扇風機のこねる
温風を採血しはじめる
少年の耳はアップルパイの林檎
遊泳禁止の飴色に
よじれる、傾聴する
ハシブトガラスの発声練習をラジオで
カアカアリピートする――
未必の故意だ
コンクリの裂ける惨状を思った、
ツーアウト、ランナー三塁を

赤瀬川隼よ想定せよ……
緩傾斜を静かに昇る蟻の隊列
雑草がにわかに微風に
ゆれる、茶色っぽい偽装葉を
蝶番のようにひらひらさせる――
砂をかむ跳躍よりも
その少年は十字懸垂がにがて
パレットは土の悲色に裂けてしまいそうだ
着任したばかりの地理の堀内先生は
見るからに口べただから
あの校庭の百葉箱から
必死の笑顔が切り出された
大気の息づかいをコマ落しにするように

二月末の《弦楽セレナーデ》

きみの死顔を見ていると
きみの心残りをゆっくり急いで喋ってくれそうだ
ランダムウォークもどきに。

あれだけへたくそなぼくの絵を
しきりに誉めてくれたのに、
じぶんのこととなると秘めたる画才を持て余していた。
ドガの風景画についての熱弁は
ヴァレリイ以上に説得的だった

あるときはじぶんは料理は上手に作れないと言いながら
料理ノートに丹念にレシピを書きつづけた、
ぼくには野菜の絵を表紙と裏表紙用に所望した。
だから調理するのがややこしいので、
電子レンジを買ってまで
グラタンに挑戦しようとはしなかった。
あるときは茂吉の《赤光》の中の
全焼した青山の脳病院のフレーズを突っ込んで訊くと、
常識ないなあと一瞬気色ばんで
笑いながら切り捨てた、

死顔がまた語りだす
ぼくの病気が全快したら
ゆっくりふたりでどこか旅したいな、と。

旅はあくまでも練習また練習だから、と。
彼女は後ろ姿のよく似合うヒトだった。
ぼくの旅写真の名ショットを2点あげれば
①音威根府の天塩川方面へ向けて
道々の闇の中へ消え去る彼女の後ろ姿、
②あるいは昼下りの尾道のふつうの商店街を
人さらいにさらわれていこうとする
彼女――もちろん彼女の迫真の演技だが…
なんだか写真ハガキにぴったりの
後ろ姿ばかりで
遺影には使えそうもない…

彼女の《面影》草子から　revised version

夕暮が遠くで太陽の舌を切る　（左川ちか）

ある日半開きの店頭のガラス戸から
シューシューと風切羽＝金属的に
ゾーリンゲンの刃物は
生ぬるい微風を裂いて行ったりきたり
金物屋の刃物さばきは
若くとも手なれたものだ――
一週間ほど前に研ぎを依頼したのは
きっときみだろう
さあこれでよく切れるようになったが
このゾーリンゲンを試めしに
きみが使うことはあるまい――

きみはさほど花屋を訪れたことがないと
女友達は思っていたようだ
きみはもっぱらアネモネ党だったと
あくまでも言い張る
アネモネは濃い《夕闇》として開花するや
あっけなくシャーレ上の脳片のように
《断崖を通過し》
おまけにぼくには
アネモネは《得体の知れない》花だった
いきなり路地裏の沼地で
人面化するような花だったのに

いつも猪首のホルスト・ヤンセンにならって
本物のアマリリスを欲しがって
これじゃあ季節はずれだよと
きみに大笑いされたこともある
——どんなお花をお探しで
と花屋の店員に声をかけられると
たちまちぼくはだんまりのヒッポクラテスを決めこむ
《落剝》するツェランの《さくそはな》をと
応じたら、果してどうなるか?
こんな場面で花の名前をすらすら挙げるのは
どうも虚仮おどしみたいときみは嫌がった、
窓の外でいつしか降りだした雨に
とにかく《油断》しようものなら
黄色やサモンピンクや藍染めまでも
花の首はガクンと折れるから——
ガラスの花瓶水の腐り気がいや増すから——
あの夜の脳内出血の予兆は
あつい湯舟につかりたくなるほどの

ひどい寒がりようだった
寒い寒いとつぶやいて
フローリングの床上の敷布団から立ち上がり
新品のマスクをつけ直し
さっそく机上の加田伶太郎よろしく
すーっとそのまま闇の中へ消えた
なぜか花びんのにごり水の中で泳ぎだす
魚類の転倒《パントマイム》のシルエットを
見た、レンズの外れかけた《今宵》も
《傍目》もふらず底冷えるのに
近着のアラディンのランプ印の
ポータブルガスストーブは使われずじまい
きみが亡くなったのは
ちょうどその頃だった。

ところで重い骨壺のなかで
折り重さなりつつ、きみは
隣家のシャボン玉遊びの歓声を
ちゃんと自分の耳で聞きとれただろうか?
超低空で飛びまわるシャボン玉の群れを

しかと見届けられただろうか？
フェルメールの描く半開きの唇を
やみくもにスピンオフして《破断》
ぼくのほうはルンゼとリッジを《這い上る》
ルービックキューブ３×３を
試しに空っぽの壜と交換した
雨もよいのコンクリート塀の上で
大鴉はリコピン威嚇的に
語尾をアッアッときざんで
いわく《３は魔法の数字》……

ノンフィギュラティヴ燃焼の火花を

（すわ顔役が）

小皺ばかりのフィヨルドの切れ込み
銀色の残滓としての焼き魚
火事の現場で断裂するＲ・サビエの
焼失したアトリエに

屍体は見当らず、顔面テラロッサ
それでも痛恨のブレード願望の痕跡よ

日頃気まぐれに投げ込まれる
ぺらぺらの遺品整理屋のチラシ
どこで死の気配を察知したのか
雨あがりのバンクに置き去りの
神経叢にぴくぴく連動する輻射熱
競輪選手の動体視力の摩擦熱！

（九月の雷鳴）

いつもの交差点を渡り終えたところで
巧みに撮影機材にレインコートを装わせ
九月の雷鳴を合図に
駅出口から傘は骨だけ
横殴りの雨と真っ向勝負をいどむ

駆けだす無謀な乗客を
数秒間のテレビ放映のため

好アングルで待ち構えるＥＯＳの
位置取りに長けた老練なカメラアイは
びくともせずもっぱら稲妻を魚籃へ――

（ジャミングの行方）

夜来の半島からのジャミングも
路上のレミングも尻上りの虎刈りも
その影の暴走ももっぱらミモザ作戦の光芒
音頭とるコブラツイストの連続技
たる《ガウチョ節》よ、

蔓も地衣も海藻類のウェットスーツも
いずれも退屈しのぎの《恐怖のオアシス》
自炊的にあおるプラスチックスープも
有毒なイエロウケーキの刀入も
garbage ごと海原をぷかぷか移動する！

（ギミックサラダをもう一度）

汗みどろのキャベツの偏頭痛とて
見た目にジャンクポテトのなれの果て
だから唇の痕もピーマン曲面にぎゅう詰め
肉はピューマ印のショルダーのみ、
グイッツォ！
脳震盪なみに
ぴちぴちはねるわい！

わが《イリュミナシオン》もどき

Ｉ　画家ヴェルチコヴィッチ

ヴェルチコヴィッチ画の血煙の括弧を
はずした双方のヴェクトルを追え
半身を捻っては叫び、叫んでは乙字型に捻り
とっさに指紋の渦をはずした尾根筋
小柄で無防備な《エレーニ・カラインドロウ》：
楽曲なるスプラッターもどき、
ころころした体形の濃厚《ソリプシスム》の

括弧をきいきい歌姫ヨゼフィーネさながら
各カタストロフの仰角を
喉のアポストロフに引っ掛ける
季節外れの喪服のほつれを思いきり
《メタセコイヤの並木道》へどうぞという
新聞広告に乗じてノスタルジックに
油彩の死臭が今日も赤くたちこめる

II　冬の旅

冬枯れの荒れ地《ゾーン》
として
の、おおアンドレイ・タルコフスキイよ
ぎらっとレンズに反照して
冬たけなわの待てば海路の波浪警報
焼け焦げて黒い柩なり
これも吃音空の黒い裂け目
どす黒いアイスピック氷の賭！

III　多連装の釘男《くぎを》ギュンター・ユッカーへのオマージュを

反物質の《爪が引き裂く時間》の
舌の根も乾かぬうちに
取り急ぎ流失しようとして
見る者の眼圧のかかる
ヴェネツィアのとある運河の
青緑のどんより濁水面にも浮上する
それでも水彩の水玉の《光り輝く水》よ
釘男ギュンター・ユッカーの釘庭は
芽吹きのぎざぎざに血液を抜栓する
ほーら、発掘現場の羽休み！
羨望の要木枠の壊れものとして運ぶ
釘だらけの頭部がシュッと擦るスタシス鍵盤
蠟マッチたる釘だらけの猫背用椅子

IV　彼自身による事件の起き抜けの慌ただしい現場検証に代えて

マックス・エルンストのピクトグラムの掉尾を

文字通り翻訳すれば
……わたしが目撃したのは
ひと番いの白鳥たちの
《高病原性たる鳥ウィルス》のはらむ飛翔だった
壮麗なるかなはばたきは

（訳註）フロイト博士の聴診器がとらえる欲動の鼓動に
今もって注目！

V　マリーナ・ツヴェターエヴァの長篇詩《鼠捕り》の
《vanishing point》まで

ティルマンスの接写した画面から
石畳の下から眇でうかがう
二〇世紀末のベルリンに棲息する
鼠の赤い眼、
まなこという海鼠《なまこ》よ
かつてハーメルン近郊のヴェーゼル川へ
大挙して失踪した鼠たちの生き残りの光芒《ルーメン》
これはれっきとした蘇りだろうか

このほど《笛吹き男》の正体を
冷静に深索する新刊書が出た

VI　ともすればアンダーグラウンドから

ともすればアンダーグラウンド発祥の
二重底の埃まみれの逆光線を
一揆へと駆け上がる動詞の勢いが
流民たる変異体ビジアコ。
《空き家》*だ、灰白色《アシュグレイ》の額縁に
《噛みつけ》*スタシス！
《白い歯で》*ロ・ジンガレッリ*の
言語地形の急勾配を登りつめる
手負いの健脚は稲妻のヒゲだろう
ここでマジックアワーの豹《ひょう》皮をあぶりだす
メタボリック・シンドロームの
闇はだだっ広い。

削岩機がうなる

ルビンギュールのガスバーナーが遠吠える
無色無臭のガス栓をひねっては
やつぎばやにコンマを召喚する。
虚無的ずんどうの何をいまさら空洞なのか
それもこれも絵空事だとしたら
徒手空拳で空無を切り取れ！
スタシス憧憬の

横顔と頭蓋の破れたゴヤの原画の所在は？

［補註］
＊《空き家》《嚙みつけ》《白い歯で》＝いずれもリトアニア出身でポーランドの画家スタシス・エイドリゲヴィチウスの作品名。いずれの作品にも二〇一九年秋、武蔵野美術大学の美術館で勇躍対面した。
＊《ロ・ジンガレッリ》＝定評ある現代イタリア語辞典。

補遺

自宅の書斎から

晶子夫人と

あの日あっこは寒くて、頭が痛いと言ってヴェルデの自分の布団に横になった。――しばらくして起きあがり、意を決したように新しいマスクをつけ、だまって出ていった。それがあっこを見た最後の姿、8時頃だった。

今にして思えばラフィーネの風呂に入りに行ったのだろう――

《もっと暖かくなったら、早朝に外を歩く練習をしようよ、そして歩ける距離をだんだん伸していこう――ときどき言っていたあっこ。

ふたりの旅行スタイルはといえば、北海道や青森もちろん京都や奈良、九州も一周したこともある、旅行中にあっこのすてきな写真を撮った、写真ハガキにした、2枚だけ取り上げると音威子府の天塩川方面を歩くあっこ、そして尾道の商店街に吸いこまれていくあっこ――いずれもあっこの後姿が中心に映っている。

画家香月泰男の古里である山口県三隅町の美術館へも行った――

2 KODAK 5063 TX 3 KODAK 5063 TX 4 KODAK 5063 TX
2 3 4
KODAK 5063 TX 8 KODAK 5063 TX 9 KODAK 5063 TX 10 KODAK 5063 TX
8 9 10
KODAK 5063 TX 14 KODAK 5063 TX 15 KODAK 5063 TX 16 KODAK 5063 TX
14 15 16
KODAK 5063 TX 20 KODAK 5063 TX 21 KODAK 5063 TX 22 KODAK 5063 TX
北浜駅
KITAHAMA STATION
北浜駅
20 21 22
25 KODAK 5063 TX 26 KODAK 5063 TX 27 KODAK 5063 TX 28 KODAK 5063 TX
25 26 27 28
31 KODAK 5063 TX 32 KODAK 5063 TX 33 KODAK 5063 TX 34 KODAK 5063 TX

北浜

たなかあきみつの詩を読み解く――たなかあきみつ全詩集・解説

一色真理

たなかあきみつの作品は晩年のごく一部を除けば、極めて難解で晦渋である。しかも内外の現代詩の歴史を見渡しても、彼の作品に肩を並べる作品は見当たらず、どこまでも比類がない。強いていえば天沢退二郎訳の『マルドロールのうた』だろうか。実際、たなかの作品中に同書への言及は数多く出てくる。いずれにしてもロシア現代詩から絵画や写真、歌謡曲に至る幅広いジャンルから豊富なヴォキャブラリーを取り込み、オートマティズム（自動筆記）を駆使して詩行を疾走させていく、その手法のユニークさでは外に並ぶものがないといえる。またそれだけにたなかの作品は少数の限られた理解者によって愛読された一方、詩壇や一部の現代詩ジャーナリズムからはおおむね無視され続けてきた。七冊に及ぶ純度の高い詩集が刊行されてきたにもかかわらず、これまで一度も受賞する機会がなく、商業詩誌で大きく取り上げられる機会すらなかった。その意味で本全詩集の刊行が彼の驚くべき詩業の到達点を広範な読者に届けられる一助になるとしたら、これにまさる喜びはない。

以下、彼の初期から晩年に至る作品群を私なりに、「同人誌の時代」「暗喩の時代」「オートマティズムの時代」「リリカの時代」の四期に分けて展望していきたい。

Ⅰ　同人誌の時代〜初期詩篇〜

いささか私事にわたるが、たなかと初めて出会った一九六七年四月のことから書き始めたい。その日私は当時在籍していた早稲田大学の第一学生会館27号室、つまり早稲田詩人会の部室に入会を希望して訪れたたなかと初めて出会ったのだ。

一九六五年から六六年にかけての第一次早大闘争の半年にわたる全学ストは既に解除されていた。けれどキャンパスはまだまだ熱気をはらみ、学生たちは昂揚していたと思う。アメリカのベトナム反戦運動、フランスのパリ五月革命、中国の紅衛兵運動などが世界中で疾風のように吹き荒れていた。日本でも東大、日大闘争をはじめとする全共闘運動が頂点を迎えつつあり、まさに変革の時代だった。

現代詩の世界もまた沸騰していた。天沢退二郎、鈴木志郎康、吉増剛造ら六〇年代詩人たちが登場し、一斉にスターダムに駆け上がったのもこの時期だ。前年までの早稲田詩人会は僅か数人の部員で活動していた弱小サークルだったのに、この年だけは予想を超える入会希望者が毎日のように押し寄せてきた。田中昭光（これがたなかあきみつの本名である）もその中の一人だった。出会った瞬間からその「一度見たら忘れられない存在感」に圧倒されてしまった。どこか現在屈指の人気漫才コンビ、サンドイッチマンの富澤たけしを彷彿とさせるその風貌は、三重県一志郡（現在の三重県津市）という出自を知らなくても、伊勢に近い風土特有の孤高と都会的な知性、地方ならではの荒々しさとが共存する、精神的なスケールの大きさを感じさせた。ただしそれは視点を変えれば、いろいろな意味で両極に引き裂かれた、葛藤を抱えた姿のようにも見えた。

そんなたなかは早稲田詩人会に入会したときには既にある種の完成された文体を所有していた。おそらく高校時代から現代詩を相当に読み込んでいたのだろう。シュールレアリスムへの傾倒の深さや六〇年代詩人への共感とひとことで言えば簡単だが、そこにはあくまでたなかあきみつという生身の感受性を通過して書かれた一回性の輝きがあり、模倣や影響を語る余地などなかった。たとえばこんなエピソードがある。

一九六八年の大晦日、早稲田詩人会のメンバー10人ほどで新宿の深夜喫茶マイアミに集まり、年越しをしたことがあった。そのまま徹夜して初日の出を見に行こうという計画だった。コーヒー一杯で始発電車まで粘るのだ。酒を飲むわけでもないので、大晦日の長い夜をさまざまなゲームをして過ごすことにした。その中の一つに「連想ゲーム」というのがあった。メンバーを二つのチームに分け、全員無記名で即興詩を書き合う。そして相手チームの詩の作者を文体やテーマから「連想」して推理するのだ。作者がばれないよう、それぞれ互いに他のメンバーの個性を模倣する。当然なかなか推理は当たらない。しかしただ一人、百発百中で作者名を当てられてしまう者がいた。たなかあきみつである。語彙と文体があまりにも個性的で、しかもどこまでも自分のスタイルを貫いてしまう（没後に「詩素」たなかあきみつ追悼号を編集発行した池田康は、主宰する洪水企画のブログ「たなかあきみつ氏逝去」の中で、「アキミツ語の生成を目指し、アキミツ語の旋律を苦吟していた」と的確に論評している）。そういう良く言えば純粋さ、悪く言えば不器用さはたなかが生きている間、最後まで変わらなかったと思う。

一九六八年といえば先に挙げた「変革の年」であるがこの年、二年生であるにもかかわらずたなかは同会の年刊詩集『早稲田詩人 1968』の編集長に抜擢されている。そこに掲載されているのが本全詩集「初期詩篇」の章冒頭の作品「街のねむり」である。

平衡のきれめには
標的がある
ぼくとの遠さを

たえず平衡はくびれた風景の中におく
そこにびっしり飢餓がしみだす
冷えきったぼくの額の裏へ
ひろがる
夥しい肉声のしみ

（「街のねむり」冒頭部分）

一見抽象的に見えるかもしれないが、「額」「眼」「舌」「皮膚」といった身体器官の感じとる、えずきにも似た気持ち悪さ（繰り返される「平衡」感覚の不全）が、作者の「街」に向けた敵意にも似た違和感（「ぼくとの遠さ」）の暗喩として機能している。まだ二十歳に達したばかりの作者がここまで完成度の高い作品を書き得たことに、今更ながら驚きを禁じ得ない。

私と彼とはこの時期、早稲田詩人会の発行する年刊詩集「早稲田詩人」、謄写版による手書きの月刊誌「27号室」、私の編集する同人詩誌「異神」、蔵持不三也の編集する同人文芸誌「ガラスの首」で活動を共にしてきた。今回の全詩集ではいわば「同人誌時代」と言うべき、この期間のたなかの作品をまとめて「初期詩篇」の章にまとめた。ただしその後詩集に収録されたものは、改作により大幅にテクストが変更されたもの以外は除外した。また今回、日本詩歌文学館の協力により「異神」掲載作の多くを収集することができたが、「異神」5号は同館に収蔵がなく、ここには収録できていない。年刊「早稲田詩人」については一九六八年版のみ同館に所蔵されていた。月刊「27号室」、「ガラスの首」についてはやはり同館に収蔵がなく、別ルートで現在も探索中だが発見に至っていない。

同人誌時代のたなかの作品として現在参照することのできる作品は、前記一九六八年の「街のねむり」から一九八二年の「音よ、封じられることなく」まで29篇である。このうち「きみはネヴァ河生れ」など12篇は第一詩集『燐をおびてとびはねる』（一九八三年）に収録された。しかし詩誌発表時そのままにすべてが掲載されたわけではなく、「ひかりの種子」のように献辞の部分だけが抜き出されて「牙関緊急」に転用されたり（「牙関緊急」はそもそも「異神」に発表された「レクイエムを携えて」が改題されたものである）、一度第一詩集に発表されながら改作されて第二詩集や第三詩集に再掲されたものもあるなど、作者の改訂へのこだわりが著しい。その際タイトルも変更されて全く新しい作品と見紛うばかりに変身したものもある。例えば「ホルスト・ヤンセンに」は「腐食」に、「境界」は「境界の、あるいは線」にタイトルが差し替えられた

ここでぜひ指摘しておきたいことがある。それは同人誌時代に発表されながら詩集収録が見送られた作品と掲載された作品との間には、明確な一線が存在することだ。

具体的に言うと、詩集に収録されているのは基本的に一九七四年発行の「異神」14号掲載の「きみはネヴァ河生れ」以降の作品である。時期的に線が引かれたともいえるが、それだけではない。収録された作品とそうでない作品の間には、テクスト上で明快な違いがあるのだ。この問題は第一詩集以後の「前期」の作品群と大きく関連するので、改めてⅡ章冒頭で検討することにしたい。

そこでⅠ章の最後に少し寄り道をして、たなかの同人誌時代の伝記的エピソードをもう少し描いてみたいと思う。

たなかあきみつは「未来派などのアヴァンギャルドから今日に至るロシア現代詩」の翻訳者というイメージが強いが、実は早稲田に入学してきたとき彼は仏文専攻だった。いつも鞄の中に難しそうなフランス語の原書を何冊も重そうに持ち運んでいた。「まだ一年生なのに原書が読めるのか？」と尋ねると、「いずれ読めるようになる。買えるときに買っておかないと、読みたくなったときに読めないじゃないですか」と妙なロジックで反撃してきた。当然フランス語を猛勉強していたはずだ。だがなぜか単位を取得しようとしない。当時の早稲田では八年まで留年を許されたが、

最初の四年間で一定の単位を履修しないと、中退ではなく抹籍になってしまうにもかかわらず……。そしてたなかは見事にこの規定に引っかかり、四年で抹籍処分になってしまったのだ。「えっ、なんで?」と誰もがびっくりした。たなかはその理由を語ろうとしなかった。後に「家庭の都合で」と説明する友人もいたが、それなら中退ですむはずだ。何故抹籍になる途を選んだのかどうしてもわからない。

ただ、たなかの義弟(晶子夫人の実弟)にあたる高橋団吉が没後に記した回想「たなかあきみつ×田中昭光」(「詩素17号」)の次の一節は、彼の露文転向の動機の一端を示すものといえる。

田中昭光と姉・晶子が出会ったのは、神田神保町の古本屋「源喜堂」です。ともにバイト学生。小生もたまに手伝わせていただき、昭光氏と茶店で話し込む仲になりました。

当時、小生もドロップアウト学生で、学外でロシア語を勉強しながら読書会を開いていました。昭光氏は強い関心を示し、「オレも入れてよ」と、ロシア語の猛独学を始めます。この読書会で読んだテキストは、ソ連反体制派の雑誌『コンチネント』やミハイル・バフチンの批評などなど。

昭光氏と姉は、ほどなく結婚。以来、勉強会は田中家開催となり、夕食会を兼ねて朝方まで飲み明かしました。

もっともたなかは一九六八年発行の「早稲田詩人 1968 NOV.」の編集後記でロシア未来派の詩人マヤコフスキーの詩句「光の舌でせっぷんしてやれ!」を引用しているので、ロシア現代詩への関心が既に早稲田在学中から始まっていたことは確実である。

こうして早稲田の仏文を辞めたたなかは大学でのキャリアを捨てて、神田の東京堂書店に就職し、二階の洋書売場を担当した。フランス語はもちろんさまざまな外国語の原書を読み漁っていたたなかのおかげで、同店の洋書売場は見違えるほどに充実したと評判だった。ある日、私はそこで彼が働く様子をじっと見ていたことがある。既に一九七〇年代に入り、私とたなかは「異神」同人として活動を共にしていたから、彼が仕事を終えてからどこかへ一緒に行くつもりだったのかもしれない。たなかはレジにやってくる客を「いらっしゃいませ」と仏頂面で迎えては、てきぱきとカバーをかけ、またにこりともしないまま「有り難うございます」と送り出す。そんな不愛想な態度でいいのかとツッコミを入れたくなったほどだった。

書店員として働くかたわら、たなかはフランス文学からロシア文学へと関心の方向を変え、お茶の水にあったニコライ学院でロシア語を学び始めた。気がつくと露文出身の私のロシア語力を瞬く間に追い越していた。そしてロシア現代詩の紹介・翻訳者として文字通り第一人者の地位を確立していった。「異神」同人会のとき、ソ連から亡命した詩人・文学者たちがヨーロッパで刊行する雑誌「コンチネント」への支持を、力を込めて語ってくれたのを覚えている。

同人会といえば、たなかが誰かの手土産のミカンを表皮を剥かずにかぶりつくように食べていたこと、難解な作品について作者としてのコメントを求められたとき、にやりと笑みを浮かべるだけだった一齣も忘れられない。真夏の同人会で、みんなが怪談めいた話で盛り上がっていたとき、突然「うわあーっ！」と奇声を発して、みんなを震撼させたこともある。意外にお茶目な性格だったのだ。

Ⅱ　暗喩の時代〜第一詩集『燐をおびてとびはねる』（一九八二年）から第四詩集『イナシュヴェ』（二〇一三年）の途中まで〜

それから六〇年近く彼の詩法は一貫していて、小揺るぎさえしていないように見える。だが長期にわたる全作品を今回時系列で通読してみたことで、今まで気づかなかったいろいろなことが見えてきた。一生をかけたシュールレアリストとしての手法は変わらないながら、その中で明らかに書き方が変位した思われる時期が複数存在するのだ。

第一詩集『燐をおびてとびはねる』（一九八三年）から第四詩集『イナシュヴェ』（二〇一三年）の途中まで、たなかの作品にはある特定の語彙が頻出する傾向があった。最も多いのは「吃音」という用語である。見開き二ページの中ですら、この言葉が幾度も執拗に繰り返し使われているのを確認することができる。次に多いのは「痣」（第一詩集では平仮名で「あざ」、第二詩集以降では漢字で「痣」と表記）という言葉だ。この二つを当時のたなかは偏愛的に使用していたといえる。ほかに頻度はぐっと落ちるが「ざらざら」という擬態語があり、他の語彙が消えていく中で、この言葉だけは生涯を通じて使われ続けた。

Ⅰ章で同人誌時代の作品の中で詩集に収録されたものとそうでないものの間を分ける時期的な境界のことを示唆したのをご記憶だろうか。その答えがここにあると思う。テクストに「痣」「吃音」「腐食」といった特徴的な語彙が登場しているかどうか、――たなかはまさにそれらの語彙の登場するビフォー・アフターに、明快な境界線を引いたのだと思う。

おい、巡礼の杖は
どこだ
声の痣は

（「声の痣」部分）

そう、あの吃音の
刃ぶれの
漆黒すらも

ざらめの舌へ
何重にも滑りこむ錆

（「メタリック」部分）

たなか自身に吃音経験は多分ない。つまりこれは暗喩である。たなか詩における「吃音」は「失語には至っていないが、言いたいことを言い出せずに口ごもっている」状態といえるだろう。口に出したいことが山ほどあるのに、内圧あるいは外圧でそれらを言葉にできない。これはその個性の強さから他の子供や大人たちと折り合いが悪く、理解され難い子供時代を過ごした（それは先に引用した初期作品「街のねむり」から推測することができる）たなかの本心だったと思われる。また、彼が当時心を寄せ続けたソ連反体制派の詩人たちの置かれた「限りなく沈黙に近い発語」の位相を暗喩したものとも受け取れる。その折り合わない違和感、不適応感を擬態語として表現した言葉が「ざらざら」であろう。時にはその表出不全感がトラウマになり、心の皮膚に赤黒い「痣」をつくる。痣という文字は「病い垂れ」の中に「志」という文字が隠されており、意図的に選び取られたのだとしたらなかなかに意味深長である。

私はたなかの詩業を前期・中期・後期に分けたいと考えているが、シュールレアリスム的手法の中に、十分に意識された「意味」が隠されているこの「前期」について、「暗喩の時代」と呼ぶことにためらいはない。

Ⅲ　オートマティズムの時代～第四詩集『イナシュヴェ』半ばから第六詩集『静かなるもののざわめき　P・S：詩集』の途中まで～

だが、たなか自身そうした詩法に心のどこかで息苦しさを感じていたのではないか。作品のテーマが明確であり、意味はとりやすいが、それだけに「意味」にとらわれてしまって、連続して読み続けるのが辛くなる。次第に息が詰まり、狭小な空間に閉じ込められたような緊張を覚えてくるのである。

この暗喩的シュールリアリスムとも呼ぶべき手法は第四詩集『イナシュヴェ』のある時期から先、完全に払拭されてしまう。同詩集の中でも白眉といえる「アイギを読みながら」が分岐点になった。ここから先がたなかあきみつの詩業の「中期」に当たるといえる。

雪また雪ばむ紙の《高純度》の森
‥
風のびくびく脈動するクリスタルよ、ピッツィカーレ！　ピッツィカーレ！
‥
《ロシア野》という無限に音楽的なマトリョーシカ群
‥
空中の動体をキャッチする視覚もどうぜんの《雪》なる動詞の全変化
‥
睡夢からちくいち届くヴェリミールの《みちゅみちゅ《ダロージ》》の新鮮なエコー

（「アイギを読みながら」部分）

まるで憑き物がとれたように、彼のテクストから「吃音」も「痣」もきれいさっぱり消え失せてしまうのだ。その変貌は奇蹟のようにあまりにも唐突に訪れる。そこから彼のテクストは見違えるようにいきいきと快速で疾走を開始する。

どちらかというと寡黙に見えたたなかの作品が饒舌に変容していくのはここからだ。1行の行脚もどんどん長くなり、改行詩に加えて高精度の散文詩も登場し始める。この全詩集がかくも膨大な質量を保っているのも、この時代に書かれた極めて高密度な作品群が存在すればこそといえる。彼が最も豊饒で多産なこの時代を、私は言葉の真の意味での「オートマティズムの時代」と呼んでみたい。テクストに「疾走」「爆走」などの語彙が頻発するのもこの時期で、詩行はたなかと世界の無意識の交錯する美しい瀑布となって、どこまでも疾走を続けていく。

なぜこのような変貌がたなかに起きたのだろう。それまで口ごもるような不全感の中で鬱屈していたのが、この時期ようやく現代ロシア詩の翻訳者としての地歩が固まり、作品も一部の詩人や読者から注目を受けるようになった。たとえば「現代詩手帖」一九九一年二月号の書評「『感電注意』の詩集——たなかあきみつ『声の痣について』」の中で、吉田文憲はたなかを「はげしい電流をおびた稀有な詩人」と呼んで高く評価している。それがなにがしかの自信になって、積年のトラウマから解放されたというのか。また彼が深く愛し、その翻訳を通じて親しんだロシア連邦チュヴァシ共和国の詩人ゲンナジー・アイギとの交友や、中央アジアの田園地帯に吹く風の音を連想させるのびやかな詩行に影響を受けたとでもいうのか。もともと彼は自分のことについて語りたがらない寡黙な人であったから、今問いただすことができたとしても、彼はやはりいつものようににやりと顔を歪め、微笑するだけだったに違いない。

いや、そうした外部的要因の詮索は無駄だろう。この変貌には詩人としてのしかるべき内部的必然性があったと、私は考えたい。たなかのオートマティズムの中核にはある概念、——たなか自身の用語を使えば「鍵語」(「キーワード」と呼ばずに「鍵語」と彼は言っていた)が存在するのだ。私が彼の最高傑作と考える第五詩集『アンフォルム群:詩集』(二〇一七年)に収められた「京浜運河殺人事件」のテクストの中に、その「鍵語」が埋め込まれている。すなわち「蜕(もぬけ)」という言葉である。詩集中の代表作といえるこの作品の中で、彼は大辞林一九八八年版の記述を引用しながら、「蛻」とは①抜けて外に出る。脱する。抜ける。②セミやヘビなどが脱皮すること――だと書く。そしてその意味の延長線上で「魂の抜け去ったからだ。死骸」をも暗示しているという。

彼はこの「蛻」を、アイギと共に彼が終生愛してやまなかったロシア未来派の詩人フレーブニコフの鍵語「プスタター」と関連づける。「プスタター」とはフレーブニコフが創り出した新造語（ザーウミ）のひとつで、空っぽ、空虚、空無を意味している。

つまり、たなかはどちらかというと自我意識が強かった「暗喩の時代」の、「言うべき意味がはちきれんばかりに詰まった自己」を中期において脱皮しようとしたのだ。そして自己や意味への執着が一切ない「蛻」イコール「プスタター」の境地を目指したのではないか。すべてを「蛻」とし、書記行為から意識を消し去ると、それを埋めようとして無意識が湧き上がってくる。この無意識をエンジンとして書き続ければいい。そこからたなかの「疾走するオートマティズム」の文体がスタートしたのだ。テクストに意識の操作が及ばないので、この時代の作品にはすべてタイトルがない。それは作品にあえて主題を求めないという作者の決意を表している。このことは断言しておいてよいと思う。

Ⅳ　リリカの時代～第六詩集『静かなるもののざわめき　P・S：詩集』から第七詩集『境目、越境：詩集』まで

たなかの「疾走するオートマティズム」は第六詩集『静かなるもののざわめき　P・S：詩集』（アンフォルム群：2）の頃からまた少しずつ変貌し始める。まず気がつくのは作品にタイトルが復活したこと。オートマティズムの中に主題意識が戻ってきたのだ。そして晩年に向かって、たなかの詩は新たにたおやかな抒情性を深めていく。あえて常套句や歌謡曲の歌詞の引用をしてみせては、「命に別状はない」「地球の夜更けは淋しいよ」（「《失踪》あるいは逃走」）などのホンネ（のようなもの）を垣間見せるようになる。疾走し闘争してきたはずが、いつのまにか失踪

や逃走にすり替わっていたのではないか。そんな自分の心の奥底を猜疑する意識が浮かび上がってくる。詩行からドライブ感が薄まり始め、叙述に近い文体へと徐々に変化していく。第六詩集の作品群にはすべてタイトルに「P・S」の文字が含まれているのは「追伸」の意味だろう。パウル・ツェランの「投壜通信」を連想させるが、作品が何者かへの手紙の「追伸」であるとすれば、これはもはや抒情詩以外の何物でもない。加齢や病気なども影響を与えていたのだろうか。こうして彼の作品は一歩ずつだが、確実に抒情詩へ向かい始める。抒情詩のことをロシア語では「リリカ」と言う。だから、晩年に向かうこの時期を私は「リリカの時代」と呼びたい。

私たちはついに最後の詩集『境目、越境：詩集』(二〇二二年)に到達する。この詩集中の白眉は突然の急性大動脈剥離による闘病、そして自宅での転倒による骨折にともなう六〇日間の入院とリハビリ転院中に書かれたコラージュ詩「境目、あるいは越境」、そして闘病中に先立って逝かれた晶子夫人を追悼した作品「二月末の《弦楽セレナーデ》」である。追悼詩の文体にシュールレアリスムの痕跡は殆どなく、夫人を見送る見事なレクイエムとなっている。

ところで重い骨壺のなかで
折り重なりつつ、きみは
隣家のシャボン玉遊びの歓声を
ちゃんと自分の耳で聞きとれただろうか?
超低空で飛びまわるシャボン玉の群れを
しかと見届けられただろうか?
(「彼女の《面影》草子から revised version」より部分)

たなかはこれより前、癌のため胃の切除手術を受けており、その事実は私の耳にも風の便りとして届いていた。その後、元気に執筆活動を再開していたので、私も胸を撫でおろしていたのだが、いつのまにか心臓の大動脈に病変を抱え込むことになる。そのとき闘病のための拠点として自宅隣に別宅を確保し、コロナ禍による感染から夫を守り抜こうと奮闘したのが晶子夫人だった。だが無理がたたったのか、夫人は脳卒中で急逝。悲嘆にくれながらもたなかは杖をつきながら商店街や郵便局に足を運ぶなど、自力生活に励む。それから約一年半。今度はたなかが自宅で転倒。入院生活を余儀なくされるが、たなかは病院ではなく自宅での生活を強く希望して、予定より早く退院。ヘルパーの介護を受けての寝たきりながら、意気軒高な独居生活を開始する。前出の高橋団吉の回想記によればその晩年は次のようだったという。

枕元には、新聞、雑誌、書籍が崩れんばかりに積み上げられ、サイドテーブルにはハーゲンダッツのアイスとボスの缶コーヒー。足元のラジオからＮＨＫ・ＦＭが24時間流れっぱなし。そして、枕元に散らばる紙片には、詩の断片とおぼしき崩れ文字が……。

それでも「表情は見ちがえるほど元気になりました」「会うたびに、ある種の力を感じるようになりました」と高橋は回想している。就寝中に心臓発作で逝去するぎりぎりまで、たなかがなおも詩作に情熱を燃やす壮烈な日々を過ごしたことが偲ばれる。彼が訳出した『ゲンナジイ・アイギ詩集』（一九九七年・書肆山田刊）の解説で、彼自身がアイギについて書いた「人間としての生命維持に欠かせない詩」「一行とて書かざる日はなし」の詩人として、たなかはまさに最後の一日一時間とて無駄にはしなかったのだ。

晶子夫人をうたった作品「彼女の《面影》草子から　revised version」に戻ろう。これらの詩行を読み、たなかあきみつは本来はリリカの詩人としての資質を持って生まれてきたのかもしれないと思うのは、私だけだろうか。田園にルーツを持つアイギへの深い親和も（異論があることは承知しているが）その抒情性への共感のゆえにではなかったか。

ともあれたなかあきみつは突然の疾病により、おそらくは本人の意図よりも早くこの世から急いで立ち去ることになった。作品「画家パーヴェル・チェリシチェフへの追悼」の中で、彼はこう書いている。

ブラインドフィールド行きの、いまや光速走行の
フレーブニコフの《蛇列車》に飛び乗って
Starbucks coffee で途中下車した
（「画家パーヴェル・チェリシチェフへの追悼」部分）

途中下車のつもりだったが、そこからもう《蛇列車》に戻ることは叶わなかった。無念だったろうと思う。二〇二四年六月十三日逝去。享年七十五歳であった。

＊本稿の一部には「ファントム」8号（二〇二四年十二月発行）に発表した「ダ・スビダーニャ！――たなかあきみつ」との重複があります。たなかの詳しい伝記的エピソードについてはそちらもご参照ください。

［同時代の断じて《ノースモーキング》詩人・一色真理氏への追伸］

たなかあきみつ

雪よふれ、もっとふれ

この日もまた、モスクワでもリャザーニでもトゥーラでもヴラジーミルでもカリーニンでもそしてヴォーログダでも雪が降った
パーヴェル・レオニードフ*《白鳥小路*》

老犬が森山大道による実写のように横切る小樽・花園町から
相次いで発火する肉離れの
木炭ストーヴで折からの吹雪を縫合し
それぞれの急坂を血腥いウイスキイの泥炭層へ
さあルェランの岸辺のどよめきまで
帰塁をうながす伝令が飛ぶ時代の濃淡をずらしながら
それぞれの背中までまずはだれかの猫背まで
野犬のように漲らせる息づかいの帆船は
もっぱら牙関緊急の唾に乗じて滑り降りる
彫りのふかい破線のチャートが
（鉛色の天井では）色彩的に亜鉛《ジンク》がかった鉛色の植生の
ブランキストン線の横断する津軽海峡の本物のチャートが
フィルムの決壊にぐんぐん銀輪を弾ませる夜は
おいそれと入念にヒゲを剃ることはない
雪よふれ、もっとふれ
その加減乗除の繰り返しだ
闇に事物が馴らされない雪には*最新のサイレンサーもどきに
雪華の引き受けるあらゆる憧憬が屯するのだが
さらにその末梢神経のアンチエイジングをめざす吹雪かたにも
無数の靴跡めがけてそれぞれ重力がしなう、いまなお鞣されぬノイズの凹凸が
ざっくり切れ込む、ここではロベルトこそ
ロベルト・シューマンこそスケート靴の銀一閃ブレード
《密かな跳躍*》まさに空を切るバンジージャンプよ
長年月の二重窓を経て湿りだしたモノクロ画面には
砂浜に乗り上げたままの廃船の肋材のマチェール

これまた物性をくろぐろと実写する狂気のアローマをま
　たもや
ぐるぐる首に巻きつけ匕首のような歌謡曲の曲想の
オーバーハングを百も承知で写真家は火酒をあおり五臓
　六腑に走らせる
（あるいはなぜか真冬のパリのスラング集合にして吸血《マルド》
　蝙蝠《ロール》のひしめく場末で
腹わたのアナルシー*をすっかり裏返されて）
こんなにも破綻のない単純さゆえに破綻の先取りを
いまかいまかと待ち構える雪のシンタックスを
雪盲ゆえにとことん雪上の宴へ誘きだせ、とばかりに
　whiteout!
スナップ及びスピンの利いたピアノ曲集の破片が宙に突
　き刺さる
ステップアウトして静まり返った波間の眼光そうでの
ピアニストの晴眼はいま
ダークマターの魚卵《イクラ》を携えて
あらたに visions の鋲打ちをカウントしつつその火花《イスクラ》を
　あらかた刻みなおす
あくまでも雪中の単独走でありながら
波打ち際の勲し計量的には
写真家のくゆらすぶあつい紫煙は空撮だけでは轢断され
　ず
《天気予報》の腹の皮が連鎖的によじれる
それぞれの奇数のネジになった、ほらジャイロスコープ
　には不可欠だが
――奇数のフィルムの同時進行《シンクロ》なればこそ
雪の火花のいまも dancin' all night《鼓膜》のたてつづけ
　に剝製《タクシデルミヤ》になった
かつて、あるいはいつ頃から有視界のマスク姿の男女は
　革手袋姿に比して
老いも若きもこんなに多かったか多くなったか
とはいえ装着したこれらマスクの虚実をいまさら問わず

［補註］
＊パーヴェル・レオニードフ＝一九二七年モスクワ生まれ、一九八四年ニューヨークで亡くなった。一九六〇年代及び七〇年代のソ連の軽演劇界（エストラーダ）を率いた伝説的人物。
＊《白鳥小路》＝一九九二年NYでロシア語で刊行されたパーヴェル・レオニードフの作品集のタイトル。アルフレッド・トゥルチンスキイの写真も一三葉収録。このエピグラフには原文

では《ところが正午頃には雪は溶けてしまった、天気予報に反して》というわば興醒めのリアルなくだりが接続する。
＊闇に事物が馴らされない雪には＝ロシアの詩人ベラ・アフマドゥーリナが一九八一年に執筆した詩篇の詩行をパラフレーズした。
＊《密かな跳躍》＝シギスムント・クルジジャノフスキイの短篇小説「逃げた箱たち」からの引用。
＊腹わたのアナルシー＝一九四〇年レニングラード生まれの亡命詩人コンスタンチン・クジミンスキイの太鼓腹の裏側を、釘で引っ掻くように想起したい。ぜひとも《パリの五臓六腑におけるラスコーリニコフの歌い手》たる画家ミハイル・シュミヤキンに彼が一九七五年に献詩した作品の詩行《研ぎ師よ、研ぎ師よ、斧を研げ！》を参照したい。

（一九八五〜二〇一七）

『ポスト戦後詩ノート』第8号、一色真理特集（詩の練習、二〇一七年）より

夢の海の汀の、たなかあきみつ

池田康

詩人

ごっつい人だった。直接会って話をする時も、電話越しの時も、巌のような、銀塊のような、恐竜の卵のような、形容し難いごっつさの感触が常にあった。そこにはたなかあきみつの矜持と強情、教養の重量、詩の長考の積層が感じられた。あのやたら硬いものは彼の人格の核だったのだろうか。あるいは意志の切先。だからたなかあきみつの詩を読むときはいつもあのごっつさの感覚が裏打ちのように立ち上がってくる。それは謎でもあり存在証明でもあり、詩人の署名であった。

詩集『境目、越境』（洪水企画、二〇二三年）の打ち合わせのために同年一月、国立市の家を訪ねた時のことは忘れられない。国立駅で待ち合わせをしたのだが、その頃彼は急性大動脈解離の後遺症か極度の歩行困難になっていて、松葉杖を支えにほんの少しずつしか移動ができない。家は駅から歩いてすぐの距離にあるのだが、タクシーを使って移動、その五分にも満たない間に詩人はタクシーの運転手と意外にも人懐こく楽しそうに談笑した。歩行困難を見かねて手助けしましょうかと声をかけてくる善良な人たちの無神経な善良さに対しては悪態をつく彼であったが。

部屋に入ってまず目についたのが、机の上に十数冊山積みになっていた新潮文庫版の安部公房。読んでいるんですかと訊いたら、いや、装丁がいいからとのこと。確かに最近の新潮文庫の安部公房のカバーは昔のものとは違っていて、モノクロ写真を寒色系の地にのせるスタイリッシュなデザインになっている。そこに惹かれたのではあろうがそれだけで十数冊を集めてみる熱中ぶりにたなかあきみつの風狂が感じられる。そして安部公房とたなかあきみつという取り合わせはどこか妙に納得するところがあるのだ。人間界に対する過激な切り込み方の点で近いものがあるのだろうか。詩作品では「[振りかざすナイフの刃に似た鳥の風切り羽……]」の中で安部公房の小説タイトル『箱男』『密会』が登場している。

来るべき詩集の表紙を飾る絵画作品について、ああでもないこうでもないと議論しているうちに呼び鈴が鳴って、近所の本屋の人が現れた。注文の本を持ってきたのだ。それを受け取るときに、新聞の広告で見たと言って、詩人は次の本を店員に注文した。どんな状況でも尽きない知的好奇心。インターネット通販を使わず、近所の本屋に注文を出し玄関まで届けさせ、店員も嬉々としてそれをやっていて、なんともしたたかで自在な社会的交易力よと、舌を巻いたことだった。

彼とは私が詩と音楽の雑誌「洪水」を作っていた頃に知り合い、翻訳詩を掲載したりし、その後、フリーペーパーのような同人誌「虚《そら》の筏」にも加わってもらったのだが、その参加の過程はとても無造作にぬっと入ってきた感じで、あきみつ流の世界との交わりの秘術を実感した。その後、私も運営に加わる「詩素」にも参加され、近しくつき合ったことが結果的に詩集『境目、越境』につながったように思う。

詩人・たなかあきみつはどの媒体であれ原稿を送るたびごとに几帳面に電話をかけてきた。そんな折の、受話器に響く、用件のみのつもりの彼のごつごつした声を、今でも鮮やかに思い出すのである。

たなかあきみつは手強い。その詩業は難攻不落だ。詩に携わる者でも、たなかあきみつの詩を前にするとたじろがざるを得ない。言葉とイメージの怒濤をどう御するか、どう受け止めれば正解に近づけるのか、途方に暮れる。吉岡実あたりを北極星と見なして歩んでいたのかもしれないが、詩作の初期から高次元の修辞を強く目指していて、語と語のつながり、行から行への跳躍がきわめて冒険的で、読んではつまずき、はぐれては再挑戦する、そんな詩の読解は高密度のエネルギーを必要とする。詩の可能性に挑むやみくものエネルギーの湧出をこそ、たなかあきみつ詩は要求しているのだろう。

夢の海の汀に打ち上げられた何か光るものを見つけて拾い上げる——これが詩作の基本なのではないだろうか。これはなんだろう……それを拾い上げる仕草、その光彩の珍しさ、その来歴の謎めきが心を刺戟するのだ。たなかあきみつの詩ももちろん例外ではない。決死の覚悟をもって彼は夢の海の汀に立つ。そして何か光るものを拾う。しかし同時に他の多くの奇妙な、汚れた、歪んだ、不可解なものをも拾うのだ。それらをきわめて無造作につなげて遊ぶのがたなかあきみつの流儀なのかもしれず、彼にとって詩とは森羅万象のイメージの黒い錬金術であり、その究極の目的はこの幻の汀の全景を無作為に凝縮したエッセンスを展示することだったのかもしれない。

私はかつて詩集『アンフォルム群プラス』（阿吽塾）について「この詩人の詩法はイメージの百叉路を奇妙なリズムで編み上げるシュルレアリスム亜種であり、その全体を眺望するのはやっかいであることも多い……」と書いた（「みらいらん」十一号、二〇二三年一月）。また詩集『境目、越境』の裏表紙には「奇韻の前衛の探求者たなかあきみつによるイメージとリズムの錯綜が行方しらぬ未踏のラビリンスをつくりあげる28篇」という惹句テキストを置いた。この、イメージとリズムの錯綜による奇韻のラビリンスの詩法、見聞きするあらゆる事柄、風景の破片、記憶の断片がアンテナに引っかかるままに雪崩れ込んでくる詩の生成の方法論を、詩人はきわめて真摯な研究と博捜でもって築いてきたに違いない。その過程では時代の新手法や新思想からも大いに学んだはずだ。〈引用の織物〉という〈吉岡実も取り入れた〉創造の本質を変えかねない理論からも強く影響を受けているだろうし、バフチンが提唱する〈ポリフォニー〉の観念も新しい時代の創造行為の「鍵」として胸に収めたであろうし、モダンの正統的教養主義からポスト・モダンの虚無をもはらみそうな相対性の地平への曲がり角もかなり意識して律儀に曲がろうとしたであろう。二冊〈副題を入れれば三冊〉の詩集のタイトルになっている〈アンフォルム（informe：形をなさない、美しくない）〉も美術界の新しい潮流を示す用語であり（かつて半世紀以上前にアンフォルメルという抽象絵画運動もあった）、ジョルジュ・バタイユの言葉をはるかな源とする、ごみ、ガラクタのような取るに足らないもの、はっきりしない影や蠢きを要素として多用する作品制作の手法あるいは思想のようで、ダイレクトにたなかあきみつ作品に通じていると確言できる。詩集タイトルにまでしているのだから全面的賛同と言っていいだろう。「それは鳥の巣のようにからみあう有刺鉄線、枕木の浮いた廃線のレール、錆びた錠、たわんだ漆黒の窓また窓、朽ちかけた板寝床にのたうつ雑草。野犬、丸太。」（「ミハエル・ベルジング・ケース」）という写真作品を叙述する詩行はそのサンプルとしても読むことができる。一方で尖鋭な教養の志向、他方で肌が語るがごとき艶かしい感覚性、その広角度の詩的視野はどんなものをも克明に印画し印字する。ちなみにジョルジュ・バタイユはGBという頭文字で幾度もたなかあきみつ作品に出てくる。

物狂おしい勉強家。たなかあきみつの、時代の新しい潮流を学び摂取する仕方は熾烈であり、それが彼の詩行につねに感じる制御不可なドライブに帰結しているのだろう。マレーシアの航空機事故、ちあきなおみの「冬隣」、京浜運河殺人事件、丸山応挙の「氷図」、萩原健次郎のスナップショット……あたかも祭に有象無象がより集うように、あきみつ詩には異彩のもの、尖ったもの、ノイジーなもの、ありとあらゆるものが奇妙なステップで侵入してくる（「クラッシュ、そしてplastic soup紀行」の補註を見ると詩人がどんなふうに雑多なものを見つけるかがよくわかる）。それらが一つにつながって綺麗な抽象文様を描くのではなく、たなかあきみつの詩にあっては集まってきた語やイメージは調和を鑑みずそれぞれ声高に〈意味〉を叫んでいて収拾をつける気がないかのようだ。その止めがたい怒濤に読み手はしばしば茫然とするのだが、たまゆら一瞬でもたなかあきみつの観法に同調できれば、彼の詩はぐっと近くなるだろう。それは異形の詩であり、彼のひとときの生の詩的記録であり、意識の旋律付きメモ書きであり、詩という名のついた何か別のものなのかもしれないのである。新しい詩の可能性に挑むやみくものエネルギーの湧出と奔流、夢の海のアンフォルムな汀の全景を無作為に凝縮したエッセンスの披瀝、それが詩人たなかあきみつが書き残した言語芸術作品である。

作品

各詩集から一篇を選ぶとしたらどういう顔ぶれになるかという試行をやってみたい。実際には一篇で足りるという場合は少ないだろうが。

まず第一詩集以前の最初期では、「暗転」がエロスの強烈なうねりが感じられて忘れがたい。「四季の悲鳴がはらわたとなって流れこむ」で始まり、「あなたはひたすら／道化師の薄笑いを愛うすき舌で割り／割りきれぬ血を狩ってかがやく」の三行で鮮やかに終わる結構はあきみつ詩としては異数の完成度だ。

第一詩集『燐をおびてとびはねる』では「ポートレート」を挙げたい。彼の詩にしてはシンプルに読みやすく書かれているのも貴重だが、「表情はそのいずれもが／いびつになることで／むしろ豊かになる」の部分、信条告白を聞いているようで、あなたにあってはその通りと頷きたくなる。他に、以後度々詩に登場する画家ホルスト・ヤンセンをうたった最初の作品「ホルスト・ヤンセンに」も注目すべきだし、「境界」も、特に最初の十行ほど、このキーワードを目指す詩想の組み立てには小気味良さがある。また「音よ、封じられることなく」の「心理という／酒樽／この空洞こそ」の三行も非常に鮮やかなイメージ造形だ。

第二詩集『声の痣』からは「砕石場　――ある写真論」を挙げたい。この詩では存在感ある立派なルフランが試みられている。ルフランの配置は詩作上非常に計算の要るもので、たなかあきみつの通常の方法からは逸脱しており、それだけに注目される。しかも全体が緊密にまとまっているように感じられ、作品としての高みを獲得している。写真を論ずるというこの詩人好みのモチーフもプラスに作用したに違いない。そのほか、タイトル作「声の痣」の「おい、巡礼の杖は／どこだ／声の痣は／やおら地軸を巻いて／耳たぶはぐるぐる回る」という五行は印象的。「whir, whirl」は詩集『イナシュヴェ』所収の「（海藻にしろヌレネズミにしろ……）」と共通項が多く、一つの題材を書き直したという関係のようなので比べて読むと興味深い。「変哲もない靴音が鳴ったとき」とか「二万ボルトの高圧電流」とか「象皮病荷役」とかいった個性的なフレーズが双方に登場している。「腐蝕　――ホルスト・ヤンセン頌」も第一詩集の「ホルスト・ヤンセンに」の書き直しと思われ、要比較だ。

第三詩集『ピッツィカーレ』では最後に置かれた「スナップショットが8枚」を注意して読みたい。詩人たなかあきみつの視線と思考の動きが実によく記録されている。「撮ることによって、シャッターをきることによって撮る者の眼球は刺青される、特定の場所に、個々の殺風景に、いまここに即座に刺青される。その写真を見る者の眼球が今度は撮る者の視線ならびに射とめられた風景に刺青される。」「眼球からの旅立ち、くりかえし眼球から旅立ち視線が走る。」この一作は彼の詩論の序をなすと言うべきで、非常に鋭利な立論の一撃が鏄と響きを留めている。それからこの詩集には一つの題材を書き替えたヴァリアント二作「（もうとっくに広枝は……）」「（もうとっくに広枝は……）変奏」が両方とも収められているのも注目だ。一つの題材で何枚も何枚も絵を描くという行為は画家にとっては常套だが、たなかあきみつの創造性は画家の精神に通じるところがあるのかもしれない。映画作品を見つめる「『白日』に釘づけ」も一つのテーマに強烈な愛情をもって収斂する凝縮力があり惹かれる。

第四詩集『イナシュヴェ』ではタイトル作「イナシュヴェ」が光彩・形象あざやかで活気がある。ダダイズムに始まりヘルメティック・サークルやツェランを経て再びダダイストの書店（の夜逃げ閉店）に至るという道行きは悲も喜も不穏さも絶妙に混ざり合って過不足ない。「イナシュヴェ（未完）」という語については、ロシア出身の画家パーヴェル・チェリシチェフの作品のタイトルという註が添えられており、この画家もたなかあきみつが強く執着する芸術家の一人だ。そのほか、「時間鋏」の冒頭「眼球というキャベツがきちんと結球するには／雨あがりの光線のバネが不可欠だとはいえ／この強靭な光学とぎりぎり競うするどい聴覚」は先述の「スナップショットが８枚」につながる、とても鮮烈な詩行で、墓碑銘にしたい気もするほど。「アイギを読みながら」はロシア詩の翻訳の仕事との通路をなす一作で、意義深く、書き方も風変わりで、短い分、何度も読みたくなる。

　第五詩集『アンフォルム群』はたなかあきみつの詩集の中でも最も読み通すのが難しい詩集ではないだろうか。オリジナルの書籍でページ数百七十八、作品数も多いし、一行が長めで、散漫とも冗長とも形容されかねない書き振りに付き合うには辛抱がいる。その中で面白く読めるのは何かある一つのテーマなり対象物なりに執着してとことんそれを描き尽くしてやろうとする筆の運動を感じさせる部分だろうか。たとえば「［新型コロナウィルスの電子顕微鏡写真が放映されるたび……］」の冒頭では新型コロナウィルスの顕微鏡で見た形を詳しく語るのだがこれは二〇二〇年の大流行の数年前ということで目眩に似た驚愕を覚えるし、「［脳天にとって意想外なことに林縁のそれは……］」ではＣＤケースについた汚れを拭き取ろうとする努力というどうでもいいことについて熱を入れて語る奇妙さに酔わされるし、「［記憶の奥深い藪から棒に鉄錆それともこの期に及んで……］」では生まれ故郷の三重県にまつわる鉄道の昔話を映画「萌の朱雀」と絡めて気の済むまで調べ尽くし書きこんでいるし、「［振りかざすナイフの刃に似た鳥の風切り羽……］」では郵便局での一人の婦人と局員とのやり取りを延々と追っていて、なぜ？　このシーンのどこに重大さがある？　と戸惑いながらそのさりげなさに没入させられるし、「［アフリカ大陸東岸のモザンビークで解体された武器で……］」では武器からパンや本やフルートや犬などなどが生まれてくるファンタジー展開が痛快だし、「［十指では指折りフォロースルーしきれない……］」では鴉という人間に嫌われる鳥を満腔の情愛をもって追跡し四十二行も捧げているのがこの詩人らしくて好ましい。どの詩篇にもすばらしく奇矯な懐かしい人間性が感じられるのだ。この詩集からあえて一篇を選ぶとすれば、愛しく思う芸術作品に対する狂熱が密度高く詩に造形されている「画家パーヴェル・チェリシチェフへの追伸」だろうか。

第六詩集『静かなるもののざわめき　P・S』で第一に挙げたいのが「《失踪》あるいは逃走」で、失踪、蒸発をテーマに、たなかあきみつの詩の書法が社会の陰部および個々人の実存と十二分に溶け合って円満に大開花している。圧倒的。冒頭二番目に置かれた「ラスト」は前詩集の最後に置かれた作品のヴァリアントであり、この詩人特有の再挑戦の現象がここにも出ているわけだが、アメリカの大統領選挙がきっかけで耳にするようになった「ラストベルト」に、おそらく広く知られるようになる前に早くも着目した詩人の俊敏さには敬意を覚える。「深夜の百足」は深夜のトイレでの百足退治の一部始終を叙して異様な刺戟を生み出している。「五月の Bud Powell を聴きながら旧石器時代を化石紀行、骨紀行」は国立科学博物館の展覧会で勇み立つように目を運動させる様がひたすら熱い。タイトル作「静かなるもののざわめき」は十九篇からなる組詩で、おそらくたなかあきみつ作品としては最大の規模を誇るのではないか。力がこもっており、その巨大さに深々と敬礼せざるを得ない。

第七詩集『アンフォルム群プラス』の特徴はページ数が二十四と少ないこと、そして四百字詰め原稿用紙一枚に収まりそうな短い詩が集められていることだ。しかし取りとめもないとも言えそうな気まぐれな詩句のつなげ方で読者を当惑させる作品も少なからずある。そんな中で、とても素直な、水族館のクラゲを撮影しようとして失敗してしまった、残念、というだけのことを書いた「(平熱のクラゲ)」はかえってナイーブで貴重であり、冒頭の二行はことのほか愛らしい。その次の「(破断)」もなにげない散歩時の詩人の心の動き方がさらっと記録されていて興味深い。また「(ともすればアンダーグラウンドから)」は次の詩集『境目、越境』の表紙を飾ることになる画家スタシス・エイドリゲヴィチウスとの出会いが語られており、私としては付箋をつけておきたくなる。

第八詩集『境目、越境』について。詩集前半の「《夥しい埃の edens》」、「埃のエデン——2」、「詩的ポンジュのオイスター・バー」、「廃市プリピャチの草緑色の壁の前には」、「画家パーヴェル・チェリシチェフへの追伸」は過去の作品のヴァリアント。そして最後の「わが《イリュミナシオン》もどき」(六篇による組詩)は詩集『静かなるもののざわめき　P・S』のタイトル作から五篇を選び、『アンフォルム群プラス』所収の「(ともすればアンダーグラウンドから)」を加え、それぞれ書き改めたもの。それ以外の作品がこの詩集のオリジナリティを成すと言えるが、最大の特徴は自身の大病と伴侶の死を主題にした作品の存在であり、急性大動脈解離で倒れた時の詩は「境目、あるいは越境」、「境目、あるいは越境 second version」、「つねにAとBの幕間で first version」、「つねにAとBの幕間で second version」の四篇を数える。また急逝した妻を悼む詩は「二月末の《弦楽セレナーデ》」、「彼女の《面影》草子から revised version」の二篇である。たなかあきみつ作品では実にさまざまな事象物象が自在に飛び込んでくるのだが、ここでは自分の実生活の事件が問答無用で押し寄せてきて作品をきわめて特別なものにしてしまっており、その傷ましい特別さに思いを致すべきところだろう。ベートーヴェンは長寿だったとは言えないが、それでも晩年〈後期ベートーヴェン〉の作品群の清浄と叡智の世界を築く時間があった。それに対してモーツァルトは作曲を依頼されたレクイエムを完成させることができないまま死に、それが自分自身への苦い響きのレクイエムとなってしまった。たなかあきみつはどちらかと言えばモーツァルトの運命に近いだろうか。前述の特別の作品たちをレクイエムとして聴く仕儀となるとは無常迅速も過ぎると言うべきか。他に「(人の死に顔が)」は中学時代の思い出が蘇ってきているようでゆかしく、「空の灰青へ」も同様に十代の学校生活の回想風景が忍び込んで来ていて味わいを深くしている。「(ノイエザハリヒカイト)の読後感」は、雑誌発表当時、冒頭の四行が完璧に決まっているように思われ、大いに感嘆したものだった。

手紙

たなかあきみつ宛、これが最後の手紙。

「洪水」「みらいらん」「虚の筏」「詩素」と私がこしらえた雑誌に参加して下さりありがとう。旅は道連れ、頼もしい限りでした。

詩集『境目、越境』を刊行できたことは誠に慶賀でした。詩人が希望したペーパーバック仕様のフォーマットは〈RAFTCRAFT〉シリーズとして今後も存続し、大切な置き土産となりました。

そしてここに『全詩集』が完成します。ご自身ページをめくってみて、どんな感じでしょうか、思い残すことないですか、あるいはまだまだやるべきことがありましたか。最後の十年の詩友として申し上げれば、暗号をちりばめた航海録でもあり奇なる教養のワイン樽でもあり不気味に小暗い地雷原でもあり、素晴らしい重量だと思います。

これは最後の手紙です。しかしそちらでフィラテリストのお眼鏡にかなう珍しい切手を見つけたら、また新しい消息を送って下さい。幽明の境目を越境して、朧げの声を届けて下さい。詩の白昼夢、夢の海の汀にて、お待ちしています。

たなかあきみつ　略年譜

一九四八年　十月二日　三重県一志郡一志町（現津市一志町）生まれ

一九六六年　三重県立津高校卒業、早稲田大学第一文学部入学

早稲田大学第一文学部（仏文科）に四年間在籍し、抹籍。のち東京堂書店勤務（洋書部）

一九八三年　詩集『燐をおびてとびはねる』（書肆子午線）

一九九〇年　詩集『声の痣』（七月堂）

一九九七年　翻訳詩集　ゲンナジイ・アイギ『アイギ詩集』（書肆山田）

一九九八年　翻訳詩集　イリヤ・クーチク『オード』（群像社）

一九九九年　翻訳詩集　ヨシフ・ブロツキイ『ローマ悲歌』（群像社）

二〇〇一年　翻訳詩集　イヴァン・ジダーノフ『太陽の場所』（書肆山田）

二〇〇三年　翻訳詩集　ゲンナジイ・アイギ『ヴェロニカの手帖』（群像社）

二〇〇五年　翻訳詩集　ニコライ・コーノノフ『さんざめき』（書肆山田）

二〇〇九年　詩集『ピッツィカーレ』（ふらんす堂）

二〇一三年　詩集『イナシュヴェ』（書肆山田）

二〇一七年　詩集『アンフォルム群：詩集』（七月堂）
二〇一九年　詩集『静かなるもののざわめきP・S：詩集』（七月堂）
二〇二二年　詩集『アンフォルム群プラス』（阿吽塾）
二〇二三年　詩集『境目、越境：詩集』（洪水企画）
二〇二四年　六月十三日　逝去。享年七十五。

詳細目次

初期詩篇

『燐をおびてとびはねる』

『声の痣』

『ピッツィカーレ』

『イナシュヴェ』

『アンフォルム群：詩集』

『静かなるもののざわめき　P・S：詩集』

たなかあきみつ

1948-2024

三重県生まれ。詩人。詩集に『燐をおびてとびはねる』（書肆子午線、1983）、『声の痣』（七月堂、1990）、『ピッツィカーレ』（ふらんす堂、2009）、『イナシュヴェ』（書肆山田、2013）、『アンフォルム群：詩集』（七月堂、2017）、『静かなるもののざわめきＰ・Ｓ：詩集』（七月堂、2019）、『アンフォルム群プラス』（阿吽塾、2022）、『境目、越境：詩集』（洪水企画、2023）。訳詩集にゲンナジイ・アイギ『アイギ詩集』（書肆山田、1997年）、イリヤ・クーチク『オード』（群像社、1998年）、ヨシフ・ブロツキイ『ローマ悲歌』（群像社、1999年）、イヴァン・ジダーノフ『太陽の場所』（書肆山田、2001年）、ゲンナジイ・アイギ『ヴェロニカの手帖』（群像社、2003年）、ニコライ・コーノノフ『さんざめき』（書肆山田、2005年）。

本書の姉妹書として『たなかあきみつ全訳詩集』（非売品）を製作しました。ご興味をお持ちの方は編集部へお問い合わせください。

『たなかあきみつ全詩集』および『たなかあきみつ全訳詩集』（非売品）は、詩人の一色真理さん、池田康さん、そして実妹の田中陽子さんのお力添えにより刊行することができました。ありがとうございました。

田中昭光義弟・高橋団吉

たなかあきみつ全詩集

二〇二五年二月二十五日印刷
二〇二五年三月　十　日発行

著者　たなかあきみつ
発行者　飯島徹
発行所　未知谷
東京都千代田区神田猿楽町二-五-九
〒一〇一-〇〇六四
Tel.03-5281-3751／Fax.03-5281-3752
［振替］00130-4-653627

組版　柏木薫
編集協力：（株）デコ／高橋団吉
印刷　モリモト印刷
製本　牧製本

Publisher Michitani Co. Ltd., Tokyo
ISBN978-4-89642-748-6　C1392